KB198441

"알면 사랑한다"

2025. 2. 3.

최재천의 희망 수업

최재천의 희망 수업

그럼에도 오늘을 살아가고 내일을 꿈꿔야 하는 이유

최재천 지음

샘터

가지 않은 미래

김소월의 〈진달래꽃〉, 윤동주의 〈서시〉, 김춘수의 〈꽃〉
과 더불어 우리나라 사람들이 가장 잘 아는 외국 시는 아
마 로버트 프로스트(Robert Frost)의 〈가지 않은 길(The Road
not Taken)〉일 듯싶습니다. 가장 좋아하는 시가 아니라 가
장 잘 아는 시라고 한 이유는 이 시가 고등학교 국어 교
과서에 수록되는 바람에 우리 모두 공부해야 하는 시였
기 때문입니다.

그런데 전 국민이 함께 공부한 시인데 기실 거의 모두
가 오해한 시이기도 합니다. 우리나라 독자만 오해한 게
아닙니다. 많은 영어권 독자들도 오해하고 있답니다. 자
기계발서나 사회적으로 유명한 사람들의 자서전에 단골
로 등장하는 "남들이 가지 않은 길을 가라!"라는 교훈이

담긴 시로 오해합니다.

시를 꼼꼼히 읽어보면 시인이 걸은 길이나 걷지 않은 길이나 발자취로 닳은 건 거의 비슷하며 똑같이 아름다운 길이었고, 그날 아침에도 두 길은 똑같이 아직 밟혀서 더럽혀지지 않은 낙엽으로 덮여 있었습니다. 그런데 그는 왜 맨 마지막 연에서 "사람이 적게 간 길을 택하였다"고 했을까요?

비평가들은 그가 "한숨을 쉬며 이야기"하는 점에 주목하라고 합니다. 시인은 가지 않은 길에 대한 미련이 남은 상태에서 스스로 택한 길이 사람들이 덜 걸은 길이었다고 생각하고 싶지만 확신할 수 없어 한숨을 쉬며 이야기한 게 아닐까 싶습니다.

길 선택 하나로 "모든 것이 달라졌다"고 통탄하는 시가 아니라, 똑같이 매력적인 두 길을 바라보며 "다음 날을 위하여 한 길은 남겨두"고 다른 한 길을 택해 걸을 수밖에 없는, 두 길을 한꺼번에 걸을 수 없는 상황에 대한 아쉬움을 담담하게 표현한 시라고 보는 게 옳을 듯싶습니다. 발표된 지 100년이 훌쩍 넘는 긴 시간 동안 많은 사람들이 함께 읽고 내린 중론입니다.

독일 신학자 위르겐 몰트만(Jürgen Moltmann)은 미래를 Adventus(到來)와 Futurum(未來)으로 구분하여 설명합니다. 우리는 흔히 과거가 현재라는 찰나를 거쳐 미래로 흘러간다고 생각하지만, 종교는 신이 예정한 미래가 현재로 강림한다고 가르칩니다.

미래학(futurology)이라는 학문이 있습니다. 직관적인 예언을 남발하는 학문이 아니라 정확한 미래 시점을 짚고 현재 시점에서 가용한 모든 데이터를 종합적으로 분석하여 다양한 대안적 예측들을 제시하는 과학입니다. 연구의 대상이 아직 도래하지 않은 미래이다 보니 누구도 완벽하게 실증할 수 없다는 비판을 피하기 어렵습니다.

예를 들어, 어느 미래학자가 미래에는 AI가 인간을 지배할 것이라는 예측을 내놓았다고 합시다. 여러 해가 지나 온갖 종류의 AI 프로그램들이 개발되어 다양하게 쓰이고 있지만 딱히 인간을 지배하는 상황이 벌어지는 것이 아니라면 사람들은 그 미래학자를 비판하기 시작할 것입니다. 그러나 그 미래학자는 여전히 할 말이 있습니다. "에이, 기다리시라니까요. 언젠가 '미래'에는 AI가 인간을 지배하게 된다니까요." 미래는 영원히 도래하지 않을 수도 있습니다.

AI 시대가 성큼성큼 우리 앞으로 다가오고 있습니다. AI와 로봇이 우리를 직업 현장에서 몰아낼 것이랍니다. 스스로 '만물의 영장'이라 일컬으며 '제6의 대멸종'을 자행하고 엄청난 기후 위기를 자초한 호모 사피엔스는 드디어 몇 년 전 바이러스의 공격을 받아 전대미문의 팬데믹을 겪었습니다. 세계보건기구(WHO)의 집계에 따르면 감염자가 7억 명을 넘었고 700만 명 이상이 목숨을 잃었습니다. 이런 와중에 대한민국 사회는 지금 30만 년 인류 역사에서 그 어느 집단도 일찍이 겪어보지 못한 초저출생을 경험하고 있습니다. 이대로 가면 국가의 존폐가 위태로워집니다.

인류, 그중에서도 특히 대한민국 국민은 지금 한 치 앞을 내다보기 어려울 만큼 짙은 안개로 뒤덮인 내일을 맞이하고 있습니다. "끝나기 전에는 끝난 게 아니다(It ain't over till it's over)" 등의 유명한 말을 많이 남긴 뉴욕 양키스의 전설적 포수이자 감독 요기 베라(Yogi Berra)는 "요즘 미래는 영 예전 같지 않다(The future ain't what it used to be)"는 명언도 남겼습니다.

컴퓨터과학자 앨런 케이(Alan Kay)는 "미래를 예측하는 가장 좋은 방법은 미래를 발명하는 것"이라 했습니다. 정해진 미래든, 만들어갈 미래든, 그 미래가 이 암울한 현재보다는 더 밝아야 하지 않겠습니까? "모르는 게 약"이라는 교훈은 이미 벌어진 과거에 대해서만 유효할 뿐, 미래 예측에 관한 한 무지는 거의 확실하게 독이 될 수밖에 없습니다.

개인적으로 저는 여럿이 모여 앉아 미래에 관해 얘기할 때마다 거의 언제나 화제가 교육으로 수렴되는 걸 지켜보았습니다. 우리들의 자랑스러운 조국 대한민국은 누가 뭐라 해도 교육으로 일어선 나라입니다. 석유는 물론, 반도체, 스마트폰 부품, 디스플레이 등 첨단산업에 필수 요소인 희토류도 거의 전량 수입해야 하는 나라 – 이 좁은 땅덩어리에 가진 것 하나 변변히 없는 나라. 조상으로부터 급할 때 꺼내 쓰라고 물려받은 것도 별로 없는 나라. 게다가 70여 년 전에는 세계 전쟁사에서도 가장 참혹했던 전쟁 중 하나로 기록된 한국전쟁으로 그야말로 쑥대밭이 되어버린 나라. 그랬던 나라가 불과 반세기 만에 어떻게 세계적 경제대국으로 우뚝 설 수 있었을까요?

저는 정답을 알고 있습니다. 우리는 죽어라 공부해서 여기까지 왔습니다. 우리 부모들이 허리띠 졸라매며 교육에 투자한 덕에 이런 기적을 일궈낼 수 있었습니다. 저는 이 외에 다른 원인을 생각해 낼 수 없습니다. 대한민국은 교육으로 흥한 나라입니다.

그런데 교육으로 흥한 이 나라가 교육 때문에 망할 것만 같습니다. 바야흐로 4차 산업혁명 시대라는데, 4차 산업혁명 시대에 제일 필요한 인재가 창의적 인재라는데, 이 나라에서는 학교에 가면 갈수록 오히려 창의성이 줄어들고 있으니 이를 어찌해야 합니까? 놀이터에서는 미끄럼틀을 거꾸로 내려오던 창의적인 아이들이 학교에 가기 시작하면 모두 가지런히 잘 깎인 연필이 되어 나옵니다.

주입식 교육이라고 비판했을망정 30년 전에 우리가 받은 교육 덕에 우리나라가 이만큼 잘살게 된 것이라면, 지금 우리 아이들이 받고 있는 교육이 30년 후 그들의 삶을 판가름할 게 아닙니까? 저는 이런 생각에 휩싸일 때마다 정신이 아찔해집니다. 평생 교육계에 몸담았다 이

제 퇴임을 눈앞에 둔 사람으로서 자괴감과 절망감에 온 몸이 저립니다.

저는 무엇보다 먼저 우리 아이들에게 방황할 여유를 허락해야 한다고 생각합니다. 방황은 젊음의 특권입니다. 이 세상에 태어난 건 그들의 선택이 아니었지만 이 세상을 어떻게 살아갈지는 그들 스스로 선택할 권리가 있지 않을까요?

사회성 동물로서 결코 홀로 살 수 없을 텐데 부모들은 자식들에게 친구들과의 경쟁에서 기필코 승리하라고 주문합니다. 평생 자연을 관찰하고 제가 얻은 교훈은 '손잡지 않고 살아남은 생명은 없다'이건만 우리 사회는 함께 사는 공생보다 끝없는 경쟁을 추구합니다. 농민 사상가 전우익 선생님은 일찍이 '혼자만 잘 살믄 무슨 재민겨?'라고 일갈했습니다.

남의 답을 절대 보아서도 안 되고, 내 답안지를 남에게 보여주지 않으려 가리고 답을 쓰는 교육보다 서로 소통하고 숙론하며 통섭을 이뤄내는 배움을 허락하면 더 좋지 않을까요? 조만간 AI가 훨씬 더 잘할, 그래서 결국 다 해줄 것들을 밤새도록 외워 답안지에 게워 내는 반복

훈련보다 스스로 책을 읽고 자신의 생각을 수려한 글로 써내어 정의롭고 양심적인 삶의 공동체를 함께 만들어 갈 사회인으로 키워내는 교육이 더 바람직하지 않을까요?

지금으로부터 꼭 20년 전 저는 우리 사회에 통섭이라는 화두를 던졌습니다. 서양 사람들은 'consilience(통섭)'를 'jumping together(함께 솟구친다)'라는 의미로 이해합니다. 학문의 경계를 넘나들며 분야 간 소통을 이끌어내어 함께 승화한다는 뜻입니다.

우리 중에서 홀로 통섭의 경지에 이를 수 있는 사람은 그리 많지 않습니다. 다빈치가 아니라면 우리는 함께 통섭해야 합니다. 서로 다른 공부를 하고 서로 다른 경험을 쌓은 사람들이 한데 모여 서로에게 배우며 통섭을 이뤄내야 합니다.

그 방법론으로 저는 숙론(熟論)을 제안합니다. 깊이 생각하며 얘기해 봅시다. 이제 우리는 거의 모든 분야에서 앞에 K만 붙이면 세계 최고 수준으로 인정받는 나라가 되었습니다. 여기에 우리가 함께 모여 앉아 서로의 생각을 경청하며 합의를 이끌어낼 수만 있다면 더 이상 부러

울 게 없는 나라가 될 것입니다.

　이 책에 소개된 여러 주제들은 숙론의 화제로 손색이 없으리라 생각합니다. 이 책을 함께 읽으며 숙론하는 모둠들이 이 땅 곳곳에서 피어나길 기대해 봅니다. 그곳에서는 가지 않은 미래를 걸어볼 수 있지 않을까요? 19세기 말 오스트리아 빈의 살롱들처럼.

　　　　　최재천 (이화여대 에코과학부 교수/ 생명다양성재단 이사장)

AI 시대,
무엇을
준비해야 할까

　요즘 생성형 인공지능, 챗GPT 때문에 난리입니다. 아직 우리나라 대학에서는 그 정도까지는 아닌데, 미국 대학에서는 챗GPT가 심각한 문제로 대두되고 있다고 합니다. 챗GPT를 사용해 본 사람이라면 알겠지만 아직 영어 챗GPT와 우리말 챗GPT는 수준 차이가 제법 납니다. 영어로 되어 있는 데이터베이스가 우리말 데이터베이스보다 월등히 많기 때문에 챗GPT에게 받을 수 있는 답변의 수준이 다른 것입니다.

　미국 대학에서 교수를 하고 있는 동료들의 이야기를 들어보면, 그나마 상위권 대학의 학생들은 챗GPT에게 받은 자료를 그대로 리포트로 내는 일이 별로 없다고 합니다. 챗GPT에게 받은 내용일지라도 본인이 쓴 것처럼 고쳐서 제출한다는 것이지요. 그런데 중하위권 대학에서는 챗GPT로 작성한 리포트들이 문제가 되고 있다고 해요.

여러분은 숙제를 언제 했나요? 좀처럼 미리 하지 않지요. 마지막 순간에 하잖아요. 내일이 제출 마감일이면 전날 한밤중에 합니다. 비슷한 시간에 똑같은 질문을 챗GPT에게 던졌으니 어떻게 됐겠어요? 모두가 비슷한 답을 받았을 테고 리포트도 당연히 비슷비슷한 거지요. 교수들은 고민에 빠질 수밖에 없습니다. 모두 다 F학점을 줄 수도 없고 그렇다고 누구만 봐줄 수도 없어 골치가 아프다고 합니다.

저도 가끔 챗GPT를 사용해 보곤 하는데 '이 녀석이 어떻게 이런 것까지' 하며 놀랄 때가 있습니다. 지금이 그런 시대입니다.

"AI와 로봇이

일자리를 빼앗아 가면

어떡하죠?"

　'인공지능(AI, Artificial Intelligence)의 시대'가 열리고 있습니다. 생성형 인공지능의 등장이 우리 사회에 초래할 변화를 걱정하는 분들이 많습니다. 머지않은 미래에 인간이 AI의 지배를 받게 될 거라는 전망을 내놓는 미래학자들도 있고요. 무엇보다 여러분은 AI에게 일자리를 빼앗길지도 모른다는 두려움이 클 것입니다.

　그런데 우리 인간은 이미 이런 일을 겪은 적이 있습니다. 19세기 초 산업혁명 시기 영국 방직공장의 노동자들이 겪은 일입니다. 처음에는 방직 기계들이 자신이 할 일을 도와줘서 좋았는데, 그 기계들이 결국 일자리를 뺏어가 버린 거지요. 분노한 노동자들은 '기계를 부수는 게 우리가 살 길이다'며 공장을 습격해 기계를 부숴버렸지요. 이것이 바로 1811~1817년에 일어난 러다이트 운동 (Luddite movement)입니다.

러다이트 운동의 결과가 어땠나요? 기계를 때려 부순 공장만 망했습니다. 계속 기계를 사용한 공장은 더 잘됐고요. 모두가 컴퓨터를 사용하고 있는 이 시대에 마냥 인공지능을 거부하는 것이 맞을까요? 인공지능이 우리 일자리를 뺏는 걸까요? 아닙니다. 우리는 인공지능을 활용하는 사람들에게 일자리를 뺏기는 겁니다. 그렇다면 우리는 인공지능 시대를 어떻게 맞이해야 할까요?

직업이 사라진다는 건 보통 고민이 아닙니다. 내가 지금 어떤 일을 하려고 준비 중인데 그 직업이 사라져버린다? 생각만 해도 아찔합니다. 자녀가 진로를 정하는 걸 도와줘야 하는 부모도 자녀가 선택한 진로가 사라질 직업군일지도 모른다는 불안감에 여간 고민되는 게 아닐 겁니다.

'어떻게 직업이 사라져' 하고 생각하는 분도 있을 겁니다. 일례로 도서관에서 일하는 '사서'라는 직업을 한번 생각해 볼까요? 책을 빌리러 도서관에 들어가는 순간 인공지능이 내 마음을 읽고서 "이 책 원하시죠?" 하고 책을 찾아 내 앞에 가져다 놓는다면, 로봇들이 알아서 서가에 책들을 척척 정리해 꽂는다면 사서가 따로 필요할까요?

직업은 사라질 수 있습니다. 나이 지긋하신 분들은 아실 텐데 예전에는 전화 교환원이라는 직업이 있었습니다. 처음 전화가 보급되었을 때는 전화를 건다고 바로 상대방이 받는 게 아니었어요. 전화국에서 전화 교환원들이 회선을 뽑아 상대방 쪽에 꽂아주어야 연결됐습니다. 그런데 지금은 전 세계에 그런 직업을 가진 사람이 단 한 명도 없습니다. 직업이 사라지는 건 충분히 가능한 현실입니다. 그렇다면 이제 우리는 어떻게 해야 할까요?

저는 일자리가 없어지는 것이지, 일거리가 없어지는 것은 아니라고 생각해요. 할 일이 없어지면 일을 만드는 게 우리 인간이거든요.

일자리는 없어져도

일거리는 남는다

더 많아질지도 모른다

농사짓던 농경시대로 한번 돌아가 볼까요? 온 집안 식구가 다 같이 농사를 지었습니다. 아버지가 건강하실 때는 아버지를 중심으로 아들들이 밭에서 같이 일을 합니다. 그러다 아버지가 연로해지면 아들들이 "아버지, 이제 좀 쉬세요"라고 합니다. 그러면 아버지는 텃밭에서 일을 하고, 그것도 힘들어지면 마루에 앉아 지푸라기로 새끼 꼬는 일이라도 하셨습니다. 그때는 직업이라는 게 따로 있지 않았어요. 해야 하는 일을 다 같이 하고 함께 먹고살았습니다.

한번 예를 들어볼게요. 모내기하는 날 착실한 큰아들은 아버지와 열심히 모를 심었는데, 둘째 아들은 연애질하러 도망갔어요. 그러고서 밤늦게 몰래 집에 들어오다 아버지한테 딱 들킨 겁니다. 그래서 "이놈의 자식, 형은 하루 종일 일했는데 너는 어디 갔다 이제 와! 여보, 쟤 밥 주지 마" 하고 혼이 났습니다.

그렇다고 일 안 한 둘째 아들을 굶겨 죽였을까요? 어머니가 "아버지 주무신다. 어서 밥 먹어" 하면서 몰래 밥 차려줬잖아요. 일한 아들이나 일 안 한 아들이나 다 밥을 먹었습니다. 일을 했든 안 했든 밥이 있으면 먹여주는 것까지는 했던 거지요. 그러다가 전문 직업사회로 변하면서 '직장이 없는 자 먹지도 말라' 이렇게 되었어요. 직업을 구하지 못하면 사람 구실을 못 하는 그런 시대가 되어버린 겁니다.

집안 식구들이 다 같이 일하고 거기서 얻은 생산물을 함께 나눠 먹으며 살았던 것이 그리 먼 옛날 일은 아닙니다. 오히려 인류 역사를 통틀어 보면, 지금 우리가 살고 있는 이 전문 직업사회라는 게 오히려 신기한 것인지도 모릅니다. 요즘 이슈가 되는 '기본소득'이라는 것도 이 맥락에서 볼 수 있지 않을까요? 일단 재워주고 먹여주는 것까지는 하자는 것 아닐까요? 새로운 걸 하자는 것이 아니라 인류가 예전부터 하던 대로 하자는 것이지요.

어쨌든 세상을 이렇게 변화시킨 건 우리 인간입니다. 직장이라는 걸 만들고, 거기에 들어가 일하고 돈을 받게 하고, 받은 돈으로 먹고살게끔 바꿔버린 거예요. 그렇다면 세상의 구조를 또 한 번 바꾸면 되지 않을까요? 농경 시대에 그러했듯이 세상의 모든 일을 하나로 묶고 다 같이 일하고 나눠 먹으며 살 수는 없을까 하는 생각을 하게 됩니다.

만약 지금 그런 세상이 오면 어떨지 함께 생각해 봅시다. 먼저 어떤 일이, 어떤 일을 하는 사람이 우리가 살아가는 데 중요한가를 정해야겠지요. 우리에게 필요한 일을 찾아내고 그 일을 하는 사람은 먹고살 수 있게 해주는 겁니다.

변화를 두려워 말고

일을 새롭게

정의 내리자

잘 그려지지 않는다고요? 그렇다면 AI와 로봇한테 일을 다 빼앗겨 버린 어느 날을 한번 상상해 봅시다. 한자리에 모여 앉아 어떤 일을 노동으로 볼지 정하는 겁니다.

"요즘처럼 암울한 시대에 그래도 저 사람만 나타나면 우리가 웃게 되지 않아? 그러니 저 사람은 밥을 먹을 수 있게 해주자."

남을 웃게 해주는 것이 직업인 사람, 이미 있지 않나요? 개그맨. 개그맨 말고도 우리를 행복하게 해주는 직업은 많습니다. 노래 부르는 가수도 그런 직업이지요. 그 사람들이 김을 매나요, 소를 키우나요? 직접적으로 무언가를 생산하지는 않지만 남을 웃기며 먹고삽니다. 영화배우, 운동선수 모두 마찬가지예요. 현실에 있는 무언가를 흉내 내면서, 예컨대 사냥감을 쫓아갈 때 하던 달리기를 경기장에서 하면서 돈을 벌어 먹고삽니다.

한번 주위를 둘러보세요. 세상에는 별의별 직업이 다 있습니다. 제가 하고 있는 교수라는 직업도 마찬가지예요. 남들보다 좀 더 배운 게 있어서 그걸 다른 사람한테 알려주고 월급 받으며 살고 있잖아요. 이렇듯 직업이라는 건 우리가 상상력을 동원해서 만들어내면 되는 겁니다.

앞으로 AI 기술이 발달하면 인간은 좀 놀아도 돼요. AI를 그렇게까지 겁낼 필요가 없다고 생각해요. 우리가 노동을 재정의하고 사회를 재구성하면 되는 거죠. 물론 여기에도 전제는 있습니다. AI로 몇몇 사람들만 이득을 보는 게 아니라 그 이득을 많은 사람이 고르게 나눌 수 있는 사회체제를 갖춰야겠지요.

정전법이라는 토지제도를 들어본 적 있을 겁니다. 땅을 우물 정(井) 자 모양으로 9등분한 다음, 가장자리에 있는 땅은 개인들이 자기 소유로 농사짓고 수확합니다. 그리고 한가운데에 있는 누구의 소유도 아닌 땅은 공전(公田)이라고 하여 동네 사람들이 공동 경작하고 거기서 나온 농작물을 세금으로 냈지요.

사실 우리도 지금 그렇게 살고 있는 것 아닐까요? 돈 벌어서 세금 내면, 그 세금을 가지고 먹고사는 사람들이 있으니까요. 결국 미래는 우리가 어떻게 하느냐에 따라 달라지는 게 아닌가 생각합니다. 고생은 고생대로 하고서 언젠가 극복할 것이 아니라, 아예 관점을 바꿔보자는 겁니다. AI를 우리가 어떻게 활용할지에 논쟁의 초점을 맞추는 것이 맞는다고 생각해요.

가까운 미래에 없어질 가능성이 매우 높은 직업 중 하나가 소방대원입니다. 과학자들이 화재 진압용 로봇을 열심히 연구하고 있거든요. 언젠가는 고온에도 끄떡없는 로봇들이 열화상 카메라로 열을 감지하며 화재 지점을 찾아 들어가서 불을 끄는 날이 올 겁니다. 그럼 소방대원이라는 직업은 필요 없어지겠지요.

그런데 소방대원을 꼭 없앨 필요가 있을까요? 위험한 일은 로봇에게 맡기고 소방대원은 좀 더 효율적으로 화재 진압이 이루어지도록 로봇에게 작업을 지시하면 되는 거지요. 새로운 세상의 변화를 두렵게만 여기지 말고 일을 새롭게 정의 내리면 좋지 않을까 하는 것이 제 생각입니다.

인텔리전스

vs.

인텔렉트

　하버드 대학 심리학과에 스티븐 핑커(Steven Pinker)라는 분이 있습니다.《우리 본성의 선한 천사(The Better Angels of Our Nature)》,《빈 서판(The Blank Slate)》을 비롯해 그분의 책이 우리나라에도 여러 권 번역되어 있습니다. 언어학과 진화심리학을 연구하신 분인데, 오래전부터 저와도 친분이 있습니다.

　2016년에 서울디지털포럼(SDF) 참석차 한국에 온 스티븐 핑커와 대담을 나눈 적이 있는데, 그분은 저보다 한 술 더 뜨더라고요. 스티븐 핑커는 "인공지능은 지능이 아니다"라고 선언한 바 있습니다. AI는 우리가 만들어놓은 프로그램에 따라 답을 내는 존재이지, 홀로 생각하면서 판단하는 존재가 아니기 때문에 지능이라고 이야기할 수 없다고 말합니다. 즉, AI는 지능도 아니기 때문에 걱정할 대상이 아니라는 것이지요.

당시 스티븐 핑커 교수와 저는 AI가 인류 위에 군림하는 세상은 결코 오지 않으리라고 합치했습니다. 일시적으로 AI에 일자리를 뺏겨 고통을 겪는 사람들이 생겨나고 이를 틈타 큰돈을 버는 사람들도 나타나겠지만, AI는 끝내 우리의 심부름꾼 또는 동반자 역할을 수행할 뿐이라고 말했지요.

그런데 생성형 AI가 나오면서 양상이 조금 달라졌습니다. 이제 AI가 스스로 알아서 여러 가지를 판단하고 무언가를 만들어내는 시대로 슬금슬금 움직여 가고 있습니다. 그래서 저는 스티븐 핑커와 얘기를 나누면서 배우게 된 것들을 이렇게 정리해 봤습니다.

영어 단어 중에 비슷하면서도 다른 두 단어가 있습니다. 인텔리전스(intelligence)와 인텔렉트(intellect). 우리말로 인텔리전스는 지능, 인텔렉트는 지성이라고 번역하면 어떨까 합니다. 지능은 말 그대로 기계적으로 분석하고 판단하는 뇌의 과정입니다. 문제 해결 능력이라고 정의될 수 있지요. 하지만 지성은 보다 깊은 통찰과 판단 능력을 포함한다고 생각합니다. 예컨대 지능이 높은 사람은 상황에 상관없이 정답을 찾아내지만, 지성인은 상황에 맞는 적절한 행동을 취할 수 있죠.

뻔히 알면서 일부러 져주는 사람이 있습니다. 이길 방법을 다 보고 있으면서도 '쟤한테는 져주는 게 좋지 않을까' 하고 져주는 겁니다. 인간은 이렇듯 머리로 계산해 낸 것과 전혀 다른 일을 하는 경우가 있습니다. 지능뿐 아니라 지성을 겸비하고 있기 때문에 그런 일을 할 수 있는 것이지요.

자기 이득만 챙기는 게 아니라 모자라 보일 정도로 다른 사람을 배려하고 헌신하는 분들에게 우리는 참 좋은 분이라 하고 존경을 보냅니다. 그리고 그분이 힘든 상황에 처하면 누군가 나서서 돕기 시작합니다. 이런 것들이 사회를 구성하고 사는 동물의 아주 특징적인 행동입니다.

혼자 사는 동물은 그런 행동을 할 필요가 없습니다. 함께 사는 동물에게는 평판, 즉 남이 나를 어떻게 생각하느냐가 굉장히 중요합니다. 그래서 우리가 그나마 조심조심 이렇게 살아가는 게 아닐까 생각해 봅니다.

저는 AI를 인공지능이라고 번역하는 데는 그만한 이유

가 있다고 생각합니다. 언젠가 인공지능이 '인공지성'이
되면 그때는 저도 걱정을 시작할 겁니다. 그러나 아직은
그런 일이 벌어질 것 같지 않습니다.

AI가 인간을
이길 수 없는
이유

저는 동물을 연구하는 사람이다 보니 스티븐 핑커에게 한 가지 이야기를 더 했습니다.

"당신이 하는 얘기에 기본적으로 동의합니다. 하나 덧붙일 것은 아무리 AI가 기가 막힌 존재가 된다 한들 AI끼리 만나서 짝짓기하고 새끼를 낳지 않는 한 절대로 인간을 이길 수 없을 거라는 점입니다."

AI가 자식을 낳지 않는 한 우리를 절대 이길 수 없다는 것이 제 논리입니다. 우리는 때로 코로나19 같은 바이러스에 당하기도 하죠. 하지만 병원균이 마지막 한 사람까지 깡그리 죽이지 않는 한 우리는 이겨냅니다. 왜냐하면 우리는 양성 생식을 하여 자식을 낳거든요. 그 자식이 바이러스나 병원체들이 우리를 상대로 만들어낸 무기를 무력화하는 새로운 유전자 조합이 됩니다.

오랜 진화의 역사에서 유전자를 섞을 줄 아는 것보다 막강한 전략은 없었습니다. 다양성보다 더 막강한 것은 없습니다. 유전자를 섞어서 자식을 낳으면 예상치 못한 조합이 나와요. 생성형 AI가 아무리 달라진들 자기네들 끼리 새로운 자식을 만들 리는 없습니다. 거기까지 못 간 다면 끝내는 인간이 이길 수밖에 없는 것이지요.

이세돌 9단이 알파고와 대국했을 때를 기억하십니까? 그때 신문 기자가 저를 찾아와서 어떤 결과를 예상하는 지 물었어요.

"5 대 0이죠."

"교수님도 5 대 0이시군요."

"아니요. 저는 5 대 0으로 알파고가 이길 거라고 생각 합니다."

"다른 분들은 다 이세돌 9단이 이긴다고 하는데, 교수 님은 왜 그렇게 생각하십니까?"

뭣 모르고 한참 설명하다가 문득 큰일 나겠다 싶더라 고요. 자칫하면 '최재천 교수만 이세돌 9단이 5 대 0으 로 진다고 예측'이라는 타이틀 기사가 신문에 나올 것 같아 익명으로 해달라고 부탁했어요. 그래서 "모 대학교수는…"이라고 기사가 나간 걸로 압니다.

얼마 뒤 이세돌 9단이 두 판을 연달아 지자 기자가 다시 제게 전화했어요.

"교수님, 어떻게 아셨어요?"

"아니, 뭐 어떻게 알기는요? 이세돌 9단은 주무셔야 하잖아요. 근데 알파고는 전원 코드를 뽑지 않는 한 밤새도록 되돌려 보고 계속 연습하는데 그걸 무슨 재주로 이겨요."

그런데 이세돌 9단이 알파고를 한 번 이겼잖아요. 그게 정말 대단한 겁니다. 어떻게 이겼어요? 알파고가 당황할 수밖에 없는 엉뚱한 수를 하나 던지는 바람에 알파고가 흔들렸고, 그 틈새를 파고들어 이세돌 9단이 아슬아슬하게 이긴 것입니다.

한번 생각해 보세요. 우리는 예상치 못한 일을 벌이며 사는 동물입니다. 그렇게 엉뚱한 짓을 하는 게 때로는 이기는 길이 되기도 합니다. 당분간은 AI가 우리를 이길지도 모르지만, 긴 역사를 두고 보면 AI가 섹스를 하지 않는 한 끝내 우리가 이길 수밖에 없습니다. 그래서 저는

AI에 대해 너무 걱정할 필요가 없다고 생각합니다.

획기적인 기술이 나올 때마다 우리 인간은 똑같은 걱정을 반복했습니다. '이 기술이 나오면 우리 삶은 대혼란에 빠질 것이다'라고요. 기계화되면 모든 사람이 직장을 잃고 쫓겨날 거라고 했지만 결과적으로 어떻게 되었나요? 거기에 적응했고 다음 단계로 올라섰잖아요. 컴퓨터 검색 기능이 처음 등장했을 때도 많은 사람이 걱정했어요. 그런데 지금은 그 덕에 우리가 얼마나 편한가요?

똑같은 논리로 생성형 AI가 보편화되면 저는 우리 인류가 또 다음 단계로 올라서리라 생각합니다. AI가 우리가 하는 많은 일을 대신해 준다면, 일은 AI한테 맡기고 우리는 다른 짓을 하면 되지 않을까요? 재밌게 노는 것 말이지요.

10년 후에 우리가 이 이야기를 또 하게 된다면 완전히 다른 얘기를 하고 있을 거예요. AI에게 완전히 당하여 전원 불구가 된 상황에서 이런 얘기를 하고 있을까요? 아닙니다. 잘 살고 있을 겁니다. 미래가 너무 지나친 불평등 사회가 된다든가, 너무 삭막한 삶이 전개된다든가 하지 않게 하려고 우리가 지금 애쓰고 있는 것이죠.

저는 우리 인간이 현명한 길을 찾아갈 거라고 생각합니다. 그러니 너무 걱정스러운 눈으로 미래를 바라보지 마세요.

통섭형 인재가 되려면

　'통섭'이라는 단어와 개념을 제가 우리 사회에 화두로 던진 지 20년이 되었습니다. 통섭을 처음 꺼내놓을 때 우리 사회에서 이렇게까지 커다란 반응이 있으리라고는 저도 전혀 짐작하지 못했습니다. 하버드 대학에서 저의 지도 교수셨던 에드워드 윌슨(Edward Wilson, 1929~2021) 교수님이 1998년에 쓰신《Consilience》라는 책을 번역하는 과정에서 제가 통섭이라는 그릇을 찾아낸 겁니다.

　소문에 의하면 윌슨 교수님이 저 책을 쓰실 때 출판사로부터 선인세로 어마어마한 돈을 받으셨다고 합니다. 교수님이 예전에《인간 본성에 대하여(On Human Nature)》,《사회생물학(Sociobiology)》이런 책을 냈을 때 사회적으로 엄청난 파장을 일으켰잖아요. 학회에서 물세례도 받고요. 그러면서 책도 굉장히 많이 팔렸기에, 출판사는 이 책도 많이 팔릴 것으로 기대했던 모양이에요.

교수님은 이 책에서 "인문학, 사회과학, 너희가 자연과학이 없으면 뭘 하겠냐. 자연과학이 다 분석해 주면, 그걸 적당히 해석하며 살아남을 수 있는 게 너희 아니냐"는 식으로 인문학, 사회과학을 한 번에 쓸어버리는 막말을 했습니다. 그러면 책이 팔릴 줄 알았던 거지요. 하지만 《Consilience》는 기대만큼 팔리지 않았고, 교수님은 책 홍보를 위해 NBC 모닝쇼까지 나가셨어요. 가수 싸이가 나가서 말춤을 췄던 그 토크쇼 말이지요.

한국에서 《통섭》이 출간된 후에 저랑 같이 그 책을 번역한 장대익 교수가 보스턴에 간 김에 윌슨 교수님을 잠깐 뵈러 갔는데, 손주가 왔다며 굉장히 반가워하시더래요. 제자의 제자가 왔다면서요. 윌슨 교수님을 만난 자리에서 장대익 교수가 한국에서는 '통섭'이 난리가 났다고 했더니, 윌슨 교수님이 "걘 대체 뭘 어떻게 했길래 그런 일이 있었냐" 하셨답니다.

제가 생각해도 신기하긴 합니다. 미국에서는 외면당한 책이 한국에서는 10만 부 이상 팔렸어요. 번역서를 출간한 2005년 당시 책값이 25,000원이나 되었는데 말이지요. 영국 케임브리지 대학의 물리학자 스티븐 호킹(Stephen William Hawking, 1942~2018) 교수의 책《시간의 역사(A Brief History of Time)》도 우리나라에서 굉장히 많이 팔렸습니다. 그런데《시간의 역사》는 물리학을 연구하는 분들도 어렵다고 하는 책입니다. 그렇게 어려운 책이 많이 팔린 이유가 뭘까요?

《시간의 역사》는 읽는 책이 아니라 꽂아두는 책입니다. '나도 이런 책 읽는다' 하고 보여주려고 말이지요.《통섭》도 마찬가지로 읽기는 어렵지만 서가에 꽂아두면 있어 보이는 책의 반열에 오른 게 아닌지 걱정됩니다.

책이 얼마나 팔렸는가와는 상관없이 우리 사회에서 '통섭'은 큰 화두가 되었습니다. 매우 많은 분이 이 단어를 사용했고, 이걸로 인해 대학에 새로운 프로그램이 만들어지기도 했습니다. 심지어는 우리나라의 제일 큰 기업도 신입사원을 뽑을 때 '통섭형 인재를 뽑겠다'라고 이야기할 정도였습니다.

그렇다면《통섭》이 미국에서 잘 팔리지 않았던 이유는 뭘까요? 제 생각에는 윌슨 교수님이 조금 잘못 판단하셨던 것 같아요. 미국은 이미 학문 간에 서로 넘나드는 분위기가 잡혀 있었어요. 지난 세기 말부터 통섭이 퍽 활발하게 벌어지고 있었는데, 어떤 의미에서 윌슨 교수님만 모르고 계셨던 게 아닌가 합니다. 그래서 뒷북을 치신 거고요. 그런데 우리나라에서는 그런 분위기가 막 만들어지기 시작할 때였어요. '문과와 이과로 쪼개놓아서 21세기에 국제 경쟁력을 확보할 수 있겠는가' 하는 논의를 하기 시작할 때 이 책이 나오는 바람에 사회적 화두로 떠오를 수 있었던 거지요. 연때가 딱 맞았던 게 아닌가 싶어요. 그러면 우리 사회에 왜 여전히 통섭이 필요한가에 대해 이야기해 보겠습니다.

융합의

산물

스마트폰

　지금은 모두가 4차 산업혁명이라는 기치를 내걸고 달려가느라 정신이 없습니다. 스마트폰이라는 걸 만들어서 새로운 역사를 열어젖힌 사람은 바로 스티브 잡스(Steve Jobs, 1955~2011)입니다. 심지어 어떤 사람은 B.C.(Before Christ)와 A.D.(Anno Domini)가 아니라 B.J.(Before Jobs)와 A.J.(Anno Jobs)로 연대 구분을 바꿔야 한다고까지 말하기도 합니다. 그 정도로 그가 일으킨 변화는 어마어마했습니다.

　스티브 잡스가 시작한 이상한 전통이 하나 있습니다. 바로 제품 설명회입니다. 스티브 잡스 이전에 기업들이 어떤 제품을 만들었다고 설명하는 걸 보신 적 있나요? 돈 들여서 광고를 했지, 기자들 불러놓고 자신들이 만든 제품에 대해 설명한 적은 없습니다. 그런데 스티브 잡스는 아이폰을 출시하면서 처음으로 제품 설명회라는 걸 했습니다.

스티브 잡스는 제품 설명회를 하는 무대에 이정표를 설치해 놓고 방향 표시판을 두 개 달았습니다. 하나는 '기술(Technology)'을, 또 하나는 '인문학 혹은 교양(Liberal Arts)'을 가리킵니다. 그리고 그는 아이폰을 손에 들고 코너로 걸어가면서 그 이정표를 등진 채로 이렇게 말합니다.

"이 기계는 인문학과 과학기술이 교차하는 지점에서 탄생했다."

그 말을 듣는 순간에는 '구라가 저 정도면 신의 수준이다' 싶더라고요. 그런데 이게 구라로 끝나지 않았다는 데 주목해야 합니다. 스마트폰이 세상을 바꾸었습니다. 세상 사람들이 제 발로 그 안에 걸어 들어가 애플리케이션을 만들어 올리고 네트워크를 형성하고…. 제 눈에는 하루 24시간 동안 현실에서 사는 시간보다 스마트폰 속에서 사는 시간이 더 길어 보입니다.

스티브 잡스가 더욱 대단한 것은 '이 기계를 만들어내면 그 안에 새로운 세계와 사회가 구성될 것이다'라고 예측했다는 것입니다. 그의 생각대로 아이폰 이전과 이후의 세상은 완전히 달라져 버렸습니다.

저도 스티브 잡스가 세상을 변화시켰다는 건 인정합니다. 하지만 약간 기분이 나쁘니까 괜히 트집을 잡아보겠습니다. 여러분, 이게 듣도 보도 못한 발명품입니까? 이세상에 없던 물건을 새롭게 만들어낸 건가요? 아닙니다. 이 기계의 본질은 전화기예요. 옛날에 집집마다 테이블위에 놓여 있던 그 전화기요.

2021년에 잠시 뉴욕에 다녀올 때 뉴욕 현대미술관(MoMA, Museum of Modern Art)에 갔더니 다이얼식 전화기를 전시 중이었어요. 대여섯 살쯤 되어 보이는 아이가 아빠랑 같이 관람하다가 이게 뭐냐고 묻더라고요. 아빠가 "이건 전화기(telephone)라는 건데, 예전에는 다이얼을 돌려서 전화를 했어" 하고 설명해 주었습니다. 그러자 아이는 신기하다는 듯이 전화기를 바라보더군요.

스티브 잡스가 한 일은 우리가 쓰던 저 전화기를 납작하고 조그맣게 만들어서 핸드백, 호주머니에 넣어 다니게 한 것입니다. 그래서 저는 처음에 휴대전화 사용하기를 거부했어요. '전화를 뭣 하러 가지고 다녀?' 하면서 오랫동안 휴대전화가 없는 채로 살았습니다. 그런데 제가 칼럼을 연재하는 신문사에서 견디다 못해 휴대전화를 한 대 사주었어요. "교수님, 죄송한데 연락이 안 돼서 도저히 안 되겠습니다" 하고 말이지요. 막상 써보니 편리해서 저도 계속 휴대전화를 사용하게 되었습니다.

저처럼 '전화를 뭣 하러 가지고 다녀?' 하는 사람들을 위해 스티브 잡스는 휴대전화에 게임에다 검색, 사진 촬영 기능까지 넣어주었지요. 요즘은 휴대전화를 카메라로 쓰는 분들이 많습니다. 스티브 잡스가 온갖 기능을 다 골고루 넣어주는 바람에 모두가 홀랑 거기에 넘어가 버린 겁니다. 그래서 이젠 휴대전화 없이는 하루도 못 사는 이상한 사람들이 되어버렸어요.

우물을

깊이 파려거든

넓게 파라

저는 스마트폰이야말로 새로운 발명품이 아니라 융합의 산물이라고 생각합니다. 기존에 있던 기술들을 매력적으로 잘 섞어서 이것 없이는 못 살게 만들어놓은 융합의 산물입니다. 성균관대 기계공학부의 최재붕 교수는 《포노 사피엔스》라는 책에서 우리 인류의 이름을 이제는 호모 사피엔스가 아니라 '포노 사피엔스'라고 바꿔야 한다고까지 말한 바 있지요.

우리나라도 휴대전화를 잘 만듭니다. 디자인도 예쁘고 성능도 좋아서 세계적으로 인정받고 있습니다. '이런 휴대전화 한번 만들어봐라' 하는 '숙제'를 내주면 기술력, 디자인 능력 등을 총동원해서 참 잘 만드는데, '출제'는 아직도 못 하고 있습니다. 애플이 뭘 출시하고 나야 우리

나라 기업들도 비슷한 걸 내놓고 구시렁댑니다. '속도는 우리가 더…', '해상도는 우리가 더…'라고 말이지요. 그래 봐야 우리는 숙제밖에 할 줄 모르는 나라입니다.

영화 〈아바타〉 제작 당시 한국인 컴퓨터 그래픽 디자이너가 여럿 참여했다고 합니다. '전 세계 애니메이션은 대한민국이 다 그린다'라는 말이 있을 정도로 한국의 그래픽 실력은 세계적인 수준입니다. 그런데 결국 이것도 제임스 카메론(James Cameron) 감독이 이렇게 만들어달라고 숙제를 내면 그대로 만들어냈다는 이야기입니다.

이런 걸 다른 말로 하청이라고 합니다. 우리나라는 하청업은 곧잘 합니다. 그런데 왜 〈아바타〉같은 영화를 만들어내지 못할까요? 그리는 건 잘하는데 전체 과정을 만들어내지 못하기 때문입니다. 컴퓨터 그래픽만 잘하면, 과학기술만 알면 만들 수 있나요? 스토리가 있어야 합니다. 스토리를 만들려면 인문학적 소양이 풍부해야 합니다. 그렇다고 인문학만 알아서는 안 됩니다. 과학기술 위에 인문학을 얹을 수 있어야 합니다.

이제 열심히 숙제하는 우리들 주변에도 군데군데 출제를 하는 사람이 나타나 줘야 합니다. 우리 숲에도 다양한 생각을 할 수 있는, 학문의 경계를 두려워하지 않고 넘나들 수 있는 스티브 잡스, 제임스 카메론 같은 사람이 나타나야 합니다. 그런 사람들은 골치 아픕니다. 대부분의 경우 난장판을 만듭니다. 하지만 그들이 만들어내는 난장판 속에서 다음 세대의 먹거리가 발견될 것입니다.

스티브 잡스를 대단하다고 하지만 옛날에는 한 분야에 매몰되지 않고 다양한 분야를 섭렵한 만능인, 르네상스맨들이 참 많았습니다. 아리스토텔레스, 레오나르도 다 빈치, 다산 정약용, 연암 박지원… 그들이 활약하던 시절에는 다뤄야 했던 지식의 총량이 그리 방대하지 않아 특출한 개인이 여러 분야를 섭렵할 수 있었습니다.

하지만 더 이상 우리 사회에 그들과 같은 학자는 나타나지 않을 겁니다. 지난 두 세기 동안, 19세기와 20세기를 거치며 우리 인류가 축적한 지식의 종류와 규모가 한 개인이 감당할 수 있는 수준을 훨씬 넘어섰기 때문입니다. 그래서 우리는 좁고 깊게 파기 시작했습니다. 이른바 전문화(specialization)입니다.

하지만 21세기에 들어오면서 이야기가 또 달라지기 시작했습니다. 한 우물만 파다간 쪽박 차는 세상이 되었습니다. 여러 분야에 소양을 갖춘 멀티 플레이어가 되기를 요구합니다. 세상 문제가 모두 복합적으로 얽혀 있어서 여러 분야가 함께 풀지 않으면 실마리조차 찾을 수 없습니다.

가야금의 명인 고(故) 황병기 선생님이 첼리스트 장한나 씨에게 덕담으로 들려준 우리 옛말이 있습니다.

"우물을 깊이 파려거든 넓게 파라."

저는 21세기의 학문 중 어느 것도 다른 학문의 도움 없이 홀로 존재할 수는 없다고 생각합니다. 진리의 심연에 이르려면 깊게 파야 하고 그러자면 넓게 파기 시작해야 하는데, 혼자서는 평생 파도 표면조차 제대로 긁지 못하는 것이 현실입니다. 그래서 예전 같은 만능 엔터테이너는 될 수 없어도, 적어도 자기 전공 분야의 옆 동네는 넘나들 정도의 소양은 가져야 한다는 것입니다. 이제는 담장을 넘나드는 사람이 되어야 합니다. 예전에는 월담하면 정학을 맞았지만, 이제는 월담을 해야 창의적인 인재가 됩니다.

그것이 바로 아까 말했던 '통섭'입니다. 분과 학문만으로는 문제를 해결하기 어렵습니다. 다양한 분야의 학문,

예컨대 자연과학과 인문학이 만나야 합니다. 자연과학과 인문학이 융합될 리는 없습니다. 하지만 통섭할 수는 있습니다. 이제는 수시로 만나 같이 문제를 풀어나가야 합니다.

저는 우리 한국인이 '통섭'을 세계에서 제일 잘할 수 있는 민족이라고 생각합니다. 비빔밥은 우리에게는 너무 익숙한 음식이지만 외국인들은 보고서 깜짝 놀랍니다. 이렇게 많은 채소를 한 번에 넣고 비벼 먹는 음식이 서양에는 없습니다. 도저히 어울릴 것 같지 않은 재료들인데 넣고 슥슥 비비면 상상할 수 없었던 새로운 맛이 납니다.

서양인들은 큰 접시에 음식이 이것저것 담겨 있는 상태로 먹지만, 우리는 식탁 위에 밥, 국, 반찬 등 여러 음식을 두고 먹습니다. 그래서 먹는 순간에도 쉬지 않고 뇌를 씁니다. 밥 한 숟가락 먹고 고민에 빠집니다. 다음에는 뭘 먹어야 맛이 조화로울까 하면서요. 섞는 것은 우리가 세계 최고라 해도 과언이 아닙니다.

세계를 상대로
쌓아야 하는 스펙은
기초학문

저는 여행을 참 많이 다녔습니다. 제 주특기가 바로 관찰인데, 여태껏 관찰한 바에 따르면 지금 이 순간 가장 열심히 일하는 사람들이 바로 대한민국 국민입니다. OECD 국가들 중 우리나라가 노동 시간이 거의 제일 깁니다.

게다가 한국 사람들은 머리가 얼마나 좋은지 모릅니다. 미국에서 공부하던 시절에 늘 저를 주눅 들게 했던 친구들은 대개 유태인이었어요. 어떻게 그렇게 머리가 좋은지 감히 범접할 수 없다고 느꼈는데, 이제 그 친구들이 "한국 사람들은 왜 이렇게 머리가 좋은 거냐"고 제게 묻습니다.

그럼에도 불구하고 너무나 빨리 변하고 있는 세상 속에서 '어떻게 살아야 제대로 사는 걸까' 고민이 큽니다.

변화를 거부할 수도 없고, 그렇다고 변화에 휩쓸려 가자니 그것도 아닌 것 같고, 우리는 참 애매한 순간에 놓여 있습니다.

미국의 경영학자 피터 드러커(Peter Ferdinand Drucker, 1909~2005) 교수는 21세기에는 모두가 평생직장에 묶여 있는 게 아니라 '지식의 유목민'이 될 거라고 예언했습니다. 저는 강의실에서 학생들에게 "지금 여기 앉아 있는 여러분의 절반은 이 땅에서 살지 않을 것"이라고 말합니다. 단언하건대 지금의 젊은 세대는 직업을 따라 전 세계를 돌아다니며 살게 될 것입니다.

그런데 대부분의 대학생이 대학 4년 동안 이 좁은 땅에서 써먹을 스펙을 쌓느라 코를 박고 지냅니다. 얼마나 어리석은 일입니까. 전 세계를 상대로 스펙을 쌓아야 합니다. 이 나라 안에 있는 직업만 바라보고 있다가는 굶어 죽기 십상입니다. 저는 조만간 그런 날이 오리라 확신합니다.

그렇다면 세계를 상대로 쌓아야 하는 스펙은 무엇일까요? 기초학문을 충실히 하는 것입니다. 인문학과 자연과학의 기초만 잘 닦아놓으면 언제든 새로운 전문 분야에 뛰어들어 공부할 준비가 갖춰지는 것입니다.

미래학자들이 말하기를 지금의 학생들은 앞으로 대여섯 번, 많게는 열 번까지 직업을 바꾸게 될 거라고 합니다. 조만간 정년퇴직 제도도 없어질 것입니다. 몇 년 후면 일하는 사람보다 퇴직하고 집에 있는 사람의 수가 더 많아집니다. 그래서는 한 나라의 경제가 유지될 수 없겠지요. 정년이 없어지는 건 시간문제고, 여러분은 아마 평생 일하게 될 것입니다.

30세에 일을 시작한다고 하면 100세까지 70년 동안 일해야 한다는 이야기인데, 처음 들어간 대기업에서 70년간 굳세게 버틸 수 있을까요? 임원이 되는 몇 명을 제외하고는 50대 초반에 쫓겨납니다. 그러면 다음 직장을 구해야 합니다. 그런데 아는 것이라고는 대학에서 한 경영학 공부가 전부입니다. 경영학만큼 변화가 빠른 학문도 없습니다. 대학 때 배운 경영 이론은 이미 구닥다리가 되었고 무엇을 해야 할지 막막할 것입니다.

인문학과 자연과학, 수학의 기초를 확실히 다진 사람만이 일고여덟 번의 직업을 운 좋게 얻을 수 있을 것입니다. 그런 능력을 뭐라고 하지요? 학문을 공부할 수 있는 능력, 한자어로 수학(修學) 능력, 준말로 수능이라고 합니다. 우리나라 학생들이 대학에 가기 위해 치러야 하는 시험이 수학 능력 시험이지요? 그런데 실제는 어떤가요?

두루두루

여러 일을 잘 해내는

사람이 되자

저는 종종 영어로 수업을 합니다. 영어를 안 쓰면 실력이 자꾸 줄어들까 봐 순전히 이기적인 목적으로 영어 강의를 하는데, 첫 시간에 예고도 없이 첫마디부터 영어로 입을 열면 반수가 우르르 나갑니다. 그리고 무엇을 해야 한다는 설명을 하면 거기서 또 반수가 나갑니다. 학생 수줄이는 좋은 방법이지요.

영어로 미국에서 했던 강의를 그대로 해도 우리 학생들은 미국 학생들 못지않게 잘 따라옵니다. 그토록 우수한 학생들이지만 미국 학생들과 비교했을 때 결정적으로 부족한 것이 하나 있습니다. 미국에서는 다양한 전공의 학생들이 제 강의를 들었는데 별 어려움 없이 잘 따라왔습니다. 물론 학기 초에는 조금 고생합니다. 그러면 이러이러한 것을 미리 읽어 오라고 하거나 이러이러한 수학책을 공부해 보라고 합니다. 그러면 필요한 공부를 따로 해 와서 어느새 수업을 따라가는 데 지장이 없을 정도의 수준에 도달합니다. 미국의 학생들은 전공 외에도 어떻게 하면 다른 분야의 공부를 할 수 있는지를 미리 배워서 대학에 오는 것입니다. 말 그대로 '수학 능력'을 갖추고 들어온 것이지요.

하지만 우리나라 학생들은 수학 능력 시험을 보고 들어왔는데도, 인문대 학생이 생물학 강의를 들으면 전혀 따라오지 못합니다. 물리학 강의는 꿈도 꿀 수 없지요. '수학 능력자'가 아니라 '수학 장애인'입니다. 이래서는 안 됩니다.

지금이야 문과, 이과 구분이 없어지고 모든 학생이 과학과 사회를 다 배워야 하지만, 사실 대부분의 대한민국 성인은 '수학 장애인'들입니다. 국가가 나서서 10대 시절에 청소년들을 둘로 가른 뒤 학문의 절반을 배우지 못하게 했으니까요. 저는 이것이 '인권'의 문제라고 생각해요. 문과 학생은 과학을, 이과 학생은 사회를 배울 권리를 박탈당했으니까요. 그래서 모두가 학문의 장애를 가지고 있어요. 배우지 않은 학문의 반쪽은 잘 알지 못합니다.

요즘도 농담 삼아 하는 이야기 중 하나가 "내가 옛날부터 구조 조정의 피해자였다"는 것입니다. 아직 장래에 대한 계획이 정리되지 않은 채 고등학생이 된 저를 학교에서는 이과로 몰아넣었습니다.

제가 다니던 고등학교는 속칭 일류 고등학교라고 불리는 학교 중 하나였는데, 이과에 비해 문과가 좀 약한 학교였습니다. 한 학년 열두 개 반 중에 문과가 네 반, 이과가 여덟 반이었는데, 제가 입학하던 해 마침 새로 부임한 교장 선생님이 문과를 줄이자고 해 그나마 있던 문과 반이 세 개로 줄어들었습니다. 이과 반을 늘리는 과정에서 학교에선 학생들을 대상으로 적성검사를 실시해 그 결과에 따라 마음대로 배치했습니다.

당시 저는 무척 오만했습니다. 문과 0순위라고 자부했기 때문에 적성검사를 해도 보나 마나 문과로 나올 거라고 생각했습니다. 그래서 원하는 과를 쓸 때 일부러 이과라고 썼습니다. 그래도 어쩔 수 없이 학교에서는 저를 문과로 보낼 테니까요. 물론 그러한 갑작스러운 구조 조정은 전혀 예상하지 못했습니다.

학교에선 이과 반 학생을 늘려야 하는 판에 이과라고 자원한 저를 문과로 보낼 이유가 없었겠지요. 1학년 반 배치를 받았는데, 정말 이과 반으로 편성되었습니다. 저는 당장 교장 선생님을 찾아갔습니다. 누가 봐도 문과 0순위인 저를 이과로 편성하는 것은 불합리하다고 항의했지만, 교장 선생님은 가소롭다는 듯 쳐다보시더니 "일단 공부해 봐라" 하고 일언지하에 제 뜻을 무시했습니다.

어쩔 수 없이 이과에서 공부하긴 했지만, 저는 고등학교 3학년 때 마지막 원서 쓰는 순간까지도 대학은 문과 쪽으로 지원하려고 마음먹었습니다. 교장 선생님을 찾아가 떼를 쓰고 투쟁을 했지만 교장 선생님이 3년 동안 저를 피하셔서 어쩔 수 없이 과학자가 됐습니다. 지금 생각하면 그 교장 선생님께 너무 감사합니다.

어쨌든 그렇게 우리 모두 학문 장애인으로 살았는데, 어느덧 융합의 시대가 되어버린 겁니다. 지식의 경계를 넘나들어야 하는 4차 산업혁명 시대가 도래했어요. 게다가 예전에는 20대 때 배웠던 걸 적당히 우려먹으며 평생 직장에서 버티다가 환갑 근처에 퇴임하고 세상을 떠났어요. 그런데 지금은 100세까지 살아야 합니다. 80대에도 일해야 합니다.

20대 초반에 배운 걸 80세에 써먹을 수 있을 것 같아요? 절대로 불가능합니다. 지금은 워낙 빠른 속도로 학문이 변하고 있기 때문에 그때그때 배워서 빨리 써먹고 또 배워서 또 써먹어야 하는 그런 시대입니다. 평생교육의 시대가 온 겁니다. 그런데 그런 준비를 우리는 지금전혀 하지 않고 있어요.

게다가 지금 대학에서는 절대로 옆 친구에게 보여주면안 되는 시험을 치르게 합니다. 옆 친구가 볼까 봐 가리고시험을 쳐야 하죠. 그런데 대학을 졸업하고 사회에 나가면 웬만한 직장은 모두 팀으로 일합니다. 학교 다니면서한 번도 해보지 못했던 걸 나가서 해야 하는 것이지요.

저는 그게 결정적으로 잘못됐다고 생각해요. 모든 걸다 혼자서 완벽하게 통달하지는 못하더라도 언제든 나와다른 전공, 나와 다른 전문성을 갖고 있는 사람들과 같이일할 수 있는 그런 준비를 시켜야 합니다.

그래서 저는 오래전부터 누구나 다 통섭형 인재가 돼야 한다고 말해왔습니다. 어느 한 분야에 매몰되는 게 아니라 여러 분야를 두루두루 섭렵할 수 있는, 다른 사람과 협업이 가능한, 한 개인의 인생으로 봐도 두루두루 여러 일을 다 해낼 수 있는 그런 인재가 되어야 한다고 말해왔어요. 그런 의미에서 통섭은 혼자 하는 게 아니라 같이하는 거라고 생각해요. 그렇게 하면 그리 어렵지 않은 일이 되지 않을까요?

피아노 치는
노벨화학상
수상자

시대의 피해자라고 했지만 사실 저는 운이 참 좋은 사람입니다. 학점이 바닥이라 미국 유학도 겨우 갔는데, 말도 안 되게 하버드 대학에서 박사학위를 하게 되었어요. 그런데 하버드 대학은 참 이상한 곳이었습니다. 매일 같이 복도에서 노벨상 수상자를 만납니다. 현실 세계 같은 느낌이 안 들더라고요.

가방을 메고 복도에 있는 게시판을 지나다 보면 별의별 세미나가 다 열리는 것을 볼 수 있습니다. '옥스퍼드 대학 교수 ○○이 와서 강연을 한다', '버클리 대학 교수 △△이 와서 특강을 한다' 등등. 하버드까지 갔으니 열심히 공부해야 하는데, 참새가 방앗간을 못 지나친다고 거길 자꾸 기웃거렸어요. '안 돼, 가서 공부해야 해' 하고 생각해 보지만, 조금 뒤에는 생판 모르는 사람들이랑 함께 앉아서 옥스퍼드 대학 교수가 하는 모딜리아니의 작품 세계 강의를 듣고 있는 거예요.

그래서 제가 박사학위 하는 데 11년이 걸렸습니다. 한국에서 배워 간 게 너무 없어서 공부하는 것이 힘들기도 했지만, 맨날 딴짓하느라고 시간이 훨씬 많이 걸렸어요. 그런데 참 고맙게도 세상이 저를 위해서 변해주었습니다. 오히려 이제는 잘한 짓이 된 거죠.

어디서였는지 잘 기억나지 않지만, 노벨화학상 수상자의 강연을 들은 적이 있습니다. 객석에 앉아 있는데 그분이 강연하러 나오시다 말고 그랜드 피아노를 가리키면서 옮겨달라고 손짓을 하는 겁니다. 강연자에게 공간을 만들어주기 위해 그랜드 피아노를 무대 구석으로 밀어놓았는데, 그걸 쳐볼 수 있겠냐고 하는 거예요.

그래서 사람들이 올라가서 피아노를 무대 가운데로 옮겼습니다. 당연히 준비된 악보가 있는 것도 아니었지요. 그런데 그분이 피아노 앞에 앉아서 3분 정도 연주하는데, 얼마나 연주 실력이 뛰어난지 모두 깜짝 놀랐어요. 전문 콘서트 피아니스트 같았습니다. 청중들이 모두 감동에 젖어 있는데, 그분이 일어나서 마이크를 잡더니 수줍게 하시는 말씀이 더 충격이었습니다.

"저는 정말 피아니스트가 되고 싶었는데 실력이 안 돼서 할 수 없이 화학을 했어요."

할 수 없이 화학을 해서 노벨화학상을 받았다니, 이게 말이 되는 소리입니까? 그러니 그날 강의가 얼마나 기가 막히게 다가왔겠어요.

강의가 다 끝나고 질의응답 시간이 되었는데, 어떤 학생이 손을 들더니 뻔히 예상되는 질문을 던졌습니다.

"저는 화학과 학생입니다. 어떻게 하면 교수님처럼 노벨상을 받을 수 있을까요?"

판에 박힌 듯한 질문에 대한 그분의 답변이 너무 뜻밖이었습니다.

"화학 공부만 열심히 하면 내 연구실의 조교가 될 거다. 그렇지만 나처럼 피아노도 좀 치고 시도 쓰고 그림도 그리면 노벨상을 받을 수 있을지도 모른다."

그분의 말인즉슨 화학만 죽어라 하면 상상력의 폭이 별로 넓지 않고 테크닉만 가지고 있어서 상상력과 창의력 있는 어떤 교수님의 조교로 그분의 연구를 열심히 뒷

바라지하는 성실한 화학자가 될지언정 노벨상은 못 받을 거고, 허구한 날 잡생각 많이 하고 여러 가지를 해보는 그런 사람이라야 노벨상을 받는다는 것이지요.

그분의 말씀을 들으며 '내가 잘못 살고 있는 게 아니구나' 하고 생각했던 게 기억납니다. 그러면서 '앞으로도 계속 딴짓하며 이렇게 살아야지' 했는데, 그렇게 살아온 것이 잘못되지 않았다는 게 지금 제 인생에서 드러나고 있습니다.

통섭의
식탁으로의
초대

　미국에 있을 때 미시건 대학 명예교우회(Society of Fellows)의 특별연구원(Junior Fellow)으로 발탁된 적이 있습니다. 이 명예교우회 제도는 1933년 하버드 대학에서 처음 만들어졌는데, 학문하는 사람들에게는 그야말로 꿈의 전당입니다. 일찍이 하버드 대학 총장을 지냈던 애벗 로런스 로웰(Abbott Lawrence Lowell, 1856~1943) 교수가 "위대한 학자들의 독자적인 연구가 바로 위대한 대학의 정신"이라며 거의 전 재산을 기부하여 만든 기관이지요.

　로웰 총장은 그 모임을 만들면서 학자를 놀려야 한다고 말했습니다. 여러 다른 분야에 있는 학자들을 한데 모아놓고 잡담하며 놀게 해줘야 거기서 불꽃이 튀어 새로운 학문이 탄생한다는 것이지요. 그래서 하버드 대학에 있는 내로라하는 교수들을 다 불러 모았는데, 그냥 오라고 하면 잘 오지 않을 테니까 꾀를 냈습니다. 100년 묵은 최고급 포도주를 내놓고 금박으로 두른 술잔에 따라 마시게 했어요. 처음에는 잿밥에 관심이 있어서 모였지만, 시간이 흘러 모임 자체가 재미있어지자 교수들 스스로 잘 모이게 되었다고 합니다.

그 후 로웰 총장은 젊은 피를 수혈하기 위해 다양한 분야에서 장래가 촉망되는 젊은 학자들을 뽑게 했습니다. 해마다 박사학위를 갓 받은 전 세계 사람들 중에서 추천위원단의 추천을 받아 특별연구원을 뽑습니다. 하버드 대학 특별연구원으로 선임되면 3년간 다른 특별연구원, 종신연구원(Senior Fellow)들과 저녁 식사를 함께하는 것 외에는 아무런 의무 사항이 없습니다. 3년간 조교수 월급을 받으며 연구에만 몰두할 수 있는 것입니다.

저는 몇 해 전부터 하버드 대학 명예교우회의 추천위원이 되었습니다. 하지만 정작 저는 하버드 대학 명예교우회 특별연구원 심사에서 탈락했었습니다. 지도 교수였던 에드워드 윌슨 교수님의 추천으로 인터뷰까지 간 것만 해도 대단한 영광이었지요. 이 명예교우회는 장래가 촉망되는 젊은 학자들을 데려다가 일 저지르라고 그야말로 지원을 아끼지 않는 제도입니다.

우리가 신문에서 보는 기라성 같은 학자들, 스키너, 촘스키, 윌슨, 파인만, 다이아몬드 등이 다 하버드대 명예교우회 출신입니다. 미국에서는 이곳의 특별연구원으로 뽑히기만 하면 그날로 다른 대학에서 교수로 모셔 가려고 교섭이 들어옵니다. 경우에 따라서는 그 대학이 선점하기 위해 미리 교수 발령을 내기도 합니다. 그들은 그 3년 동안 엄청난 업적들을 만들어냅니다. 20명 가까이 노벨상 수상자가 나왔고, 수많은 퓰리처상 수상자를 배출했습니다.

미시건 대학 명예교우회는 1970년에 시작되었으며, 하버드에 비하면 규모가 훨씬 작습니다. 하버드 명예교우회가 오로지 추천에 의해 심사가 진행되는 것과 달리, 미시건 명예교우회는 누구나 지원할 수 있습니다. 재정적인 지원이 충분한 하버드는 특별연구원을 많을 때는 16명까지 뽑지만, 미시건은 한 해에 4명밖에 뽑지 않습니다. 수백 명 지원자 중에 운 좋게 제가 뽑힌 것입니다.

미시건 대학 명예교우회에서 특별연구원으로 지냈던

3년은 제 인생에서 가장 꽃과 같은 시절이었습니다. 3년 동안 한 해에 4명씩 총 12명의 특별연구원이 있었는데, 우리는 매주 수요일마다 모여 함께 점심을 먹었습니다. 그리고 한 사람씩 돌아가며 그날의 발제를 했습니다.

예를 들어 철학을 하는 친구가 '왜 철학자들의 글은 읽어도 무슨 뜻인지 모를까?'와 같은 주제로 발제를 하면 우리는 점심을 먹으며 그 문제에 대해 토론합니다. 12명이 돌아가면서 발제를 하다 보면 몇 달에 한 번씩 제 차례가 오는데, 어찌나 모임이 재미있던지 한 번도 빠진 적이 없습니다. 항상 낮 12시에 모여 해 질 무렵까지 토론했고, 그것도 모자라 저녁까지 먹고 떠들다 보면 한밤중이 되었습니다.

그렇게 지내다 보면 한 달에 한 번 선임연구원들과 저녁을 먹는 날이 옵니다. 천장이 높은 고풍스러운 홀에 모이면 무작위로 선임연구원들과 함께 앉습니다. 둥근 탁자에 어떤 분들이 모여 앉느냐에 따라 그날의 이야기 주제가 달라지는 것입니다. 유명한 학자를 초빙해 강연을 듣기도 하는데, 그중에는 동양의 용 문양을 평생 연구한 분도 있었습니다.

'재즈의 미학', '중산층의 허구'에서 '철학의 죽음'과 '양자물리학'까지 3년 동안 특별연구원들과의 점심 모임과 선임연구원과의 공식 모임을 통해 200가지가 넘는 주제를 놓고 토론을 즐겼던 것입니다.

제가 지금 자연과학을 하는 사람치고는 제법 말이 통한다며 인문학자들의 잔치에 초대받는 것도 예전에 토론했던 그 200가지 주제와 연결되는 게 있다 보니 가능한 일입니다. 3년간 별의별 것을 다 들었고, 주워들은 풍월이 사실 보통 이상의 수준이었으니까요. 그리고 대한민국에 그런 명예교우회를 만드는 것이 제 꿈 중 하나입니다.

2006년 9월에 개원한 통섭원은 그 꿈을 이루기 위한 작은 노력 중 하나입니다. 우리나라는 대학에서 박사학위를 받고 나면 시간강사로 일해야 먹고삽니다. 한 대학만 해서는 입에 풀칠도 할 수 없으니 두세 군데 대학에 나갑니다. 속된 말로 보따리 장사라고 부르지요. 그러다 보면 자기 공부는 할 수가 없습니다. 그렇게 진이 다 빠지고 나면 새롭게 박사학위를 받은 사람들에게 밀려납니다.

제가 경험했던 명예교우회를 전국 방방곡곡에 만들면 좋겠습니다. 매년 박사학위 졸업자 중 우수한 사람 100명을 뽑아 돈 걱정 없이 5년간 연구만 하게 하면 그만큼의 몫을 해내리라 생각합니다. 그리고 안식년을 맞는 교수님들을 선임연구원으로 모시는 겁니다. 거기서 젊은 학자들과 1년을 같이 지내다 보면 미뤄놓았던 연구도 하고 새로운 기분으로 다시 대학에 돌아갈 수 있을 것입니다.

계산해 보니 돈이 200~300억쯤 들겠더군요. 나중에 막강한 힘을 발휘할 수 있는 사람이 되어 그만한 돈을 쓸 수 있다면 꼭 한번 만들어보려고 합니다. 한국 사람으로 미국 명예교우회 특별연구원을 했던 사람은 그리 많지 않을 것이라 생각합니다. 직접 경험해 본 사람으로서 얼마나 굉장한 일인지 알고 있기에 후학들에게도 그러한 경험을 맛보게 해주고 싶은 마음이 간절합니다.

이제 학문을 넘나들면서 진리의 궤적을 따라다닐 수 있는 진정한 학문의 세계가 열려야 합니다. 그리고 앞으로 반드시 그렇게 변해갈 것이라고 저는 확신합니다. 여러분도 좁은 시야로 세상을 보기보다는 열린 마음으로, 넓은 시야로 사물을 관찰하고 세상을 보는 사람이 되었으면 합니다.

진짜 공부를
하라

이제 본격적으로 공부 이야기를 해보겠습니다. 2022년 5월에 저는 《최재천의 공부》라는 책을 냈습니다. 코로나 팬데믹 때문에 아무것도 못 하던 때였는데, 출판사에서 '공부'에 대한 책을 내자고 제안했습니다. 사실 교육에 관한 책을 오래전부터 쓰고는 싶었지만 엄두가 나지 않아 시작하지 못하고 있었어요.

대한민국 5천만 국민이 한 명도 빠짐없이 전문성을 가지고 있는 분야가 하나 있습니다. 바로 교육입니다. 대한민국 국민은 모두가 다 교육 전문가입니다. 교육에 관해서라면 누구나 한마디씩은 할 말이 있을 정도로 일가견이 있습니다. 심지어는 교육부를 없애라고까지 말하는 분도 있습니다.

그런 독자들이 읽을 책인데, 공부에 대해 어디서부터 어디까지 써야 할지 도무지 엄두가 나지 않더라고요. 그런데 출판사에서 그걸 정리해 줄 수 있는 분을 붙여주겠다고 하는 바람에 작업을 시작하게 됐습니다.

언론인 출신의 안희경 작가랑 만나서 저는 진짜 그냥 떠들었어요. 그런데 그분이 맛깔스럽고 먹기 좋게 정리를 잘해 주셔서《최재천의 공부》라는 책이 탄생했습니다. 그래서 얼마나 그분께 고마운지 모릅니다. 그분 덕분에 하고는 싶었지만 못 하던 이야기를 결국 세상에 내놓게 되었습니다.

제가 책을 참 많이 썼습니다. 직접 쓰거나 번역한 책이 70권이 넘어요. 주책 맞다 싶을 정도로 많이 썼는데, 사실 제 책이 그리 잘 팔리진 않습니다. 대신 조금씩 오래도록 팔려요. 그런데《최재천의 공부》는 출간되고 1년 만에 거의 10만 부가 팔렸습니다. 제가 직접 안 쓰니까 책이 팔리더라고요. 그래서 이제부터는 제가 안 쓰고 남이 쓰게 하는 전략을 써볼까 생각 중입니다. 농담이고요. 이제부터는 공부에 대한 이야기를 여러분과 한번 나눠보도록 하겠습니다.

《최재천의 공부》라는

책을 낸

이유

저명한 미래학자 앨빈 토플러(Alvin Toffler, 1928~2016)는
이런 말을 했습니다.

"한국의 학생들은 하루 15시간 동안 학교와 학원에서
미래에 필요하지도 않을 지식과 존재하지도 않을 직업을
위해 귀중한 시간을 낭비하고 있다."

정말 뼈아픈 말이 아닐 수 없습니다. 우리는 어린이집
과 유치원까지 포함해 20년 이상을 공부에 쏟아붓습니
다. 가히 100세 시대라고 해도 인생의 첫 5분의 1을 다가
올 미래를 위해 희생하는 게 맞는 걸까요? 사실 저는 대
학 시절에 공부를 열심히 안 했어요. 유신 독재가 이루어
지던 때라 워낙 엄혹한 시절이었어요. 공부 좀 하려고 하
면 휴교하고 학교로 탱크가 들어오고…. 그렇게 배운 것

도, 공부한 것도 없이 어쩌다 대학교수가 됐고, 지금은 과분하게 석학 소리까지 듣고 있습니다.

지금 학생들을 보면 그 옛날의 저보다 10배, 100배 열심히 공부합니다. 그런데 자꾸 미래가 없다고 해요. 어떤 학생은 극단적 선택을 하기도 하고요. OECD(경제협력개발기구) 국가 중 한국의 청년 자살률이 가장 높습니다. 미래를 위해 현재를 희생하는 과정에서 지쳐버린 젊은이가 많기 때문이겠지요. 어른으로서 죄책감이 들었어요. 교육 시스템이 문제죠. 그런데 어디서부터 어떻게 말해야 할지 엄두가 안 나더라고요.

기획재정부의 요청으로 2018년 초부터 2020년 중반까지 제4기 중장기전략위원회 민간위원장을 맡으면서 교육 문제를 보다 극적으로 확인하게 되었습니다. 사회 각계 리더 20명과 매달 한 번씩 모여 '10~20년 후 우리 아이들이 사는 나라'에 대해 이야기했어요. 그런데 어떤 주제를 놓고 시작해도 끝에 가면 반드시 '교육이 문제'라는 말로 귀결되었습니다.

놀이터에서 놀 때 보면 기가 막히게 창의적인 아이들이었는데, 그 아이들이 학교에 들어가면 똑같은 걸 배우고 똑같은 시험을 보고 똑같은 잣대로 성적이 매겨집니다. 그 과정을 거치고 나면 결국 모두가 다 똑같은 사람이 돼서 세상에 나오는 겁니다. 이런 짓을 하려고 우리가 학교라는 제도를 만든 게 아닌데, 왜 우리 학교는 가면 갈수록 창의성이 없어지는 기관이 돼버릴까요?

특히 대한민국은 고등학생 시절, 그러니까 거의 2~3년을 그야말로 기계체조를 하듯 교육하고 있습니다. 수능에서 한 문제만 더 틀려도 수도권 바깥으로 쫓겨나니까 단 한 문제라도 덜 틀려야 해요. 그래서 새로운 걸 배우는 게 아니라 어떻게 하면 평행봉에서 흔들리지 않을 수 있는지, 그것만 끊임없이 반복해서 훈련하고 있습니다.

생물학자 입장에서 인간의 발달 과정을 지켜보면, 두뇌 회전이 가장 활발할 때가 10대 후반에서 20대 초반입니다. 심지어 물리학자의 경우 속된 말로 20대 초반에 뜨지 않으면 대충 끝났다고 보면 된답니다. 세상에서 가장 어렵고 천재들이 많이 나타나는 학문 중의 하나가 물리학이잖아요.

그런데 두뇌 활동이 가장 활발한 시기인 10대 후반에서 20대 초반의 우리 학생들이 기껏 이런 공부나 하고 있는 겁니다. 이는 국가 전체로 보나 인류 전체로 보나 너무 억울한 일이라는 생각이 들어서 《최재천의 공부》라는 책을 쓰게 되었습니다.

교육으로 흥한

대한민국,

교육으로 망한다

대한민국에서 책을 좀 썼다 하는 사람들은 모두가 다 알고 있는 사실이 하나 있습니다. 대한민국의 출판사들이 절대로 양보하지 않는 게 하나 있습니다. 바로 책 제목입니다. 출판사에서 책 제목을 지어야 그래도 책을 팔 수 있다고 말해요. 처음에는 웃긴다고 생각했는데 이기지를 못하겠더라고요.

이번에도 제가 지어놓은 제목이 있었습니다.

'교육으로 흥한 나라, 교육으로 망한다.'

출판사에서 "선생님, 그 제목으로 하면 책 한 권도 못 팔아요" 하더군요. 그래서 이번에도 졌습니다. 출판사에서 '최재천의 공부'라고 아예 제 이름을 제목에다 갖다 박아놓았어요. 그렇게 해서 잘 팔렸으니 저도 뭐 할 말은 없습니다.

그런데 핵심은 이겁니다. 교육으로 흥한 대한민국, 교육으로 망할 것 같습니다. 우리나라가 가진 게 많은 나라입니까? 땅을 파면 시커먼 액체가 막 쏟아져 나오는 세계 최대 산유국인가요? 아닙니다. 석유 한 방울도 안 납니다.

그나마 스마트폰 같은 것을 잘 만들어서 내다 파는데, 그 안에 반드시 들어가야 하는 희귀한 광물이 있어요. 희토류라고 하는데 우리나라에서는 거의 안 납니다. 다른 나라에서 다 사다가 스마트폰 만들어 파는 겁니다. 참 지지리도 가진 게 없습니다.

조상님들이 후손들에게 뭐 물려주신 거 있나요? 힘들어지면 꺼내 쓰라고 전국 사찰마다 대웅전 뒤에 금괴를 묻어주셨나요? 우리는 IMF 사태 때 손가락에 있는 금반지까지 빼며 금 모으기 운동을 해서 살아남은 사람들이에요. 지지리 가진 것도, 지지리 물려받은 것도 없는 진짜 팍팍한 민족입니다. 게다가 불과 70년 전에 세계 전쟁사에서 가장 참혹한 전쟁 중 하나로 기록되는 한국전쟁을 겪으면서 완벽하게 쑥대밭이 되었습니다. 세계에서 가장 못사는 나라가 됐었죠.

그런데 반세기 만에 세계 10대 경제대국이 된 겁니다. 인류 역사에서 유례를 찾아볼 수 없는 이런 기적이 어떻게 가능했을까요? 다시 반복하겠습니다. 가진 것 지지리도 없습니다. 물려받은 것 지지리도 없습니다. 지지리도 없는 그마저도 전쟁으로 완전히 털렸습니다.

우리나라가 경제대국으로 성장할 동안 다른 나라는 응원만 하고 뒷짐 지고 기다려줬겠습니까? 전 세계가 다 악착같이 덤벼들어 싸우는 그 경제전에서 불과 반세기 만에 전 세계가 부러워하는 나라가 된 겁니다. 어떻게? 공부해서. 머리에 투자해서. 우리네 부모님들이 허리띠 졸라매며 자식들 공부시킨 덕분에 여기까지 온 겁니다.

20년 전, 30년 전에 했던 공부가 지금 우리나라를 이렇게 잘살게 만들어준 거죠. 물론 주입식 교육이라서 따라가느라 힘들기는 했습니다. 그래도 열심히 공부한 덕에 이만큼 살게 된 겁니다. 그리고 다음 세대를 어떻게 가르치느냐가 20년 후, 30년 후 대한민국을 결정할 겁니다.

그런데 기성세대는 30년 전에 했던 짓을 그대로 지금

의 학교에서 하고 있습니다. 세상은 무섭게 변하고 있는데 20년 전, 30년 전에 했던 교육을 그대로 한다는 게 말이 됩니까? 지금과 같은 방식의 교육으로는 미래에 대응할 창의적인 인재를 키울 수 없습니다.

이혜정 교수의 책《서울대에서는 누가 A＋를 받는가》를 보면, 서울대생의 인터뷰 내용이 나옵니다. 4.3 만점에 4.0 이상의 학점을 받은 학생들에게 좋은 성적의 비결을 물었더니, 학생들은 한결같이 "교수님의 이야기를 토씨까지 그대로 답으로 내놓았다"라고 답했습니다. 그리고 '창의적인 인재인가?'라는 질문에는 모두가 자신을 '성실한 인재'라고 말했답니다.

지금 우리는 분명히 지는 경기를 하고 있습니다. 이대로 가면 20년 후, 30년 후 대한민국은 망합니다. 교육을 완벽하게 뜯어고치지 않는 한, 대한민국은 교육으로 망할 수밖에 없는 나라라고 생각합니다.

대학은
사라질
것인가

저는 오랫동안 숨어서 하버드 대학의 입학사정관으로 일했습니다. '숨어서' 했다고 말씀드리는 이유가 있습니다. 20년 전 처음 입학사정관 일을 시작했는데, '이거 큰일 나겠구나' 하는 생각이 들더라고요. 학생이 인터뷰를 하겠다고 해서 제 연구실로 오게 했는데, 부모님이 뒤에서 있다가 같이 들어오려고 하는 겁니다. 그래서 제가 어떻게 했을까요? 영어로 인터뷰해야 하니까 영어로 물었어요.

"Hey, who are you?(너, 뭐 하는 놈이야?)"

"제가 이 아이의 아빠입니다."

"So what? Why should I know you? Get (the hell) out of here!(어쩌라고, 꺼져 인마!)"

이랬더니 "죄송합니다" 하고는 들고 온 선물을 놓으려고 하는 겁니다. 그래서 그걸 여기다 내려놓으면 지원자의 아버지가 저한테 뇌물을 주려 한다고 곧바로 하버드 대학에 신고하겠다고 했습니다.

그렇게 1~2년 독하게 했더니 부모들이 아이만 데려다주고 건물에도 안 들어오더라고요. 저한테 들키면 오히려 손해를 볼지 모른다고 소문이 난 거지요.

20년을 하버드 대학 입학사정관으로 일했는데 아무 구설 없이 넘길 수 있었던 건 그 덕분인 것 같아요. 저한테 추천서 잘 받으면 하버드 간다고 소문이 났다면, 아마 저 지금 집 몇 채 샀을 거예요.

입학사정관으로 일하다 보니 가끔 회의를 하러 하버드 대학교에 갑니다. 그런데 몇 년 전 하버드에 갔다가 화들짝 놀란 사건이 있었어요. 교내 카페에서 만나기로 한 사람이 있어서 테이블에 앉아 기다리고 있는데, 등 뒤에서 학생들이 나누는 대화가 들렸어요. 그런데 그중 한 녀석이 "나 학교 언제 때려치울지 고민 중이야" 하는 겁니다.

깜짝 놀랐지요. '저 자식이 제정신인가?' 하버드가 어떤 대학입니까? 세계에서 가장 들어가기 힘든 학교예요. 전 세계에서 제일 잘났다는 놈들이 지원하고 그중에서 13% 정도만 입학할 수 있습니다.

부모님이 들으면 어쩌려고 저러나 하고 있는데, 더 놀라운 것은 옆에 있는 친구들의 반응이었습니다. 말려도 모자랄 판에 다 맞장구를 치는 겁니다.

"그러게, 언제 그만두는 게 좋을까?"

"그래도 3학년은 마쳐야 하나?"

하버드대 학생들이 왜 이러는 걸까요?

지금 생존하고 있는 하버드 대학교 졸업생 중에 엄청 성공한 두 사람이 누굽니까? 마이크로소프트의 빌 게이츠(Bill Gates)와 메타의 마크 저커버그(Mark Zuckerberg)입니다. 두 사람 다 하버드 대학을 중간에 그만뒀습니다. 그러니까 지금 하버드 학생들에게는 명확한 목표가 생긴 겁니다. 학교를 때려치워야 한다!

성실하게 공부해서 학교 졸업하면 빌 게이츠나 마크 저커버그 같은 사람들이 만든 회사에서 일하는, 그렇고 그런 회사원이 되는 거고요. 중간에 학교를 때려치우고 자기가 하고 싶은 일을 찾으면 엄청나게 성공한 사람이 될 수도 있다는 거지요. 하버드까지 와서 그저 그런 놈이 되고 싶은 사람은 거의 없거든요. 그래서 하버드대 학생들은 학교를 중퇴하는 게 목표가 된 것입니다. 하버드 대학이 이 정도면 세계의 다른 대학들은 어떨까요? 서울대 나왔다고 인생이 보장되는 공식은 이미 무너졌습니다.

저는 2015년에 KBS 〈명견만리〉라는 프로그램에 나가서 정말 위험한 제목으로 강연을 했습니다. '대학은 사라질 것인가?' 결론부터 얘기하면 우리나라 대학들은 다 문 닫을 준비를 하고 있습니다.

매사추세츠 공과대학(MIT)은 2002년부터 'OCW(Open Course Ware)'라는 프로그램을 도입해서 자기네 학교의 교육 과정과 수업 자료를 무료로 인터넷에 공개하기 시작했습니다. 처음 시작했을 때는 이게 뭔지 아무도 몰랐어요. '얘네 왜 이래' 했는데 이제는 압니다. 2012년에는 MIT와 하버드 대학이 합작해서 에덱스(edX)라는 온라인 공개강좌 플랫폼을 만들었습니다. 에덱스 사용자가 2천만 명을 넘었다고 합니다.

지금 미국의 웬만한 지방 대학에서는 교수를 뽑지 않

습니다. 교수를 뽑아서 그 과목을 개발하게 하는 데 드는 비용의 만분의 1만 쓰면 하버드, MIT 교수의 강의 콘텐츠를 살 수 있으니까요. 그러니 굳이 교수를 선발할 필요가 없지요. 지금 전 세계 대학은 콘텐츠를 개발해서 공급할 수 있는 대학과 그렇지 못한 대학으로 양분되고 있습니다. 전자는 살아남겠지만 후자는 문을 닫을 수밖에 없겠지요.

저 스스로는 괜찮은 대학교수라고 자부하고 살지만, 그리 머지않은 미래에는 제가 몸담고 있는 대학 강의실에 학생들과 앉아서 스탠퍼드 대학의 동료가 하는 강의를 같이 시청한 뒤, "이해 안 되는 부분 있으면 질문받을게요" 하고 답해준 다음 "다음 시간에 만나요" 하게 될지도 모릅니다.

과연 우리나라에 스탠퍼드, MIT와 경쟁해서 이길 수 있는 대학이 얼마나 있을까요? 일단 규모의 경제가 작용합니다. 대학에 소속된 교수의 수가 얼마 이상 되어야 합니다. 그 정도 교수 수를 갖춘 대학은 대한민국에 서울대학교 하나밖에 없습니다. 서울대가 최소한의 요건은 갖춘 셈입니다.

저도 링에는 올라가겠지만 아마 1라운드에서 떨어지지 않을까 생각합니다. 그렇게 된다면 지금 대한민국의 부모들은 곧 없어질, 대학 구실도 못 할 대학에 입학시키겠다고 자녀를 이토록 고생시키고 있는 겁니다.

전 국민의
박사화는
어떨까

지금 제가 재직 중인 대학의 총장님이 들으면 기절초
풍하실 말이지만, 대학은 더 이상 우리 아이들의 미래를
담보할 수 없는 이상한 교육을 하는 곳이 되어버렸습니
다. 대학 가는 것보다 오히려 창업하는 게 성공하는 빠른
길일지도 모릅니다. 이런 교육 상황을 앞으로 어떻게 풀
어나가야 할까요?

옥스퍼드대, 케임브리지대, 하버드대, 예일대… 모두
세계 최고의 명문 대학이지요? 역사도 오래되었습니다.
개교한 지 예일대와 하버드대는 300년, 케임브리지대는
800년, 옥스퍼드대는 900년이 넘었습니다. 근데 저 바보
같은 대학들은 세상이 이렇게 빨리 변하는데 학과 이름
한 번 안 바꿉니다.

그런데 우리나라 대학들은 매년 학과 이름을 바꾸며 발 빠르게 움직이고 있어요. 교육부가 학과명으로 '독어독문학과'는 안 된다고 해요. 문화나 융합, 콘텐츠, 미디어 같은 단어를 넣어서 학과명을 바꾸면 지원해 주고 그러지 않으면 안 해준답니다. 20년 후에 독어독문학과 출신자는 우리 사회에 필요 없대요. 그래서 '독일 문화 융합 콘텐츠' 어쩌고 하는 걸 배워야 한다고 합니다.

그런데 앞서 언급한 대학들은 수백 년 동안 셰익스피어의 작품을 비롯해서 호메로스의 《일리아드》를 가르치고, 인문학을 가르치고, 기초과학을 가르칩니다. 학생들에게 당장 직업을 얻기 위한 교육을 하는 것이 아니라 기초를 다질 수 있는 교육을 합니다. 그런데 대한민국의 대학들은 지금이 어떤 때인데 그런 거 배워서 어디 쓰냐고 합니다. 얼른 취직시켜야 하니까요.

대학은 교육부에 졸업생들의 취업률을 보고하게끔 되어 있습니다. 졸업생이 미국으로 유학을 가면 취업한 것으로 집계되지 않습니다. 취업률 기준으로 하면 대한민국에서 제일 나쁜 대학이 서울대입니다. 대학원에 진학해 공부를 계속하는 학생들이 많아서 취업률이 낮게 나오니까요.

저는 대한민국의 대학들이 환골탈태해야 한다고 생각합니다. 기본으로 돌아가서 인문학을 비롯한 기초학문을 확실하게 가르쳐야 합니다. 그것들은 우리 아이들이 평생 살아가는 동안 확실한 무기가 되어줄 것입니다.

최근 몇 년간 나온 신문 기사 제목 중 기자들 스스로 가장 기가 막힌 제목이라고 꼽는 것이 있습니다. '벚꽃 피는 순서대로 문 닫는다.' 실제로 벚꽃 피는 순서대로 저 남쪽 끝에서부터 대학들이 문을 닫기 시작했습니다. 천안 이하의 지역 대학들 중 정원을 다 채운 대학이 없습니다. 앞으로 수도권 대학을 빼놓고는 정원을 채우지 못하는 대학들이 수두룩하게 나올 것입니다.

교육부는 대학이 자진 폐교를 신청하면 청산에 필요한 자금을 융자해 주겠다고 나섰습니다. 돈을 줘서 대학 문을 닫게 하겠다는 건데, 저는 역발상이 필요한 시점이라고 생각합니다. 저는 오히려 대학이 지금보다 7배, 8배 많아져야 한다고 생각해요.

왜냐하면 백세 시대가 되었잖아요. 30대도 대학 가야 하고, 40대도 대학 가야 하고, 70대도 대학 또 가야 합니다. 죽으려면 몇십 년 남았는데, 일찌감치 뒷방 늙은이가 될 수는 없잖아요. 또 배워서 새로운 직장을 얻어야 합니다. 그런 세상이 왔으니까 교육도 그에 맞게 바뀌어야 한다고 생각합니다.

이미 대한민국 사람들은 퇴근하고서 새로운 것을 배우러 사교육 시장을 돌아다니고 있습니다. 젊은이들은 독서모임을 만들어서 저녁마다 모여 책을 읽고요. 그러한 수요를 공교육에서 품어주면 어떨까요? 전 국민이 공부하는데 그 나라가 망할까요? 절대로 그런 일은 안 벌어집니다.

저는 이런 상상도 해봅니다. 북한식 용어로 '전 국민의 강군화'라는 말이 있는데, '전 국민의 박사화'는 어떨까요? 전 국민이 다 박사가 되면 얼마나 좋겠어요? 저는 이상한 일이 아니라고 생각합니다.

대학에 여러 번 들어갈 수 있다면 좋겠지만 현실이 그렇지 못하다고요? 그렇다면 어떻게 해야 할까요? 마지막 남은 여러분의 옵션은 책을 읽는 겁니다. 책 읽기에 대해서는 다음 장에서 상세히 다루겠습니다.

BTS
보유국
대한민국

요즘 우리나라의 위상이 달라졌습니다. 그 박복했던 나라가 〈기생충〉과 〈오징어 게임〉으로 각종 영화제와 시상식에서 상을 휩쓸었습니다. 게다가 대한민국은 손흥민 보유국에, BTS 보유국입니다.

몇 년 전에 세계 최빈국 중 하나인 마다가스카르에 다녀왔습니다. 거기 가니까 아이들이 진흙을 먹더라고요. 선인장도 이제 거의 다 먹어가고 먹을 건 없고 배는 고프니까 포만감이라도 얻으려고 진흙을 먹는 겁니다. 시장을 지나가는데 바닥에 물건을 놓고 파는 분이 "헤이, 치노" 하고 저를 부르더라고요. 중국 사람 아니라고 하니까, 저를 빤히 보더니 이렇게 말했습니다.

"Are you BTS?"

한국 사람이냐고 묻는 거였죠. "Are you Korean?" 하고 묻고 싶은데 영어 실력이 모자라니까 '너는 BTS냐' 한 겁니다.

"그래, 내가 BTS다. 춤 좀 보여줘?" 했어요. 찢어지게 가난한 나라의 시장 한복판에서도 저를 보고 BTS냐고 물을 정도입니다. 우리나라가 이제 이런 나라가 된 겁니다.

아유, 저 더벅머리 청년은 어떡하면 좋아요? 임윤찬이라는 피아니스트입니다. 18세에 반 클라이번 국제 피아노 콩쿠르에서 역대 최연소 우승을 했어요. 세계적인 피아니스트들이 테크닉으로는 세계 최고 수준이라고 극찬하는 친구예요. 그런데 외국으로 유학 다녀온 것도 아니고 동네 피아노 학원에서 배웠대요. 지금 한예종(한국예술종합학교)에 다니고 있습니다. 외국의 학생들이 임윤찬처럼 되고 싶어 한예종으로 유학 오게 생겼어요.

프리미어리그에서 뛰고 있는 손흥민 선수도 마찬가지입니다. 브라질로 축구 유학 다녀왔나요? 아닙니다. 학교가 아니라 괴팍한 아버지 밑에서 혹독하게 훈련받고 지금 세계 최고의 축구 선수가 되었습니다. 제도권 굴레에서 일찌감치 벗어난 덕분에 훨훨 날아다니게 된 것입니다.

BTS, 피아니스트 임윤찬, 축구 선수 손흥민… 이들에게서 공통점을 발견하셨나요? 셋 다 주류라기보다는 비주류, 변방에서 큰 친구들입니다.

먼저 BTS는 대형 기획사인 SM이나 JYP, YG 소속이 아니었습니다. 방시혁이라는 작곡가가 독립해서 키운 그룹입니다. 그런데 세계적으로 큰 인기를 얻고 빌보드차트 10주 연속 1위라는 대기록까지 세운 겁니다. 저는 임윤찬 군이 서울대학교 음대에 진학했다면 100년을 죽었다 깨도 그렇게 못했을 거라고 생각합니다. 예술적 개성을 존중하는 한예종에 갔기 때문에 가능한 일입니다. 그래서 '상 받는다고 달라지는 건 없다. 그냥 피아노 치는 게 좋다'라는 어록도 나온 것이고요.

비주류, 변방에 있는 분들이 지금 대한민국을 빛내고 있다는 생각이 들지 않으세요? SKY 대학을 나와야만 성공하고 잘 살아갈 수 있다는 공식이 이제 무너지고 있다는 증거입니다. 우리나라는 임윤찬, 손흥민처럼 끼 넘치는 예술인, 체육인을 보유한 나라입니다. 이제는 똑같은 교육으로 똑같은 사람을 양산하는 방식을 그만둘 때가 되었습니다. 한국인들은 '엉터리 기질'이 있어서 풀어주면 오히려 더 잘합니다.

한국인들은 '매뉴얼을 안 읽는 국민'입니다. 미국인들은 가전제품 하나 조립할 때도 깨알 같은 설명서를 꼼꼼히 읽고서 하는데, 우리는 일단 플러그에 꽂아보고 퍽 하고 터지면 그제야 매뉴얼을 찾아요. 그런데 이런 임기응변식의 엉터리 기질이 창조적인 결과를 낳기도 합니다.

저는 지금도 늘 말합니다. "나는 공부를 잘해본 적이 없다. 신나게 놀았을 뿐이다." 산으로 들로 동물을 찾아다니며 관찰하고 연구한 내용을 글로 풀어내는 것은 한국의 기준으로 하면 공부가 아니었어요. 이제 공부를 바라보는 눈이 180도 달라져야 합니다.

종종 초등학생들이 직접 잡은 벌레를 보여주겠다고 제 연구실에 찾아옵니다. 그러다 중학생이 되면 연락이 끊깁니다. 놀이가 공부에 밀린 거지요. 《최재천의 공부》는 공부가 놀이가 되는 순간을 꿈꾸며 쓴 책입니다. '죽자고 하는 공부'가 아니라 '살자고 하는 공부'가 되는 날을 꿈꿉니다.

Lesson 4

책 읽기는
빡세게

책은 지식을 전달하기 위해서 인류가 만들어낸 기가 막힌 발명품입니다. 대한민국 사람들은 '벌' 자를 정말 벌벌 떨 정도로 싫어합니다. 벌(閥)이란 원래 대문의 왼쪽 기둥을 일컫는 말인데, 요즘은 주로 출신, 이해, 인연 따위로 함께 뭉치는 집단이나 세력을 뜻하는 말로 쓰입니다.

재벌? 싫어하죠. 이 나라에서는 재벌을 욕해야 정치인으로 살아남습니다. 파벌? 파벌 정치는 하면 안 됩니다. 학벌? 어디 가서 자기 학벌 함부로 얘기하고 다니면 욕먹어요. 그런데 제가 십몇 년째 "저는 책벌입니다. 책을 많이 사서 모으고요. 책 많이 읽고요. 책 많이 쓰고 삽니다"라고 말하고 다니는데, 아직 저한테 "이 책벌 같은 놈" 하는 사람은 한 번도 못 만났습니다.

내 인생을
이끌어준
책

지금은 책이 넘쳐나지만 제가 어릴 때만 해도 참 책이 귀했어요. 저희 집에는 책이 한 권도 없었습니다. 어쩌다 친구 집에 갔는데 책꽂이가 있으면 '이 집은 어떻게 집에 도서관이 있나' 하고 너무 신기해했어요. 책은 없는데 시간은 왜 그리 많은지, 하루 종일 놀고 또 놀아도 해가 안 졌습니다. 그래서 마루에서 뒹굴뒹굴하고 있는데, 마루 끝에 책이 한 권 놓여 있는 게 보였습니다. 그쪽으로 가서 끌어당겨 보니《동아백과사전》이었어요. 아버지가 필요해서 직장에서 가져다 둔 것 같았어요.

백과사전을 첫 페이지부터 펼쳐서 마지막 페이지까지 정독하는 사람은 없잖아요. 시간 날 때 아무 페이지나 펼쳐서 흥미가 가는 대로 읽었어요. 요즘으로 치면 딱 디지

털 글입니다. 스마트폰 화면에 들어갈 만한 짤막한 길이의 글에 사진도 많고요. 그래서 열심히 읽었습니다.

학교만 갔다 오면 무조건 바깥으로 튀는 아들놈이 책을 들여다보는 걸 보시고는 저희 어머니가 '우리 아들이 책을 좋아하는구나'라고 착각을 하신 것 같아요. 당시에는 도서 전집을 팔려고 집으로 방문하는 외판원 아주머니들이 많았습니다. 그래서 저희 어머니가 '세계문학전집'을 사주셨어요. 맨날 놀기만 하다 이걸 읽기 시작했는데 뜻밖에 재미가 있더라고요. 《사랑의 학교》, 《집 없는 아이》 이런 책들을 참 열심히 읽었습니다.

중학교에 들어갔더니 어머니가 김동인 선생님의 〈배따라기〉로 시작해서 선우휘의 〈불꽃〉으로 끝나는 '한국단편문학전집'이라는 걸 사주셨어요. 책이 너덜너덜해질 정도로 많이 읽었습니다. 읽을 게 없던 시절이라 읽고 또 읽은 거지요. 게다가 근대 한국 단편소설을 보면 야릇한 묘사들도 제법 많이 등장하잖아요. 사춘기 때라 정말 재미있게 읽었습니다.

과학자이지만 글을 쓰다 보니 문인 친구들이 여러 명 있습니다. 이름만 대면 아는 유명한 분들인데, 어쩌다 그

분들과 친해져서 가끔 만나 이야기를 나눕니다. 그런데 문학 이야기를 하다가 중간에 "그게 누구 작품이었는지 잘 모르겠는데" 할 때가 있어요. 그럼 제가 다 맞춥니다. "오영수 선생님의 〈메아리〉에 나오는 부분인데요" 하고 말이지요. "아니, 무슨 생물학과 교수가 이렇게 소설을 많이 알아요?" 하고 놀라세요. 제가 그 정도로 한국단편 문학전집을 '씹어 먹은' 사람입니다.

책을 열심히 읽으니까 이번에는 저희 어머니가 '노오벨문학상전집'을 사주셨어요. 요즘은 '노벨'이라고 하지만 그때는 '노오벨'이라고 했어요. 전집 중 열두 번째 책이 알렉산드르 솔제니친의 것이었습니다. 다른 작가들은 장편 위주로 되어 있었는데 솔제니친은 장편이 많지 않았나 봐요. 〈이반 데니소비치의 하루〉하고 〈수용소군도〉가 실려 있고, 희곡이 두 편 실려 있었던 것으로 기억해요. 그래도 뒤에 페이지가 남으니까 수필을 여러 편 번역해서 실어놓았어요.

그중에 〈모닥불과 개미〉라는, 정확히 딱 반 페이지 정도 되는 정말 짧은 수필이 실려 있었습니다. 솔제니친이 러시아 사람이잖아요. 러시아의 겨울이 얼마나 춥겠어요? 작가가 모닥불에다가 장작 한 개비를 더 집어넣었는데, 그 안에 개미집이 있는 줄 몰랐던 거예요. 뜨거워지니까 개미들이 막 뛰쳐나왔을 거 아니에요?

"가까스로 그 엄청난 공포에서 벗어난 개미들은 방향을 바꾸더니 다시 통나무 둘레를 빙글빙글 맴돌기 시작했다. 무엇이 그들로 하여금 자기 집으로 다시 돌아가게 만드는 것일까? 많은 개미들이 활활 타오르는 통나무 위로 기어 올라갔다. 그러고는 통나무를 붙잡고 바둥거리면서 그대로 거기서 죽어가는 것이었다."

이게 끝입니다. 개미들이 살겠다고 뛰어나왔다가는 동료들을 구하기 위해서 다시 그 불 속으로 기어 들어간 거지요. 솔제니친도 그들이 왜 그랬는지 답을 알지는 못했어요. 그래서 '무엇이 그들로 하여금 다시 돌아가게 만드는 것일까?'라고 질문을 하고 끝낸 거지요. 저도 이걸 읽으면서 '개미는 참 신기하다' 하고 책을 덮었던 것 같아요. 그런데 이 내용이 제 머릿속에서 이상하게 오랫동안 지워지지 않고 남아 있었습니다.

시간이 흘러 우여곡절 끝에 과학자가 되기로 마음먹고 미국에 유학을 갔습니다. 펜실베이니아 주립대학교에서 석사를 하던 시절인데, 세 번째 학기에 수강 편람을 뒤적이다가 강의 제목 하나가 눈에 딱 들어왔어요. Sociobiology(사회생물학).

저는 원래 사회학에 관심이 많았어요. 엄한 아버지 밑에서 자라지 않고 마음대로 전공을 선택할 수 있었다면 아마 사회학과에 갔을 겁니다. 당시에는 생물학자가 되기 위해서 공부하고 있었지만, 사회생물학이라는 과목에 관심을 가질 수밖에 없었지요. 그래서 바로 수강 신청을 했습니다.

첫 수업 날 담당 교수님이 들어오셔서 "사회생물학이란 일개미가 왜 자기를 희생하면서까지 나라를 구하는지를 연구하는 학문"이라고 사회생물학을 소개하시는데, 정말 깜짝 놀랐습니다. 오래전에 읽었던 〈모닥불과 개미〉에서 솔제니친이 했던 질문을 연구하는 학문이라니! 사회생물학이라는 학문 전체가 '질문'이더라고요. '일벌은 침을 쏘면 1시간 만에 죽는데 왜 그런 자살행위를 할까?' 이런 걸 연구한다는 겁니다.

'와, 어떻게 이런 학문이 있냐' 하면서 열심히 수업을 듣는데, 2주쯤 지났을까 담당 교수님이 꼭 읽어야 할 책으로 리처드 도킨스(Richard Dawkins)의 《이기적 유전자(The Selfish Gene)》를 소개하셨습니다. 제목은 한 번쯤 들어보셨을 겁니다. 대한민국에서 과학책 꽤나 읽는다는 사람은 전부 읽은, 아니 적어도 읽었다고 얘기해야 하는 책이지요.

그날 바로 《이기적 유전자》를 사서 밤을 새워 읽었습니다. 마지막 페이지까지 다 읽고 책장을 덮은 다음 창문을 열고 베란다로 나왔습니다. 안개가 굉장히 많이 끼어 있던 날이었는데, 한참 서 있으니 천천히 안개가 걷히더라고요. 그러면서 세상이 보이기 시작했습니다.

그것이 얼마나 상징적인 장면이었는가 하면, 《이기적 유전자》 책을 읽으면서 제가 세상사에 대해 어려서부터 그렇게 궁금해했던 것들이 가지런히 정리가 되더라고요. 왜 사람들은 이렇게 행동할까? 왜 이런 일이 벌어지는 걸까? 그간 제가 가지고 있던 궁금증들이 다 풀리는 황홀한 경험을 밤새도록 한 겁니다.

그 순간에 저는 사회생물학자가 되기로 결심했습니다.

당시 저는 펜실베이니아 주립대에서 기생충 연구를 하고 있었어요. 그런데 그것과 전혀 상관없는 사회생물학 분야를 공부하기로 한 겁니다. 솔제니친의 책이 저를 사회생물학으로 이끌어준 셈입니다.

책 읽기도
전략적으로
접근해야 할 때

제가 어쩌다가 책을 제법 많이 썼잖아요. 그런데 책을 쓰다 보면 출판사 분들하고 시간을 많이 보내는데, 대한민국 출판계는 해마다 단군 이래 최대 불황이래요. 그 얘기를 안 한 해가 없어요. 그 말대로라면 대한민국의 출판사들은 벌써 멸종했어야 하는데 그래도 여전히 책 팔고 있는 걸 보면 신기합니다.

어쨌든 우리나라 사람들이 책을 안 읽긴 합니다. 2023년 통계에 따르면 국민 10명 중 6명이 1년에 책을 한 권도 읽지 않는다고 해요. 제가 보기에는 그런 사람들에게 책을 팔아보겠다고 출판사에서 너무 비굴하게 책을 만드는 것 같아요. 읽으면 마음을 다독여주는 말랑말랑한 책들이 너무 많이 나옵니다.

물론 머리를 식히고 마음을 비우기 위해 하는 독서도 필요합니다. 하지만 1년에 책이라고 겨우 한두 권 읽는데, 기껏 사서 읽는 게 자기계발서나 말랑말랑한 에세이라면 좀 공허하지 않은가요? 게다가 우리 눈은 삼차원 입체를 보도록 진화한 기관이에요. 그런데 누군지 몰라도 최초로 책을 발명한 양반이 이차원 평면으로 디자인하는 바람에 거의 모든 사람의 눈이 다 망가지고 말았습니다. 눈 건강을 해치면서까지 '취미 독서'를 해야 하는지 한번 돌아볼 필요가 있습니다.

그것과 관련해서 아주 치명적인 연구 결과가 하나 더 있습니다. "앉아 있는 시간에 비례해서 수명이 줄어든다." 이 연구에서 더욱 치명적인 부분은 앉아 있어서 줄어든 수명은 운동을 해도 복구할 수가 없다는 겁니다. 운동을 아무리 한들 소용이 없대요. 그래서 어느 책에 "내가 내 수명을 줄이면서 쓴 책이다"라고 쓴 적이 있습니다. 앉아서 썼으니까요.

책을 읽을 때도 앉아서 읽잖아요. 어차피 수명을 줄이면서 하는 일이라면 제대로 된 독서를 하자고 제안한 것이 '기획 독서'입니다. 기획 독서란 몇 가지 분야를 정해

놓고 계획성 있게 공략하는 독서입니다. 어떤 책을 읽어야 할지 모르겠다고요? 평소에 호기심을 갖고 주변을 관찰하는 습관을 조금만 길러도 기획 독서를 할 분야를 어렵지 않게 정할 수 있을 겁니다.

독서는 일이어야만 합니다. 책 읽는 게 취미라면 전혀 도움이 안 됩니다. 잘 모르는 분야의 책을 붙들고 씨름하는 게 훨씬 가치 있는 독서라고 생각해요. 물론 모르는 분야의 책을 붙들었는데 술술 읽힐 리 없겠지요. 우여곡절 끝에 책 한 권을 뗐는데 도대체 뭘 읽었는지 하나도 기억에 안 남는 경우도 있을지 몰라요.

하지만 기왕에 읽기 시작한 그 분야의 책을 두 권 읽고 세 권째 읽을 무렵이면 신기하게도 책장을 넘기고 있는 자신을 발견하게 될 겁니다. 그렇게 새로운 분야의 두툼한 책을 끼고 몇 번 씨름하고 나면, 그다음부터는 잘 모르는 또 다른 분야의 책을 붙들어도 읽힙니다. 이건 제가 경험한 사람으로서 장담할 수 있습니다. 전에 읽었던 분야와 전혀 다른 분야를 공략하는 데에도 전에 했던 독서가 묘하게 힘이 됩니다.

초등학교 다닐 때 이런 경험을 한 적 없으신가요? 3학년 때는 전혀 이해하지 못했던 내용이었는데 4학년 올라가서 어느 날 화장실에서 '이거였구나' 하고 이해한 경험 말이지요. 그 내용을 따로 배운 것도 아닌데 4학년 내용을 공부하다 보면 '그게 별것이 아니었구나' 하고 깨닫는 순간이 옵니다.

비유하자면, 2층에서 올려다보면 3층이 보이지 않습니다. 그런데 옆 건물 4층에 올라가서 내려다보면 아까는 보이지 않던 3층이 훤히 들여다보입니다. 기획 독서를 하다 보면, 다른 분야의 책을 읽었는데 그간 전혀 공부하지 않았던 엉뚱한 분야가 보이는 경험을 하게 될 것입니다.

그러니 말랑말랑한 책만 읽지 말고 모르는 분야의 책과 씨름하십시오. 분석철학에 대해서 배운 적이 없다? 그러면 분석철학책을 붙들고 씨름해야 됩니다. 진화심리학, 참 신기한 학문이라는데? 진화심리학책 붙들고 씨름하십시오. 양자역학이 뭔지 모르겠다고요? 양자역학책 붙들고 씨름하십시오. 그러다 보면 내 지식의 영토가 나도 모르게 조금씩 넓어지고 있을 겁니다. 그 영토의 어느 한 구석에서 여러분이 할 일이 어느 날 꽃핍니다.

통섭형 인재가
되기 위한
독서

2장에서 한 분야에 매몰되는 것이 아니라 여러 분야를 두루두루 섭렵할 수 있는, 다른 분야의 사람과도 협업이 가능한 통섭형 인재가 되어야 한다고 말씀드렸는데요. 기획 독서가 여러분을 통섭형 인재로 만들어줄 것입니다.

대학에 있어 보면 많은 학생이 첫 타석에서 노벨상을 받으려는 듯 만루 홈런을 치려고 합니다. 대학 졸업 후 첫 직장에 들어갈 때부터 그 분야의 대가인 사람은 아무도 없습니다. 들어가기 힘들다는 S전자에 들어가려면 노벨물리학상을 받아야 하나요? 아닙니다. 같이 면접 보는 사람들보다 조금이라도 말을 더 잘하고 나아 보이면 데려가는 겁니다.

다들 회사에 들어가서 무지무지 공부 열심히 합니다. 그들이 입버릇처럼 하는 말이 있어요. "어휴, 내가 대학 때 이렇게 공부했으면…" 뭐든 하면서 느는 겁니다. 작은 일부터 열심히 하다 보면 남보다 조금 더 알게 되고 기회가 왔을 때 겁 없이 덤벼들 수 있게 되는 것입니다.

하나만 할 줄 알면 첫 직장은 얻는다 치지만, 40대에 쫓겨나고 나면 그다음에 누가 나를 고용해 줄까요? 내 월급의 절반만 주면 지금 새로운 걸 배워서 나오는 대학 졸업생이 있는데요. 그 사람을 고용하지, 나를 고용할 이유가 없습니다. 물론 계속 일하는 사람들도 있지요. 그 사람들은 자신을 증명해서 임원으로 남아 있는 겁니다. 임원이 못 되어 회사에서 나오게 되면 막 대학을 졸업한 친구들과 경쟁해야 하는 상황에 놓일 수밖에 없는 겁니다.

첫 직업을 이렇게 선택했는데, 두 번째 직업이라고 그리 다를까요? 내 앞에 다른 분야의 문이 빼꼼히 열렸을 때, 그 분야를 볼 줄 모르는 사람은 이렇게 물을 것입니다. "뭘 봐야 하는 거야?" 그런데 조금이라도 아는 사람은 "와, 저런 게 있네"라고 말하겠지요. 기회는 누구에게나 옵니다. 책 몇 권이라도 더 읽어서 남보다 조금이라도 더 알면, 그 기회를 붙잡을 수 있을 것입니다.

그래서 한 사람의 인생을 쭉 둘러봐도 그렇고, 현재의 상황도 그렇고, 여러 분야의 소양을 두루두루 갖춘 인재가 되어야 한다고 말씀드리는 것입니다. '한 우물을 파라'고 했던 예전과는 전혀 다른 세상이 되었습니다.

《통섭의 식탁》책의 서문에 이런 시나리오를 쓴 적이 있습니다.

대학에서 인문사회 계통을 전공하고 직장에 다니던 사람이 40대 초반에 쫓겨나 새로운 직장을 찾고 있다고 하자. 길에서 예전에 친하게 지내던 동창을 만났다.

"반갑다, 친구야. 요즘 어찌 지내냐?"

"어, 난 다니던 회사 관두고 새 직장을 알아보고 있어. 너는 어찌 지내냐?"

"아, 나는 사업을 하나 시작해서 요즘 좀 정신이 없어."

"사업? 어떤 사업인데?"

"으응, 나노 기술을 이용하여 제품을 만들고 있는데…"

기껏 취미 독서만 한 사람이라면 당연히 나노 기술에

대해 아는 게 없겠지요. "그래, 잘해라. 다음에 또 만나자." 이렇게 말하고 그 친구와 헤어질 겁니다.

그렇지만 기획 독서를 통해 나노 과학에 관한 책을 두어 권 읽은 사람이라면, 그 친구와 대화를 시작할 겁니다. 어쩌면 그 대화가 길게 이어지며 그 친구와 동업을 하게 될지도 모릅니다.

고작 책 몇 권이 그런 차이를 불러온다니 믿기지 않는다고요? 하지만 일이란 대개 그렇게 시작합니다. 그 분야의 책을 한 권도 안 읽은 사람과 두어 권이라도 읽은 사람의 차이는 너무도 큽니다. 그렇게 들어간 새로운 직장에서 또 새로운 공부를 하면서 한 10년 사는 겁니다.

직업을 대여섯 번, 많게는 일고여덟 번 바꿔야 하는 요즘 세대에게 독서만큼 스마트한 전략은 없습니다. 독서를 통해 해당 분야에 어느 정도 익숙해지면 그 분야와 관련된 직업이 내 눈앞에 닥쳤을 때 겁이 덜 납니다. 오히려 자신감이 생겨 덤비게 될 겁니다.

최재천의

특별한

독서법

저는 책을 소리 내어 읽습니다. 소리를 내서 책을 읽기 힘든 곳에서는 속으로라도 소리 내어 읽습니다. 그러다 보니 속도가 엄청 느립니다. 솔직히 말하면 소리 내서 읽는 수준이 아니라 성대모사까지 하며 읽습니다. 그래서 대화가 많은 소설은 더 난감합니다.

속도가 느린 대신 정독을 하다 보니 빨리 읽는 사람들보다 기억은 잘하는 편입니다. 특히 중요한 부분에서는 더 실감 나게 몰입해서 연기하기 때문에 스스로 연기한 장면도 기억에 남아요.

그리고 기록도 합니다. 한때는 책 여백에 메모를 많이 했는데, 지금은 메모지를 이용합니다. 현재 연구하는 분야의 책을 가장 많이 가지고 있다 보니, 어느 날인가부터는 책을 마음대로 다루는 게 겁이 나더라고요. 혼자만 읽을 것도 아니고 언젠가는 주고 가야 할 책인데 망가뜨리면 안 되겠다는 생각이 들어서 말이지요.

한때 거실에서 텔레비전을 치우고 대신 서재를 만들자는 캠페인이 벌어진 적이 있는데, 우리 집은 결혼 초기부터 거실에 텔레비전을 놓지 않았습니다. 우리 집은 허리 높이만 한 책장을 집안 구석구석에 둘러놓고 그 위에다 화분이나 액자를 놓습니다. 복도든 화장실 옆이든 걸어 다니다가 손만 뻗으면 책이 잡힐 수 있도록 인테리어를 디자인했는데, 책 읽기에 꽤 효과적입니다.

저는 학부모 강연을 하러 가면 '몸으로 가르치라'는 말을 자주 합니다. 자기들은 60인치짜리 고화질 텔레비전 앞에 누워서 매일 K-드라마 보면서 자녀들에게 "야, 너 왜 책 안 읽어!"라고 하면 무슨 설득력이 있겠어요? 부모가 먼저 본을 보이고 자식이 따라 하도록 유도해야 합니다.

책은 자꾸 늘어나잖아요. 책은 많고 버리기는 아깝고, 문제가 심각합니다. 이사할 때마다 책 때문에 이삿짐센터 사람들이랑 티격태격 실랑이가 벌어져요. 책만 100박스가 나온 적도 있습니다. 집만 그런 것이 아닙니다. 제 연구실은 자연과학 실험실인데 책이 너무 많아 사람들이 와서 "여기가 실험실이냐? 북카페지" 하고 말할 정도예요. 그래서 언젠가부터 제 연구실에서 행사가 있을 때 방을 오픈합니다. 나눠줄 책을 쫙 바닥에 내려놓고 가져가게 합니다. 그러면 사람들이 막 달려가요.

그리고 제 연구실에서는 누구나 책을 빌려 갈 수 있습니다. 포스트잇에다 누가 빌려 가는지만 써서 붙여놓고 가져가면 되는데, 빌려 가서는 안 돌려주시는 분들이 자꾸 생겨서 조금 섭섭하기는 합니다.

책 읽을 시간이 없다는 사람들이 많은데, 그런 분에게 저는 '밤무대'를 접으라고 말합니다. 제가 25년 동안 70권이 넘는 책을 낸 것을 보고 사람들은 대체 어디서 시간이 나느냐고 물어요. 저는 해가 떨어지면 거의 외부 활동을 하지 않습니다. 대부분의 약속은 낮에 잡고 반드시 저녁 6시에는 귀가합니다. 밤에 잡힌 회의에는 거의 가지 않아요.

그런데 한국 사회는 밤 시간대, 회식과 이어지는 술자리에서 중요한 사안이 결정되는 일이 많습니다. 다음 날

회의에 참석하면 지난밤 술자리에서 결정된 사항들 때문에 손해를 볼 때도 있지만 그건 감수하려고 합니다. 술자리는 그 자체만으로 시간 낭비일 뿐 아니라 다음 날 업무에도 지장을 주니까요.

사실 저는 지독한 이기주의자입니다. 1초도 남을 위해 살지 않아요. 늘 내가 하고 싶은 일만 하고 삽니다. 그래서 매일 밤 9시부터 새벽 1시까지 나만을 위한 이기적인 시간을 가집니다. 그 시간에는 주로 논문과 책을 읽으며 생각하고 글을 씁니다. 낮에는 여기저기서 찾아오는 사람들도 많고 강의도 하고 회의도 해야 하고 온갖 위원회에 불려 다니느라 그럴 시간이 없습니다.

그래서 우리 집은 밤 9시 이후에는 전화벨 소리도 울리지 않습니다. 밤 9시부터 새벽 1시까지 4시간 동안은 절간에서 일하는 것과 같습니다. 아무도 방해하지 않는 그런 시간이 하루 서너 시간 있다는 것은 굉장한 호강이지요. 그런데 개인적 창의성은 그렇게 주로 홀로 있으면서 몰입할 때 나타납니다.

황동규 시인의 시 중에 '홀로움은 환해진 외로움이니'라는 제목의 시가 있습니다. '외로움'과 '홀로움'을 구분하고, '홀로움'을 '환해진 외로움'이라 말합니다. 스스로 선택한 혼자 있음은 사무치는 외로움이 아니라 혼자서도 충만한 '홀로움'인 거지요. 이렇듯 자발적인 자기 시간 확보가 창의성과 생산성을 담보합니다.

사실 저의 경우는 책을 읽을 수밖에 없기도 합니다. 추천사 요청이 감당할 수 없을 정도로 많이 오거든요. 그래서 힘들기도 하지만, 솔직히 이야기하면 무척 고맙습니다. 그 덕에 제가 책을 읽고 살거든요. 사실 평소에는 책을 공격적으로 읽는 편이에요. 제가 찾는 부분을 책에서 찾으면 책을 탁 덮어버려요. 이게 좋은 책 읽기는 아니잖아요. 그런데 추천사를 쓰려면 무조건 그 책을 다 읽어야 해요. 번역서의 경우에는 아예 원서를 달라고 해요. 그러면 번역도 지적하게 돼서 참 힘든데 그래도 추천사를 허투루 쓸 수는 없으니까요.

독서는 빡세게 하는 겁니다. 독서는 취미로 하는 게 절대 아닙니다. 기획해서 책과 씨름하는 게 독서입니다. 읽어도 그만 안 읽어도 그만인 책을 읽느니 나가 노는 게 낫습니다. 모르는 분야의 책을 붙들고 빡세게 읽어야 4차 산업혁명 시대에, 또 백세 시대에 그 많은 일들을 하면서, 엄청난 경험을 하면서 살아갈 수 있는 겁니다. 한 가지만 알아서는 절대로 살아갈 수 있는 시대가 아닙니다.

다음 장에서는 글쓰기에 대해서 이야기해 보려 합니다. 그런데 꼭 이렇게 말씀하시는 분이 있어요.

"저는 책은 안 읽는데 글은 잘 써요."

저는 그 말 믿지 않습니다. 들어간 게 있어야 나오죠. 코끼리 똥을 실제로 본 사람들은 그 엄청난 양에 놀랍니다. 원체 많이 먹으니까 똥도 많이 싸는 겁니다. 마찬가지로 책을 많이 읽은 사람이 글도 잘 쓰고 많이 씁니다. 많이 읽은 사람의 글이 훨씬 풍성하고 질적으로도 우수합니다.

모든 일의
마지막에는
글쓰기가
있다

Lesson 5

한국이 주빈국이었던 2005년 프랑크푸르트 도서전에 한국 작가로 초대받아서 간 적이 있습니다. 그때 했던 강연 제목이 '글 잘 쓰는 과학자가 성공한다'였습니다. 과학자뿐이 아닙니다. 제가 살아보니, 이 세상 모든 일은 글쓰기로 판가름이 나더라고요. 이건 어떤 직업도 예외가 없습니다.

저처럼 대학교수나 어떤 분야의 연구자가 된다면 끊임없이 논문을 써야 합니다. 논문을 쓴다는 게 곧 글쓰기잖아요. 언뜻 생각하면 데이터만 좋으면, 기가 막힌 발견만 하면 논문이 될 것 같지만 그렇지가 않습니다.

우리나라는《네이처(Nature)》나《사이언스(Science)》에 논문이 실리면 신문에 소개됩니다.《네이처》를 어려운

과학 잡지라고 생각하지만, 사실《네이처》나《사이언스》
는 가정집으로 배달되는 잡지입니다. 그래서 부수가 엄
청나고 그 힘이 막강한 것입니다. 그런데 저는 기가 막힌
연구를 하고도《네이처》나《사이언스》게재에 실패한 사
람입니다.

세크로피아 나무와

아즈텍 개미의

공생

　저의 박사 논문 주제가 민벌레인데요. 민벌레 연구를 위해 코스타리카의 몬테베르데라는 고산지대에 가서 생활할 때였습니다. 텍사스 대학에서 온 개미 연구자가 "이런 개미 본 적 있어?" 하더니 나무를 하나 쪼개서 그 속에 살고 있는 아즈텍 개미를 보여주었습니다.

　'세크로피아'라고 부르는 나무인데 속이 대나무처럼 텅 비어 있습니다. 모름지기 나무라면 물관, 체관이 있고 속이 꽉 차 있어야 하는데, 왜 대나무는 속이 비었을까요? 대나무 속이 왜 비었는지를 평생 연구하고 있는 동료 학자들은 아직 그 답을 찾지 못했습니다.

　그런데 세크로피아 나무의 속이 왜 비어 있느냐에 대한 답은 찾았습니다. 개미한테 집을 만들어주기 위해서 속을 비웠습니다. '에이, 나무가 생각할 줄 아는 것도 아니고 일부러 속을 비워서 개미한테 하숙을 치겠어?' 맞습니다. 일부러 그러는 건 아니지요. 진화의 역사를 통해 저렇게 속을 비우고 개미를 입주시킨 세크로피아 나무가 그렇지 않은 나무보다 더 잘 살았기 때문에 오늘날 속이 빈 세크로피아 나무만 살아남은 것입니다.

어쨌든 대나무처럼 속이 비어 있는 세크로피아 나무를 쪼개면 층층이 신흥 개미 왕국들이 들어 있습니다. 여왕개미들이 칸칸이 들어가서 제각기 나라를 건설하고 있더라고요. 이 나무는 30미터까지 자라는데, 나중에 큰 나무가 되면 그 안에 집을 지은 여왕개미들 중 '한 마리'만 살아남습니다.

세크로피아 나무와 아즈텍 개미는 공생 관계입니다. 세크로피아 나무는 이파리 아랫부분에 쌀알처럼 생긴 걸 만드는데 개미는 그걸 떼다가 먹습니다. 세크로피아 나무는 방도 내줘, 먹을 것도 장만해 줘, 그야말로 하숙집입니다. 개미 입장에선 받기만 하고 입을 싹 씻을 수는 없겠지요? 개미는 세크로피아 나무 주변의 모든 초식 동물을 없애줍니다.

그런데 이 아즈텍 개미는 어떻게 나무 속으로 들어간 것일까요? 세크로피아 나무껍질이 얇기는 해도 뚫는 게 그리 쉽지는 않습니다. 길게는 2시간도 걸립니다. 여왕 개미는 입으로 나무껍질을 뜯은 후 머리-가슴-배 순으로 간신히 그 안으로 몸을 집어넣습니다. 그러고는 다시 안쪽에서 벽을 긁어서 그걸로 자신이 들어왔던 구멍을 막습니다.

그런데 한동안은 다른 여왕개미가 그 구멍으로 살짝 밀고 들어오는 것이 가능합니다. 그러면 먼저 들어온 여왕개미가 그 안에 자리 잡고 있겠지요? 직접 듣진 못했어도 이런 대화가 오고 갔을 것입니다.

"저 좀 들어가도 될까요?"

"들어오세요."

이제 두 여왕개미는 같이 살림살이를 시작합니다. 일주일쯤 지나면 식물이 물질을 분비해 그 구멍을 꽉 막아버려서 뚫을 수가 없습니다. 그러기 전까지는 동맹을 맺을 여왕개미들이 들어오라는 거지요. 그래서 초기 아즈텍 개미 왕국에는 여왕이 여러 마리 있습니다.

이들이 동맹을 맺는 데는 이유가 있습니다. 여왕개미

혼자 알을 낳아서 일개미를 키우는 개미 왕국과 다섯 마리가 알을 낳아 함께 키우는 개미 왕국, 어느 쪽이 경쟁 우위를 가질까요? 당연히 후자입니다. 여러 마리의 여왕개미가 한꺼번에 일개미를 키워 다른 왕국들을 평정해 버리면 게임이 끝나는 겁니다. 그래서 아즈텍 개미들은 동맹을 굉장히 잘 맺습니다.

'여왕개미 간의 동맹'은 개미 연구에서 굉장히 흥미로운 주제라, 당시 20여 종의 개미에서 동맹이 발견되었고 관련된 논문도 상당히 많이 나온 상태였습니다. 동료는 그걸 제게 보여준 것이고, 저도 무척 흥미롭게 보았습니다.

그다음 날부터 민벌레를 연구하러 산에 올라갈 때마다 이 나무가 눈에 띄었습니다. 궁금하니까 괜히 쪼개서 나무 안을 들여다보곤 했지요. 그러던 어느 날 정말 말도 안 되는 장면을 보고 말았습니다.

네 마리 다 여왕개미인데, 두 마리는 색이 까만 데 반해 다른 두 마리는 발그스름합니다. 둘은 서로 다른 종의 개미입니다. 전혀 다른 종류의 여왕개미가 '일단 천하를 통일하고 보자'며 같이 살림을 차린 겁니다. 종이 다른 일개미들이 같이 섞여 있어도 상관없다는 거지요.

이게 얼마나 이상한 일인지 감이 오시나요? 비유하자면 조조의 위나라와 손견의 오나라가 손을 잡고 유비의 촉나라를 공격한 것 정도가 아니라, 조조가 유비를 물리치려고 다른 종인 오랑우탄의 군대를 끌어들인 겁니다. 서로 종이 다른데도 같이 새끼를 길러서 다른 나라를 쳐부수자고 손을 잡은 거지요.

자연계에서 이런 예는 한 번도 밝혀진 적이 없습니다. 제가 최초로 세상에 알린 겁니다. 이 내용이면 당연히 수록되겠지 하고 논문을 써서 《네이처》에 보냈는데, 일주일도 안 돼서 편집장에게 거절 답장을 받았습니다. 《네이처》 독자들은 별로 관심이 없는 주제라는 겁니다. 이게 재미없으면 대체 뭐가 재미있는 거냐 싶어서 《사이언스》에 같은 논문을 보냈는데 똑같은 답을 얻었습니다.

이 일 때문에 저는 학회에 가서 외국 동료들만 만나면 놀림을 당했습니다. 그 녀석들에게는 제가 좋은 안줏거리였어요. 모여 앉기만 하면 "그런 연구를 하고도 《네이처》,《사이언스》에 논문을 못 실은 놈이 여기 있어" 하면서 저를 놀렸습니다.

몇 해 전에 그중 한 친구가 저에게 묻더라고요.

"그런데 그때 논문 제목을 뭐라고 써서 보냈어?"

"종간의 갈등과 협동, 아즈텍 여왕개미들 간에 벌어지는 동맹…. 뭐 이렇게 썼겠지."

제 대답을 듣고는 그 친구가 "그러니까 떨어졌지" 하더라고요.

베네통이라는 의류 회사 광고를 본 적이 있을 겁니다. 베네통의 광고에는 다양한 인종의 모델들이 등장하고 '유나이티드 컬러스 오브 베네통(United Colors of Benetton)'이라는 카피가 붙습니다. 컬러풀하게 여러 색상을 쓴다는 걸 어필하는 것이지요.

그 동료가 말하길 '유나이티드 컬러스 오브 앤츠(United Colors of Ants)'라고 제목을 붙였으면 편집장이 관심을 가지고 제 논문을 읽어봤을 거라는 겁니다.

제목이 이렇게 중요합니다. 논문을 쓸 때 데이터도 중요하고 논지를 어떻게 전개하는가도 중요하지만 무엇보다 제목을 잘 지어야 합니다. 보는 사람의 마음을 확 끌어당길 수 있는 제목이어야 합니다.

과학 하는 사람들이 논문 제목 가지고 저렇게까지 할

일이냐 하실 수도 있지만, 저의 경우처럼 제목이 논문의 학술지 수록 여부를 결정짓기도 합니다. 어쨌든 저는 참기가 막힌 연구를 하고도 좋은 학술지에 싣지 못한 바보입니다.

모든 일의

마지막에는

글쓰기가 있다

미국 보스턴에 있는 MIT, 그러니까 매사추세츠 공과 대학에서는 졸업을 하려면 반드시 읽어야 하는 책이 있습니다. 미국에서 글을 좀 쓴다, 글쓰기 훈련을 받는다 하면 누구나 읽어야 하는 아주 기본적인 책인데요. 보통 책 제목인 'The Elements of Style'보다는 저자명 'Strunk & White'로 이 책을 많이 기억합니다. 그야말로 어떻게 글을 쓰느냐를 담고 있는 책입니다.

그런데 MIT에서는 왜 공대생들한테 이런 걸 가르칠까요? 우리나라는 인문학을 공부한 사람이 글을 잘 쓰는 건 당연하게 여기고, 공학이나 과학을 전공한 사람은 글을 잘 못 써도 용서해 주는 분위기입니다.

그런데 사실 이건 말이 안 됩니다. 인문학적인 것보다

는 과학적이고 기술적인 것의 내용이 대체로 더 어렵습니다. 그러니 그걸 다른 사람에게 설명하려면 글쓰기 재주가 더 많이 필요합니다. 그래서 MIT에서는 공학과 과학을 하는 사람이 되려면 글쓰기 훈련부터 받아야 한다고 하는 것입니다.

사실 저는 과학자인데 글 조금 쓸 줄 안다고 해서 은근히 그 덕을 보고 삽니다. 그런데 이것 역시 사실 말이 안 되는 겁니다. 서양의 베스트셀러 작가들 중에는 과학자 출신의 작가들이 굉장히 많습니다.

나는 연구자가 될 것도 아니고 회사에 취직할 건데 무슨 글쓰기가 필요하겠느냐고요? 세상 모든 일의 마지막에는 글쓰기가 있습니다. 회사도 예외일 수 없습니다. 회사에서 뭐 합니까? 기획안 쓰고, 제안서 쓰고, 보고서 쓰고, 평가서 쓰고…. 아무리 아이디어가 좋아도 의미가 제대로 전달되지 않으면 채택되기 어렵겠지요? 이해하기 쉽게 얼마나 잘 썼느냐에 따라 그 사람의 장래가 결정됩니다.

직장 안 다니고 자영업자가 되어도 글쓰기가 필요할까요? 동네에 치킨집을 열어도 전단지를 만들어 주변에 돌려야 합니다. 한 페이지짜리 전단지 안에 몇 글자 안 들어가겠지만, 엄밀히 따지면 그것도 글쓰기입니다.

개그맨 전유성 씨는 오랫동안 경북 청도에서 '개나소나 콘서트'를 기획하고 운영했습니다. 오래된 교회당을 리모델링해서 카페를 열었는데, 간판에 엎질러진 커피를 그려 넣은 다음 상호를 '니가쏘다쩨'라고 붙였습니다. 가게 이름을 짓는 것도 엄연한 글쓰기입니다.

요즘에는 연애편지를 안 쓰지만, 저희 때만 해도 예쁜 종이를 마련해서 밤새도록 좋아하는 사람에게 보낼 편지를 썼습니다. 쓰다가 잘못 쓰면 구겨서 버리고, 쓰고 버리고, 또 새로 쓰고…. 며칠간 잠도 제대로 못 자고 쓴 편지를 고이 접어서 봉투에 넣어 들고 있다가, 학교 가는 버스 안에서 버스가 덜컹할 때 넘어지는 척하면서 그 여학생 책가방에 찔러 넣는 겁니다. 그 편지를 얼마나 설득력 있게 잘 썼느냐에 따라서 지금 누구랑 살고 있느냐가 결정되었는데, 세상에 글쓰기처럼 중요한 게 또 있을까요?

이처럼 글쓰기는 우리 삶의 모든 영역에 걸쳐 있습니다. 인간은 문자라는 도구를 개발해 사용하고 있는 유일

한 동물입니다. 그런 동물에게 글쓰기가 중요하지 않을 거라고 생각하는 것이 오히려 이상한 일 아닐까요. 그래서 저는 우리나라 교육에서 학생들에게 글쓰기를 제대로 가르치지 않는 건 너무 어리석은 일이라고 생각합니다.

문학적 글쓰기

vs.

과학적 글쓰기

중학교 때부터 친구 7명이 한 달에 한 번 만나는 모임이 있습니다. 점심이나 저녁을 같이 먹으며 옛날이야기, 사는 이야기를 하며 우정을 나누는데 그 친구들이 몇 년 전인가 나한테 이런 말을 하더군요.

"너는 그 옛날부터 뭔가 늘 무거운 짐을 지고 가는 놈처럼 보였어."

사실 그날 저는 굉장히 충격을 받았습니다. 스스로 참 많이 까불고 명랑한 아이였다고 생각했거든요. 지금도 실은 나이가 너무 많은 감이 있지만 성대모사 쪽으로 좀 더 노력해서 개그맨에 한번 도전해 볼까 하는 꿈을 버리지 못하고 있을 정도니까요. 중고등학교 때부터 선생님들 흉내를 아주 잘 내서, 선생님이 들어오시는 줄 모르고 흉내 내다가 혼난 적도 몇 번 있습니다.

하지만 친구들은 내가 겉으로는 굉장히 명랑하지만 속으로는 뭔가를 깊게 생각하고 고뇌한다고 생각했던 것입니다. 그 시절 무슨 거창한 고민이 있어 그랬는지는 잘 모르겠습니다. 다만 중학교 2학년 때부터, 아니 사실은 초등학교 시절부터 시를 써보겠답시고 동시도 쓰고 혼자서 생각에 잠기기도 했지요.

중학교 2학년 때 예년에 비해 별나게 떠들썩하게 열린 백일장에서 시 부문 장원을 거머쥐는 바람에 공공연히 문학 소년의 길을 걷게 된 다음부터 저의 번민은 날로 깊어갔습니다.

어느 날 운동장에서 친구들과 농구를 하고 있는데, 한 떼의 학생들이 쫙 줄을 서서 어딘가로 가고 있었습니다. 궁금한 마음에 "어디 가?" 했더니 경복궁에 백일장 하러 간다고 했습니다. "그런 게 있었어? 나도 가도 돼?" 하고 물었고, 아무나 가도 된다는 말에 그 길로 무작정 따라나섰습니다. 그때 경복궁 입장료가 5원인가 했는데, 입장료가 없어 걱정하던 차에 다행히 옆에 있던 국어 선생님이 입장료를 대신 내주었지요. 경회루 앞에 앉아 그냥 생각나는 대로 써 내려갔는데, 운 좋게도 그날 제가 쓴 시가 장원을 한 것입니다.

보통 학교 백일장은 문예반원들이 상을 휩쓰는데, 마침 그 백일장은 개교 50주년 기념행사라 학교 선배인 장만영 시인이 직접 와서 심사를 했고 그 덕에 저처럼 알려지지 않은 신인이 발탁된 것입니다. 게다가 다른 때 같았으면 학기 말 교지에 실리는 정도였을 텐데, 학교 강당에서 교장 선생님이 금메달을 달아주는 바람에 제 존재가 전교생들에게 다 알려지게 되었지요.

그 후로 국어 시간마다 선생님들은 꼭 "어이, 우리 시인. 이야기 좀 해봐", "시인 생각은 어떠신가?" 하며 저를 지목했고, 그래서 당시 친구들은 모두 제가 이다음에 시인이 될 줄 알았다고 합니다.

하지만 '구조 조정의 피해자'가 되어 어쩌다 과학을 하게 되었고 미국 유학까지 가게 되었습니다. 처음에는 문학 소년이랍시고 제 나름대로 닦아왔던 '문학적 글쓰기'와 미국에서 새롭게 배운 '과학적 글쓰기'가 너무나 달라 힘든 시간을 보냈습니다.

문학적 글쓰기에서는 결론부터 이야기하면 안 됩니다.

감칠맛 나게 이야기를 끌고 가다가 마지막에 클라이맥스로 치닫고 내려와야 하는데, 과학은 그렇지 않습니다. 결론부터 이야기해야 합니다.

미국에 처음 갔을 때 저로서는 영어로 처음 써보는 리포트나 논문이라 힘들었는데, 당시 제 옆에는 굉장히 좋은 친구가 있었어요. 피터 애들러(Peter Adler)라는 친구인데 훗날 클렘슨 대학(Clemson University) 곤충학과에서 교수를 했어요.

펜실베이니아 주립대학교에서 함께 공부하던 시절, 저는 뭐든지 쓰면 무조건 그 친구에게 보여줬습니다. 그러면 그렇게 잘 고쳐주는 거예요.

그러던 어느 날의 일입니다. 그날도 원고를 줬는데 그 친구가 묘한 퍼포먼스를 하더라고요. 제일 뒷장을 탁 뜯어서 맨 앞에다가 놓고는 다시 스테이플러로 찍어서 저한테 주는 겁니다.

"미안한데 그래도 좀 읽어주면 안 되냐?" 했더니 그 친구가 이렇게 말했습니다.

"너는 이제 한 문장 한 문장은 제법 잘 써. 훈련이 많이 됐어. 그런데 너의 글쓰기에는 치명적인 결점이 있어."

그게 뭐냐고 물었지요.

"너는 결론을 얘기 안 해."

과학적 글쓰기는 결론부터 써야 한다는 뜻이었습니다. 과학 논문은 제일 앞에 앱스트랙트(abstract) 혹은 서머리(summary), 즉 초록(抄錄)부터 씁니다. 전체를 다 읽는 게 아니라 요약문을 먼저 읽고 관심이 가야 그 뒤를 읽습니다. 그런데 저는 계속 변죽만 울리고 중요한 얘기는 끝에 가서 하려고 뜸을 들인 겁니다.

아마 여러 번 그 점을 지적했는데도 제가 못 알아들은 모양입니다. 그래서 그 친구가 뒷장을 쭉 뜯어 앞에 붙이는 퍼포먼스를 보여준 것입니다. 그때부터 정말 그 점을 유념하며 열심히 글쓰기 연습을 했습니다.

정확하게,

군더더기 없이,

우아하게

그러던 어느 날 영문학과에 '테크니컬 라이팅(Technical Writing)'이라는 수업이 있는 걸 보고 학과 사무실에 연락해 어떤 수업인지 물었습니다. 외국인 대학원생들에게 논문 쓰는 걸 가르쳐주는 수업이라고 했습니다. 그래서 수강 신청을 했지요.

이 수업에는 매 시간 자기가 쓴 논문이나 에세이를 가져가야 했습니다. 그러면 교수님은 학생들이 가져온 글 중 한 편을 무작위로 뽑고, 수업 시간 동안 학생들과 그 글을 함께 읽으며 비평했습니다.

어느 날 수업이 끝나고 가방을 챙기고 있는데 교수님이 저를 부르셨습니다. 그러더니 밑도 끝도 없이 이렇게 물으시는 겁니다.

"너 시인이 되고 싶었냐?"

너무 놀라서 "아니, 그걸 교수님이 어떻게 아세요?" 했더니, "무슨 과학 논문을 시처럼 쓰려고 그렇게 애를 쓰냐. 되지도 않을 걸" 하시더라고요.

그러고는 뜻밖의 제안을 하셨습니다. "넌 나랑 따로 수업하자" 하셔서, 그 뒤로 논문을 비롯해서 뭐든 글을 쓰면 교수님께 전화를 드리고 찾아뵈었습니다.

제가 방으로 찾아가면 교수님은 푹신한 리클라이닝 의자에 앉아 계셨어요. 교수님이 "앉아라" 그러시면 저는 딱딱한 의자에 앉아서 제가 가져온 글을 읽었습니다. 두어 줄 읽고 나면 교수님이 제게 물으셨습니다.

"마음에 드냐?"

"마음에 안 드는데요."

"왜 마음에 안 드는데?"

"교수님, 저는 이렇게 쓰고 싶은데 잘 안 돼요."

"지금 말한 대로 써봐."

"아니요, 이건 제가 말하는 거고요."

"쓰고 싶은 대로 쓰는 게 글이야. 써봐."

"아니, 지금 이렇게 얘기하는 걸 쓰라고요?"

"일단 써봐."

교수님은 한 번도 어떻게 쓰라고 가르쳐주신 적이 없습니다. 이걸 계속 반복하는데, 세 시간쯤 지나서 다시 읽으면 이게 내 글이 맞나 싶을 정도로 달라져 있는 겁니다. 제가 하고 싶었던 이야기를 영어로 척척 하고 있더라고요.

박사과정에 진학할 때 교수님께 추천서를 부탁드렸습니다. 더 좋은 대학으로 옮겨야 하는데, 아무래도 미국 친구들과 비교될 테니 제 영어 실력에 대해 추천서를 써주십사 부탁드렸어요. 얼마 뒤 다 썼으니 받으러 오라고 전화를 주셨더라고요.

교수님 연구실로 찾아갔더니 이번에는 교수님이 딱딱한 의자에 앉아 계시고 저에게 리클라이닝 의자에 앉으라고 하시는 겁니다.

원래 추천서는 공개하는 게 아닙니다. 그런데 교수님은 자신이 쓴 추천서를 저의 글쓰기 공부의 한 단계로 활용하기로 하신 거지요. "내가 썼는데 검토 좀 해줘" 하셔서 이번엔 제가 푹신한 의자에 앉았습니다.

교수님이 두 문장쯤 읽으시는데, 장난기가 발동해서

교수님께 제가 물었습니다.

"마음에 드세요?"

"어, 조금 그렇네. 사실 나는 이렇게 쓰고 싶었는데…"

"그럼 그렇게 쓰세요."

이렇게 장난도 치고 문장도 고쳐가면서 추천서를 완성했습니다. 그 추천서에서 교수님은 저에 대해 이렇게 쓰셨어요.

"He writes with precision, economy and grace(이놈은 글을 정확하게 쓴다. 군더더기 없이 쓸 말만 쓴다. 근데 우아하기까지 하다)."

글을 쓰면서 이보다 더한 찬사를 받을 수 있을까요? 그래서 제가 교수님께 그 문장은 절대 건드리지 마시라고 했습니다.

교수님의 그 말씀이 정말 너무 좋았는데, 이게 이후 제 삶의 굴레가 될 줄은 미처 몰랐습니다. 아무리 짧은 글을 써도 저 세 단어가 머릿속에 맴돕니다. 정확하게, 그냥 쓸 말만 딱 쓰려고 노력합니다. 근데 또 우아하게 써야 하니까 글 쓰는 것이 정말 쉽지 않습니다.

글쓰기 비법,
미리 쓰고
많이 고치기

신문이나 잡지에 글을 쓰는 논객으로 살아온 지 25년이 지났습니다. 대한민국 신문사의 문화부 기자들은 다 아는 사실이 하나 있는데요. 허락 없이 제 글에 손대면 안 된다는 겁니다. 제가 평소에는 굉장히 성격이 온화한 편인데, 누가 제 글에 허락 없이 손을 대면 엄청나게 화를 냅니다.

"'-가'로 쓸까, '-는'으로 쓸까, 토씨 하나 가지고 얼마나 오래 고민했는데 당신이 대체 뭔데 함부로 내 글을 고쳐!"

그런데 제가 그렇게 화를 낼 수 있는 이유가 있습니다. 대개 신문에 글을 쓰는 사람들은 마감 직전이 되어서야 글을 보냅니다. 그런데 저는 2~3일 전에 보내줍니다. 그렇게 저와 상의할 충분한 시간 여유를 줬는데도 아무 상의 없이 글을 고치는 건 있을 수 없는 일이지요.

그렇다면 어떻게 그렇게 할 수 있는 것일까요? 저는 미리 씁니다. 마감 일주일 전에 일단 다 써놓고 소리 내어 읽어봅니다. 듣기에 약간 불편하면 가차 없이 집어던지고 다시 씁니다. 저는 읽으면서 숨이 차면 그건 좋은 글이 아니라고 생각합니다. 계속 소리 내어 읽으면서 아무 불편 없이 글이 흘러갈 때까지 고치고, 고치고, 또 고칩니다.

제가 고정으로 연재하고 있는 신문 칼럼은 1,000자도 안 됩니다. 근데 그걸 쓰기 위해서 거짓말 요만큼 보태면 한 50번 고쳐 씁니다. 쓰고 다시 쓰고, 고치고 또 고치고. 우리 사회에 '글 잘 쓰는 과학자'로 알려져 있지만, 저는 글을 잘 쓰는 사람이 아닙니다. 글을 치열하게 쓰는 사람입니다.

소설가 김훈 선생님은 글을 몽당연필로 원고지에다가 꾹꾹 눌러쓰신다고 합니다. 저한테 보내주신 편지도 원고지에다 쓰셨더라고요. 하지만 저는 원고지에는 글을 못 씁니다. 컴퓨터가 없었다면 저는 글 쓰는 사람이 되지 못했을 겁니다. 원고지는 쓰다가 잘못되면 처음부터 다시 써야 하지만, 컴퓨터는 고치는 것도 쉽고 이리 옮기고 저리 옮기며 편집하는 것이 가능하니까요. 그래서 저는 수없이 글을 고칩니다.

만일 김훈 선생님과 저를 나란히 앉혀놓고 같은 주제를 던져준 뒤 두 시간 안에 글을 완성하라고 하면, 김훈 선생님은 기가 막힌 글을 쓰시겠지만 아마 제 글은 못 읽을 수준일 겁니다. 하지만 한 달의 말미를 주면 저도 웬만큼 읽을 만한 글을 쓸 자신이 있습니다.

"저는 글재주가 없어서요." 그건 변명입니다. 미리 쓰고 다듬으면 누구나 잘 쓸 수 있습니다. 시간 관리를 하면 됩니다. 일주일 전에 쓰시고 100번만 고쳐보십시오. 그럼 읽을 만할 겁니다.

제가 글쓰기에 대해 이렇게 열심히 이야기하는 이유가 뭘까요? 물리학자 하면 대부분의 사람은 알베르트 아인슈타인(Albert Einstein, 1879~1955)을 먼저 떠올립니다. 그렇다면 아인슈타인 이래로 가장 위대한 물리학자는 누구일까요? 이 질문에는 뜻밖에도 많은 사람이 리처드 파인만(Richard Feynman, 1918~1988)이라고 답합니다.

물리학자가 그렇게 많은데, 왜 파인만이 제일 위대하다고 할까요? 이 경우에는 '위대하다'보다는 '위대하게 보인다'는 표현이 더 적절할지도 모르겠습니다. 파인만을 포함해 위대한 물리학자들이 많지만, 파인만의 경우 일반 독자들이 읽을 수 있는 물리학책을 썼기 때문에 더 많이 알려진 것입니다.

여기서 중요한 것은 단지 많이 알려졌다는 것이 아닙니다. 리처드 파인만의 저서를 통해 많은 사람이 그의 이론에 관심을 가지게 되었고 또 많은 학자가 그 이론을 바탕으로 연구를 계속 이어온 덕분에, 오늘날 우리가 사용하는 휴대전화와 컴퓨터 등에 활용된 첨단 기술에 파인만의 이론이 적용되었기 때문에 위대한 물리학자가 된 것입니다. 책을 쓴다는 것이 이렇게 중요합니다.

그렇다면 찰스 다윈(Charles Robert Darwin, 1809~1882) 이후 가장 유명한 생물학자는 누구일까요? 많은 분이 《이기적 유전자》를 쓴 리처드 도킨스를 뽑습니다. 저 역시도 리처드 도킨스의 《이기적 유전자》를 읽고 이 분야의 생물학자가 되기로 결심했지만, 엄밀히 말해 그가 최고로 위대한 생물학자는 아닙니다. 그런데도 많은 사람이 그를 위대한 생물학자로 기억합니다. 책이 가지는 영향력이 얼마나 큰지를 보여주는 사례이지요.

노벨과학상을
받은 것보다
더 기쁜 일

저의 경우 1997년에 영어로 된 책을 내면서 책 쓰기를 시작했습니다. 1997년 영국 케임브리지대 출판부에서 두 권의 책,《곤충과 거미류의 짝짓기 체제의 진화(The Evolution of Mating Systems in Insects and Arachnids)》,《곤충과 거미류의 사회 행동의 진화(The Evolution of Social Behavior in Insects and Arachnids)》를 출간했습니다.

제가 우리말로 쓴 첫 책은 1999년에 나온《개미제국의 발견》이라는 책입니다. 그 후 25년 동안 참 많은 책을 썼습니다. 어느 기자가 저한테 와서 인터뷰하며 제 이름이 겉장에 나온 책만 거의 100권이 된다고 하더라고요.

그런데 언젠가 어떤 분이 제 글이 작가들한테 인기가 좋다고 말하는 걸 들은 적이 있습니다. 내심 '내 글이 굉장한 경지에 올랐구나' 싶어 뿌듯해했는데, 나중에 알고 보니 문장이 좋다기보다는 제 책 내용 중에 글의 소재로 삼을 만한 것이 많기 때문이라고 합니다.

제 책에는 다양한 동물들의 이야기가 나옵니다. 작가들이 거기서 모티브를 얻어 소설의 주제로 삼기도 하고, 《개미제국의 발견》,《생명이 있는 것은 다 아름답다》같은 책의 내용을 각색해서 쓰기도 한다는 것입니다. 그래서 그런지 요즘 잘나가는 작가분들이 '당신 책을 보고 이렇게 썼노라'며 책을 보내주는 일이 잦습니다.

사실 저야말로 어려서부터 작가가 되고 싶었습니다. 대학도 제대로 못 가고 소 뒷걸음질 치다 쥐 잡듯 생물학자가 되었는데, 생물학자로서 쓴 글들을 작가들이 좋아해 주었습니다. 덕분에 작가 친구가 많이 생겼습니다. 소설가 은희경, 김영하, 김형경, 정유정 같은 분들이 책을 내면 가끔 자필 사인을 해서 제게 주기도 합니다. 서문에서 가끔 제 글을 읽고 영감을 얻었다는 내용을 읽은 적도 있습니다. 그때마다 작가는 못 되었지만 내가 좋아하는 동물행동학도 하고 대단한 작가들과 친구가 되었으니 이만하면 성공했다 싶습니다.

그런데 이렇게 작가들과 친해지기 전에 제 책《생명이 있는 것은 다 아름답다》의 서문에 조금 건방진 이야기를 쓴 적이 있습니다. '작가의 장벽(writer's block)'이라고 있는데, 글이 안 떠올라서 애를 먹는 것을 말합니다. 원고지를 북북 찢고 구겨서는 휙 집어던지고 하는 것 말이지요. 그런데 나는 그런 괴로움을 겪지 않는다고 썼습니다. 왜냐하면 글의 소재가 마른 적이 별로 없기 때문입니다. 늘 저 광활한 자연에서 소재를 퍼 오니까 끊임없이 쓸거리가 생깁니다.

그렇게 과학자로서 글을 쓰고 책을 내며 살아오면서 만난 잊을 수 없는 순간이 있습니다. 바로 제 글이 국어 교과서에 실렸을 때입니다. 지금은 개정되었지만 2002년 중학교 2학년 국어 교과서에 〈개미와 말한다〉가, 고등학교 1학년 국어 교과서에 〈황소개구리와 우리말〉이 실렸습니다.

아마 과학 교과서에 제가 과학자로 소개되었다면 좋기는 해도 그렇게까지 흥분되지는 않았을 것 같아요. 두 교과서를 받아 들고 너무 흥분해서 저는 주변 사람들에게 이렇게 말했습니다.

"노벨상을 받은들 이보다 더 기쁘겠느냐"

어릴 적 시인이 되고 싶다는 꿈을 이루지는 못했지만, 과학자로 살면서 국어 교과서에 글이 실린, 그러니까 양쪽을 다 거머쥔 저는 너무나 행복한 사람입니다.

대부분의 작가가 글 쓰는 작업 자체를 엄청난 고행으로 생각하는데, 저는 글 쓰는 것이 즐겁습니다. 왜냐하면 글 쓰는 게 제 밥벌이는 아니거든요. 과학자로 밥은 먹고 살고 있고, 글은 제가 좋아서 쓰는 겁니다. 좋아서 쓰다 보면 그게 책이 되고, 또 쓰다 보면 책이 되고…. 얼마나 행복한지 모릅니다.

앞으로 21세기에는 글재주만 가지고 기교를 부린 글보다는 과학자나 경제학자 등 실제로 전공 공부를 한 사람들이 쓴 글에 더 많이 호응하는 시대가 올 것입니다. 20세기는 감성적인 코드가 통하는 시대였다면, 21세기는 지식 경쟁의 시대이기 때문에 글 안에 지식이 담겨 있지 않으면 그 생명이 오래가지 못할 것입니다. 작가를 꿈꾼다고 해도 공부를 많이 해야 합니다. 세상의 많은 것을 보고 경험하는 것이 중요합니다.

소통이
안 될 때는
토론 대신
숙론!

도대체 우리 삶은 왜 이렇게 갈등의 연속일까요? 세간에 돌아다니는, 재미있지만 약간은 씁쓸한 농담이 있습니다.

"미국은 재미없는 천국이고, 대한민국은 재미있는 지옥이다."

저는 미국에서 공부도 했고, 일 때문에 지금도 가끔 미국에 갑니다. 그런데 미국에 가보면 변한 게 아무것도 없습니다. 옛 친구 집에 초대받아 가면, 그 친구만 폭삭 늙었을 뿐 30년 전 살던 집에 그대로 살고 있어요. 현관 앞에 놓인 깔개까지 그대로입니다. 미국 사회는 평화롭고 잔잔하고 모든 것이 안정적이지만, 사실 재미는 좀 없습니다.

그에 비해 한국은 얼마나 다이내믹한지 모릅니다. 겉모습은 말할 것도 없고 사회·문화적인 분위기까지 휙휙 달라집니다. 사회 변화의 속도가 큰 만큼 갈등의 강도와 폭도 큽니다. 보수와 진보로 나뉘어, 한쪽에서는 태극기 들고 농성하고 다른 한쪽에서는 촛불을 들고 집회를 합니다. 같은 장소에서 집회를 하여 서로 부딪히기도 하고요. 어디 그뿐인가요. 지역 갈등에 계층 갈등, 남녀 갈등, 최근 더 심각해지고 있는 세대 갈등까지 이렇게 갈등이 심해도 되나 싶을 정도입니다.

대한민국은 전 세계에서 인터넷 속도가 제일 빠른 나라입니다. 해외여행 한 번이라도 해보신 분이라면, 외국 나가서 '왜 이렇게 인터넷이 느려?' 하며 답답한 느낌을 받으신 적 있을 겁니다. 어딜 가든 한국처럼 와이파이 팍팍 터지는 나라는 드뭅니다. 세계 제1의 정보통신 국가인데 소통이 안 된다니, 참으로 아이로니컬하지요?

도대체 우리 사회는 왜 이렇게 소통이 안 되고 갈등이 심한 걸까요? 제가 몸담고 있는 학문인 동물행동학은 본질적으로 '동물정보통신학'입니다. 그들이 서로 무슨 얘기를 나누는가를 파악하면 그 행동의 의도와 심리를 이해할 수 있습니다. 평생 동물들의 대화를 엿들으며 귀 기울여 온 연구자로서 이 문제에 대해 숙고한 결과는 싱겁게도 '소통은 원래 안 되는 게 정상'이라는 것입니다.

소통이란 원래
안 되는 게
디폴트

　조금만 노력하면 소통할 수 있을 거라고 착각하고 살
지만, 소통이라는 건 원래 안 되는 게 정상입니다. 동물
행동학자들은 오랫동안 동물 소통(animal communication)
을 상호 협력적인 것이라고 생각했어요. 그런데 1978년
존 크렙스(John R. Krebs)와 니컬러스 데이비스(Nicholas B.
Davies)가 《행동생태학: 진화적 접근(Behavioural Ecology: An
Evolutionary Approach)》에서 소통을 "송신자가 수신자를 조
종하려는 의도적 행위"로 규정하며 새로운 관점을 제시
했습니다.

　그러니까 서로 '네가 내 말을 들어야지'라고 생각하고
상대를 내 뜻대로 조정하려고 한다는 것이지요. 즉, 소
통이란 협력이 아니라 밀당의 과정인 겁니다. 근본적으

로 우리는 각자 자기의 생명을 가진 별개의 생명체들입니다. 그러다 보니 내 생명에 관련된 일이 가장 중요합니다. 그래서 나를 죽이고 남에게 협조한다는 것은 사실상 굉장히 어렵습니다. 마음을 비워라, 말은 하지만 세상에 이것처럼 힘든 일이 어디 있나요? 마음을 비울 수 있는 사람이 전 세계에 몇 명이나 될까요? 종교를 일으키신 몇 분 말고는 도저히 할 수 없는 일이에요.

그런데 사람이 살면서 소통 없이 이뤄낼 수 있는 일이 있나요? 곰곰 생각해 보면 거의 없습니다. 무슨 일을 하든지 반드시 사람들 간의 소통이 필요한 과정이 있습니다. 소통은 안 되는 게 정상이지만, 어떻게든 살기 위해서는 소통을 이뤄낼 수밖에 없다는 모순이 우리에게 있는 것입니다.

인터넷에 떠도는 말 중에 제일 기막히다고 생각하는 말 중 하나가 "정부는 정책을 만들고, 국민은 대책을 만든다"입니다. 정부가 정책을 발표하면, 30분이면 작살이 납니다. 여러 사람이 들고 일어나 "그렇게 했다가 이 문제는 어떻게 하려고 그럽니까?"; "못사는 사람들은 생각해 봤습니까?" 하면서 문제를 제기합니다.

왜 그럴까요? 국민과의 소통을 거치치 않고 내놓은 안이기 때문입니다. 정책이 실시되었을 때 그 일을 겪어야 하는 사람들과 충분한 소통이 없는 상태에서 발표를 해버리니까 그런 일이 벌어지는 겁니다.

이런 차원에서 제가 귀뚜라미 수컷한테 배운 지혜를 좀 나눠드리겠습니다. 가을이 되면 저녁에 귀뚜라미 소리가 많이 들리지요? 그 소리를 듣고 '가을이 왔구나' 하면서 가을 정취에 젖어 잠들었는데, 잠에서 깬 아침 7시에도 여전히 귀뚜라미 울음소리가 들릴 겁니다.

'야, 이 자식 밤새 운 건가? 아니면 교대 근무라도 했으려나?'

우리 집 마당에 있는 귀뚜라미가 그놈이 그놈일 텐데 무슨 교대 근무를 했겠어요? 밤 9시부터 아침 7시까지 울음소리가 들렸다면 그 녀석이 10시간을 계속 운 겁니다.

귀뚜라미는 날개가 두 쌍인데, 비교적 딱딱한 윗날개 한쪽 끝을 반대쪽 날개에다 대고 긁어서 소리를 냅니다. 반대쪽 날개 밑 중앙 부위를 전자 현미경으로 보면 빨래판처럼 생겼습니다. 빨래판 위에 작은 돌기들이 있는데, 그 돌기의 모양이나 숫자가 종에 따라 다릅니다. 날개를 긁는 행동은 같지만 돌기가 달라서 각기 다른 소리를 내는 것이지요.

팔을 뒤로 해서 10시간 동안 계속 비벼보세요. 이게 보통 일이 아닙니다. 어마어마한 중노동이에요. 귀뚜라미는 왜 그런 힘든 행동을 10시간 동안 쉬지 않고 계속하는 걸까요? 귀뚜라미 수컷은 주변 풀숲에 암컷들이 있다는 걸 알고, 암컷을 유인하려고 날개를 긁어서 소리를 내는 겁니다.

잠깐만 해도 암컷이 빨리 와준다면 저녁에 1시간쯤 날개를 긁고 자면 될 텐데, 아무리 날개를 긁어도 암컷이 오지 않으니 10시간씩이나 긁는 겁니다. 원래 암컷은 짝짓기 상대를 고를 때 굉장히 신중합니다. 암컷의 입장에서는 번식이 상당한 투자를 요하는 일이기 때문입니다. 알을 낳고 품고 새끼를 키우는 것은 대개 암컷이 하는 일이거든요. 수컷은 짝짓기만 하고 그냥 도망가 버리는 경우도 많습니다. 그러니 암컷은 상대를 고를 때 신중할 수밖에 없고, 수컷은 신중한 암컷에게 허락을 받기 위해 필사적일 수밖에 없습니다.

이해와 소통에는
필사적인 노력이
필요하다

제가 몸담았던 국립생태원에도 출판부가 있습니다. 국립생태원 초대 원장 시절에 주변의 온갖 비난과 반대를 무릅쓰고 출판부를 만들었어요. 저는 평소에는 양보다 질이 중요하다고 강변하고 사는 사람인데, 출판부를 만들고 제일 먼저 한 말이 "무조건 책 많이 내자"였습니다. 대한민국 국민이 자연에 대해 궁금해서 책을 찾아보면 반드시 그 겉장에 국립생태원이 찍혀 있도록 만들자고 했어요. 그렇게 되면 국립생태원이 얼마나 중요한 기관인지 따로 말할 필요가 없는 거니까요.

국립생태원 출판부에서 만든 첫 책이 바로《생태 돋보기로 다시 읽는 이솝 우화》입니다. 사실 제가 평소 이솝 할아버지한테 불만이 좀 많았습니다. 적어도 우화를 쓴다면 동물에 대해서 좀 알고 쓰셔야 하는 거 아닌가요? 생물학자 입장에서 보면 동물에 대해 잘못 쓰신 부분이 너무 많아요.

〈개미와 베짱이〉 우화만 해도 그렇습니다. 개미는 열심히 일했는데 베짱이는 여름 내내 나무 그늘에서 노래만 하고 놀다가 겨울에 추워지니까 개미집 앞에서 문을 두들겼다는 내용이지요.

첫째, 겨울까지 사는 베짱이는 없습니다. 거기서 벌써 틀렸어요. 겨울에 개미집 문 두드리는 것부터 일단 틀렸습니다.

둘째, 이솝 할아버지는 베짱이가 놀고먹었다고 하는데, 베짱이 입장에서 보면 너무 섭섭한 말이 아닐 수 없습니다. 그리고 밖에 나와 있는 일개미만 우리 눈에 들어오기 때문에 개미는 쉴 새 없이 일한다고 생각하지만, 개미 나라 전체를 놓고 보면 그렇게 바라보기 어렵습니다.

경영학에서 배우는 이론 중에 '파레토 법칙(Pareto principle)'이라는 게 있습니다. 상위 20%가 전체 생산의 80%를 해낸다는 법칙입니다. 개미 사회도 마찬가지예요. 20%의 개미가 일해서 80%를 먹여 살립니다.

지하에 있는 개미집에 들어가면 80%의 개미들이 놀고 있어요. 그렇다고 가무를 즐기는 것은 아니고 신진대사율을 최소로 줄인 채 쉬고 있어요. 언제든 사고가 발생하면 곧바로 투입될 수 있도록 기다리는 대기조입니다. 걸핏하면 물 들어오고 천장이 무너지는 등 개미 왕국은 사고가 워낙 많이 일어나기 때문에, 개미는 자기 노동력의 80%를 비축해 놓는 방향으로 진화한 겁니다.

노동의 진화만 놓고 보면 개미가 우리보다 훨씬 앞선 동물입니다. 전 국민의 80%가 매일 집에서 쉬는 게 상상이 되시나요? 지금 경제활동을 하지 않는 청년(15~29세)이래 봐야 5천만 인구 중 1%가 안 됩니다. 개미는 80%를 놀리는데 우리는 1% 때문에 취업율이 낮다고 난리예요.

어쨌든 전체를 놓고 보면 개미는 절대로 그렇게 열심히 일하는 동물이라고 말하기 어렵습니다. 반면에 베짱이 수컷은 여름 내내 진짜 식음을 전폐합니다. 아무것도 먹지 않고 날개를 긁습니다. 그렇다면 개미와 베짱이 중누가 더 열심히 일했다고 할 수 있을까요? 그럼에도 이솝 할아버지는 베짱이를 놀고먹었다고 하신 겁니다.

베짱이 수컷, 그리고 아까 얘기했던 귀뚜라미 수컷은

왜 그렇게 열심히 일할까요? 왜 그렇게 필사적으로 소리를 낼까요? 저들이 세상에 태어난 이유는 오로지 자신의 유전자를 남기기 위해서입니다. 어느 암컷이든 소통에 성공해서 짝짓기를 하는 것이 그들의 목표이고, 그 목표를 위해 밥도 안 먹고 물도 안 마시고 필사적으로 읊는 겁니다. 소통은 이렇게 필사적으로 해야 하는 것입니다. 귀뚜라미도 저렇게 소통하려고 애를 쓰고 사는데, 나는 얼마나 소통하기 위해 노력하고 사는지 돌아볼 필요가 있습니다.

이 나이에도 제 아내한테 가끔 듣는 소리가 있습니다.

"당신은 나랑 이렇게 오래 살았는데 아직도 내 마음을 그렇게 몰라요?"

네, 모릅니다. 우리 수컷은 암컷의 마음을 알 수가 없어요. 그냥 알려고 노력할 뿐입니다. "모르는 걸 어떡해" 하고 버티면 그게 도움이 되나요? 전혀 안 됩니다. 그래서 그냥 알기 위해서 노력할 따름입니다. 부부 관계에서도 서로를 이해하려면 엄청난 노력을 해야 한다는 겁니다. 적당히 한다고 서로 이해되는 게 절대로 아니라는 얘기입니다.

'컨실리언스'

뒤에

'숙론'이 있다

우리는 어느덧 조각조각 나뉘어 있는 사회에서 살고 있습니다. 각자가 맡은 일이 다 따로 있어요. 사회가 굴러가려면 이것들이 한데 모여야 하는데, 개인으로는 모여 있는 전체를 볼 기회가 거의 없습니다.

독일 물리학자 베르너 하이젠베르크(Werner Heisenberg)는 《부분과 전체(Der Teil und das Ganze)》라는 책을 썼습니다. 이 책은 이 세상에 있는 거의 모든 것들은 부분과 전체를 모두 살피지 않으면 진리를 파악해 내기 힘들다는 교훈을 우리에게 줍니다. 그런데 이 '부분과 전체'라는 말은 자연과학과 인문학으로 나뉘어 있는 학문의 세계를 표현하는 것으로 보이기도 합니다. '통섭'이라는 말도 학문 간에 소통하고자 하는 노력에서 나온 말입니다.

1959년 영국의 물리학자 찰스 퍼시 스노(Charles Percy

Snow)는《두 문화(The Two Cultures)》라는 책에서 자연과학과 인문학을 아예 '두 문화'라고 규정해 버렸습니다. 그는 이른바 인문학으로 대변되는 학문 세계와 자연과학으로 대표되는 학문 세계 간에 서로 추구하는 목표와 방법론이 달라서 소통이 잘 되지 않는 것을 굉장히 통탄했습니다.

'소통이 안 되면 안 되는 거지 그걸 뭐 통탄할 게 있나' 하실 수 있는데, 통탄할 만한 이유가 있습니다. 동양의 노자, 공자, 그리스의 아리스토텔레스… 이들은 어느 한 분야를 연구하는 학자가 아니었습니다. 그저 자신이 할 수 있는 모든 분야를 다 탐구하다가 만년에 '삶은 이런 것이다' 하고 결론을 내린 것입니다. 그런데 르네상스 시대를 거치면서 학문이 분화되기 시작했습니다. 그러더니 이제는 너무 많이 쪼개졌어요. 학자들은 대개 자기 연구를 하느라 바빠서 서로 대화도 나누지 않아요.

한 분야 내에서도 소통이 안 되고, 자연과학과 인문학이 문화의 장벽까지 쳐놓고 소통을 못 하는 걸 안타깝게 생각하신 나머지 에드워드 윌슨 교수님이《통섭(Consilience)》이라는 책을 쓰고 거기에서 학문 간의 넘나듦을 주장하신 겁니다. 그런데 이 'Consilience'라는 말은 영어 사전에도 없는 말입니다. 19세기 영국의 자연철학자 윌리엄 휴얼(William Whewell)이 만들어서 쓰다가 인기가 없었는지 사라져버렸어요. 그래서 사전에서도 탈락한 말입니다. 그런 죽은 단어를 '학문 간의 넘나듦'을 표현하기 위해 일부러 발굴해서 쓰신 겁니다.

참 대단하긴 하지만 대학자시니 그럴 수 있겠다 싶은데, 윌슨 교수님의《통섭》이 출간되던 해에 미국 캘리포니아에서 같은 이름의 와인이 출시되었습니다. 네 명의 친구가 함께 만든 캘리포니아 레드와인 클럽에서 출하한 와인입니다. 아니, 와이너리 주인들이 이렇게 똑똑해도 되는 겁니까? 그들은 어떻게 영어 사전에 없는 '컨실리언스(consilience)'라는 단어를 와인 이름으로 선택할 수 있었을까요?

그들의 홈페이지에 가면 이 와인에 대해 설명하는 글이 있습니다.

"Consilience는 한마디로 '지식의 통일성'을 의미한다. 이것은 19세기 영국의 자연철학자 윌리엄 휴얼이 과학과 그 방법론에 관하여 가졌던 철학을 한마디로 표현한 말이다. 그는 자기 동료들이 과학을 이용하여 모든 것을 지극히 작은 단위로 쪼개는 데 여념이 없어 전체를 보지 못하게 되는 것을 걱정했다. 그는 이 세상 모든 것은 다른 것과 조화를 이루어 통합되어 있으며 문맥을 고려하지 않은 채 그들을 분리하면 그들만의 고유한 존재 이유가 손상될 수밖에 없다고 생각했다. 그는 과학자들에게 이 같은 관점을 잃지 말라고 호소했다. 그래야 모든 과학이 개념적으로 통합될 수 있다고 주장했다. 이는 상당히 무거운 주제이긴 하지만 와인에는 더할 수 없이 어울리는 말이며, 우리 네 사람의 뜻을 완벽하게 표현하는 단어이다. 와인은 바로 우주와 인간의 통일을 의미하며, 와인을 만드는 사람은 이를 결코 잊어서는 안 된다.”

와이너리 주인이 이러한 단어를 알고 있다는 것도 대단했지만, 그들이 어떻게 이 이름에 도달하게 됐는지를 설명한 부분이 저한테는 더 감동적으로 다가왔습니다. 네 명이 각자 와인 이름을 지어 와서 디스커션(discussion), 즉 토론을 했다고 해요. 많은 토론 끝에 네 개의 이름을 두고 각자 종이에 이름 하나씩을 써서 모자 안에 던졌습니다. 투표 결과는 ‘만장일치’였다고 합니다.

물론 만장일치라고 해봐야 네 표밖에 안 됩니다. 하지만 그 네 표 중에 놀라운 표가 있습니다. ‘컨실리언스’라는 이름을 낸 사람은 자기 의견에 표를 던진 것이지만, 나머지 세 사람은 자기가 심혈을 기울여서 짓고 열심히 발언했던 이름을 기꺼이 버리고 다른 친구가 만든 이름을 선택한 것이니까요.

저는 이게 바로 디스커션이라고 생각합니다. 기어코 내 의견을 관철시키기 위해서 하는 것이 아니라 어느 의견이 제일 좋은가를 찾아내기 위해서 하는 게 디스커션입니다. 그래서 영어에는 이런 표현이 있습니다.

"디스커션은 누가 옳은가를 결정하는 게 아니라 무엇이 옳은가를 결정하는 과정이다."

그게 바로 디스커션, 토론입니다.

토론

대신

숙론을 하자

　미국에 가서 공부하던 시절에는 거의 모든 수업이 다 토론 수업이었습니다. 제가 가르치는 입장이 되고 난 다음에도 저는 끊임없이 토론 수업을 했습니다. 그러다가 서울대학교에 교수로 부임했는데 처음에는 많이 힘들었어요. 토론 수업을 하려고 하는데 학생들이 입을 안 열더라고요. 참 답답했습니다.

　하버드 대학에서는 정반대였어요. 하버드에서는 토론 수업에 들어가기 전에 명심해야 하는 것이 하나 있습니다. "더러운 양말을 하나 갖고 들어가라"는 충고입니다. 학생들이 하도 떠들어대서 더러운 양말로 입을 틀어막아야 할 정도라는 거지요.

　하버드 학생들은 떠들게 하는 것보다 떠들지 못하게

하는 게 훨씬 힘듭니다. 하도 자기 얘기를 하고 싶어 하는 학생들이 많아서, 모두가 골고루 얘기할 수 있도록 분배하는 것이 굉장히 힘듭니다.

하버드를 떠난 다음에 미국과 한국의 다른 대학에 가서 토론 수업을 해보니까 정반대더군요. 말을 안 하는 바람에 학생들로 하여금 토론에 활발하게 참여하도록 이끄느라 힘들었습니다.

서울대에서 토론 수업을 하는 것은 특별히 더 힘들었습니다. 세 학기 정도 연세대에 가서 똑같이 수업을 진행했는데, 연세대 학생들은 토론을 잘하더라고요. 왜 서울대 학생들이 토론 수업을 잘 못할까 곰곰이 생각해 보았는데, 아무래도 주변을 의식해서가 아닌가 합니다. 서울대 학생들은 학기 말이 다가올 때쯤 되어야 떠들기 시작합니다. 주변이 어느 정도 파악돼서 '내가 이 정도로 망가져도 내 친구들이 나를 이상하게 안 보겠지?' 하는 안정감이 들면 그때부터 조금씩 떠들기 시작해요. 그래서 힘들었습니다.

돌아보니 저는 교수직에 몸담았던 긴 시간 동안 단 한 학기도 토론 수업을 하지 않은 학기가 없더라고요. 끊임없이 토론 수업을 했는데, 솔직하게 말하면 한국에서는 단 한 학기도 재밌게 해본 기억이 없습니다.

미국에서는 참 재밌게 토론 수업을 했는데 한국에서는 왜 안 될까요? 가만히 주변을 둘러보니까 세계가 인정하는 탁월한 사람들이 모였음에도 한국인들이 못하는 게 하나 있더라고요. 남하고 이야기할 줄을 몰라요. 제일 못하는 분들이 여의도 국회의사당에 있는 분들입니다. 우리를 대신해서 나라 살림 좀 잘해보라고 뽑아놓았는데 모이면 싸움만 합니다.

저는 평생을 대학교수로 살았고 행정의 '행' 자도 모르는 사람인데, 어쩌다가 환경부에서 충남 서천에 국립생태원이라는 곳을 만들어놓고 초대 원장을 해달라고 '오고초려'를 해서 할 수 없이 국립생태원장으로 3년간 일한 적이 있습니다.

그때 국회 환경노동위원회 회의에 종종 불려 갔습니다. 의원들은 정말 말도 안 되게 싸움만 계속합니다. 그러다 점심시간이 되면 같이 가서 밥을 먹는데, 그땐 또 멀쩡해요. 여야 상관없이 다 훌륭한 분들이에요. 말씀도 잘하시고 우리랑 덕담도 하고. 근데 2시에 회의 속개하면 다시 돌변해서 싸움만 합니다. 그렇게 3년을 지켜보면서 왜 저럴까 하는 의문을 가졌습니다. 점심 먹을 때는 아이큐가 130이 넘는 것처럼 보여요. 근데 국회의사당으로 들어가면 아이큐가 80으로 떨어지니 정말 이해하기 힘들었습니다.

그러다 그 답을 알았습니다. 토론하는 법을 배운 적이 없어요. 학교에서 토론 수업을 해본 적이 거의 없기 때문이었어요. 외국 아이들은 유치원 때부터 토론을 하면서 배우거든요. 그리고 자라서 사회에 나와서도 모든 걸 서로 이야기하고 합의를 도출하면서 일합니다. 한 사람 한 사람으로 치면 우리보다 부족할지 몰라도, 그 사람들이 모여서 일을 하면 우리보다 훨씬 잘하는 경우가 많습니다.

그래서 토론에 관한 책이 필요하겠다고 생각했습니다. 그러고서 가만히 생각해 보니까 대한민국에서 토론 책을 쓸 자격이 있는 사람은 저라는 생각이 들었습니다. 다른 것은 대놓고 내가 제일 잘났다고 말하기 어렵지만, 남들은 다 은퇴한 뒤에도 대학교수 생활을 몇 년 더 하고 있고, 강단에 서는 내내 한 학기도 빼먹지 않고 토론 수업을 해왔으며, 재밌게 토론 수업을 하려고 끈질기게 노력한 내가 쓰면 되겠다는 생각이 들어서 《숙론》이란 책을 쓰게 되었습니다.

서양에서 'discussion'은 남의 얘기를 들으며 내 생각을 다듬는 행위입니다. 보통 우리는 그걸 '토론'이라고 번역해 사용하는데, 지금 우리가 하는 토론은 서양의 'discussion'과는 많이 다릅니다.

사실 우리가 하는 것은 'discussion'이라기보다는 'debate'에 가깝습니다. '논(論)'이라는 글자가 들어가서 그런 것 같다며, 'debate'는 토론(討論)이라고 하고 'discussion'은 토의(討議)라고 하자는 분도 있습니다. 아무래도 토의가 토론보다는 덜 논쟁적이라는 느낌을 주니까요.

그런데 제가 보니 '토' 자가 잘못됐더라고요. '칠 토(討)' 자에는 때리다, 공격하다, 비난하다, 정벌하다는 뜻이 있어요. 그러니까 처음부터 상대를 두들겨 팰 생각만 하고 덤벼드는 거지요. 그래서 무슨 글자로 바꿀까 생각하다가 '숙의(熟議)'라는 말을 떠올렸습니다. '숙의 민주주의'라는 말, 들으신 적 있을 겁니다.

숙의라는 말이 괜찮기는 한데, 이때 '의(議)' 자가 말씀 언(言) 변에 의로울 의(義)를 쓰잖아요. 의(義)는 양의 머리를 창에 꽂은 모습을 형상화한 것이라고 해요. 창에 양의 머리를 왜 꽂았을까요? 신에게 제사 지낼 때 제물로 바치고 '저희가 어떻게 하면 좋겠습니까?' 하고 답을 구하는 형상이라는 거지요.

그건 좀 'discussion'과는 맞지 않는다는 생각이 들었습니다. 신에게 답을 묻는 것은 위에서 답을 내려주기 (top-down)를 기다리는 것이고, '디스커션'이라는 것은 우리가 상향식(bottom-up)으로 답을 찾아가는 과정이니까요.

그래서 저는 어떤 문제에 대해 함께 깊이 생각하고 충분히 논하는 과정을 뜻하는 말로 숙의보다는 숙론(熟論)이 더 좋을 것 같다는 생각입니다. '논(論)'에서 말씀 언(言) 변 옆에 있는 '륜(侖)'은 죽간을 둥글게 말아놓은 모습을 형상화한 글자로, '두루두루 구른다'라는 뜻도 있고 '여러 가지를 합친다'는 뜻도 있더라고요. 이제부터 토론보다 숙론이라는 말을 많이 사용하면 어떨까 생각합니다.

몽플뢰르 컨퍼런스가
우리에게 주는
교훈

인종격리정책을 기반으로 유지되어 오던 남아프리카 공화국은 1990년 엄청난 대혼란 속으로 빠져들게 되었습니다. 1990년 2월 넬슨 만델라(Nelson Mandela)가 27년의 복역을 마치고 석방되었던 것입니다.

통치하고 있던 백인들은 '이제 폭동이 일어날 텐데 우리가 안전할 수 있을까'를 걱정했고, 흑인들은 흑인들대로 '드디어 우리의 영도자가 나왔으니 무언가를 해야 한다'며 만반의 태세를 갖추었습니다. 이러한 흑백 갈등에다가 진보와 극우보수, 기업과 노동자, 빈민과 중산층 간의 갈등까지 더해져 남아공 사회는 엄청난 혼란에 빠졌습니다.

그러한 위기 속에서 1991년 9월 남아공의 현재와 미래 세력을 대표할 만한 차세대 지도자 22명이 케이프타운 몽플뢰르 컨퍼런스 센터에 모였습니다. 웨스턴케이프 대학의 피터 르루(Pieter le Roux) 교수를 중심으로 남아공 사회의 다양한 입장을 대변하는 사람들이 모여 어떻게 이 나라를 구할 것인가를 가지고 토론 또는 숙론을 시작했습니다. 자칭 타칭 지도자라고 생각하는 사람들이 모인 것이죠.

그들이 참 대단하게 느껴지는 것은 규칙을 정확하게 잘 따르기로 했다는 것입니다. 우리나라 토론장에서 흔히 보는 모습 있죠? 서로 말꼬투리를 잡고 벌어지지도 않은 일을 곧 벌어질 것처럼 말하면서 "저따위로 하다간 나라 망합니다" 하고 비방하는 것 말입니다. 그런 것은 숙론 과정에서 금지시켰고 자기가 할 수 있는 이야기만 하기로 했답니다. "이렇게 하면 우리 나라가 이렇게 변해갈 것이고 이런 세상이 열릴 것 같습니다"와 같은 식으로 말이지요.

컨퍼런스 참가자들은 내가 할 수 있는 이야기를 하고 남이 하는 이야기를 경청한 다음에, 숙론이 끝나면 자기 진영으로 돌아가서 오늘 이런 논의가 진행되었다고 보고 하고, 거기서 또 숙론 과정을 한참 겪은 다음에, 다시 모이면 자기 진영에서 했던 이야기들을 들고 와서 또 이야기를 나누는 과정을 여러 차례 거쳤습니다.

그러면서 그들은 모든 국민을 제대로 이해시키려면 아주 단순하게 국가의 미래를 보여줄 수 있는 스킬이 필요하다는 데 뜻을 모았다고 합니다. 그들이 채택한 방식은 '시나리오 사고 방법론'입니다. 전략적으로 목표와 방법을 정하지 않은 채 몇 가지 시나리오를 제시하고, 지속적인 합의 과정을 거쳐 다수가 원하는 시나리오를 채택하는 방법입니다.

총 세 차례의 시나리오 사고 회의를 거쳐 몽플뢰르 컨퍼런스가 채택한 네 가지 최종 시나리오는 타조 시나리오, 레임덕 시나리오, 이카로스 시나리오, 플라밍고의 비행 시나리오입니다. 이들은 시나리오의 내용을 알기 쉽게 책과 비디오로 제작해서 전 국민에게 배포하고 신문과 방송을 통해 대대적으로 홍보했습니다.

예를 들어 이카로스 시나리오는 급진적인 흑인 정부가 대중의 지지를 얻어 권력을 장악하는 상황을 전제로 구축되었습니다. 이카로스는 태양을 향해 날아가다 밀랍으로 만든 날개가 녹아서 추락했다는 그리스 신화의 인물이지요? 그것처럼 정부가 국민의 지지를 얻기 위해 포퓰리즘 정책을 채택하고 돈은 어디서 나오는지 신경도 안 쓰고 선심성 공약을 남발하다가 재정 파탄에 이를 수 있다는 시나리오입니다.

1994년 4월에 남아프리카공화국 역사 최초로 자유선거가 치러졌습니다. 이 네 가지 시나리오를 전 국민이 숙지한 후 투표장에 가서 나라가 나아갈 방향이라고 생각하는 쪽에 표를 던진 것이지요. 그 결과 진보 진영인 아프리카민족회의가 승리하고 넬슨 만델라가 대통령으로 선출되었습니다.

결과적으로 국민은 이카로스 시나리오를 지지한 것이라고 볼 수 있습니다. 하지만 만델라 정부는 이카로스 시나리오의 문제점을 이해하고 현명하게 네 가지 정책을 골고루 잘 버무려 갈등과 혼란을 최소화하면서 점진적 개혁을 추진해 나갑니다.

여기서 우리가 배워야 할 교훈은 잘못된 정보나 인물에 대한 감상, 또는 특정 정당에 대한 선호를 바탕으로 표를 던진 것이 아니라 전 국민이 미래에 대해 충분히 이야기하고 생각한 후에 선택했다는 것입니다. 몽플뢰르 컨퍼런스는 우리에게 아무리 다르더라도, 심지어 적대적인 상대라도 숙론을 통해서 민주적 합의에 도달할 수 있다는 것을 보여줍니다.

제돌이를 바다로
돌려보내면서
얻은 것

어쩌다 우리 사회에 통섭이라는 화두를 던지는 바람에
저는 지난 20여 년 동안 대학뿐 아니라 정부나 사회단체
에서 하는 각종 위원회에 자주 불려 다녔습니다. 그런데
나이를 먹다 보니 언제부턴가 위원회에 불려 가면 자꾸
위원장이 됩니다.

어느 날인가는 회의장에 조금 늦게 도착해 굽신굽신
양해를 구하며 자리를 찾아 앉았는데, 사람들이 자꾸 제
얼굴을 쳐다보는 겁니다.

"제 얼굴에 뭐 묻었어요?"

"아니요. 회의 진행하시죠."

"왜 제가 합니까?"

"위원장으로 호선되셨습니다."

"아니, 왜 제가 위원장을 해요?"

"나이순으로 하기로 했습니다. 연장자십니다."

아직 청년인 줄 알고 돌아다니는데, 어느덧 제 나이가 모인 사람들 중에 제일 많은 경우가 잦아지고 있습니다. 그래서 최근에 제 별명이 '위원장 동지'가 되어버렸어요. 그래도 이런 종류의 위원회를 이끄는 일은 대체로 수월했습니다. 주최 측에서 미리 정해준 순서대로 하면 큰 이변 없이 흘러가곤 했으니까요.

2012년 4월 17일 출범한 '제돌이 야생방류를 위한 시민위원회'에서도 위원장직을 맡았습니다. 불법 포획되어 서울대공원 수족관에서 돌고래 쇼를 하던 남방큰돌고래 '제돌이'를 제주 바다로 돌려보내기 위한 시민위원회가 결성되었는데 어쩌다 또 위원장이 된 것이지요.

사실 위원장을 하다 하다 이렇게 힘든 위원회는 처음이었습니다. 이해관계가 첨예하게 대립되는 기관과 전문가들이 모두 위원회에 들어와 있었거든요. 위원들은 사사건건 대립했습니다. 어찌나 싸워대는지 회의할 때마다 제일 많이 한 말이 "잠깐만요. 조용히 좀 해주세요. 위원장도 말 좀 합시다"였습니다. 이쪽에서 뭐라고 한마디

하면 "어떻게 지금 시대에 그런 말을 할 수 있냐"면서 막 싸웠습니다. 그래서 툭 하면 탕탕탕탕 의사봉 두드려서 더 이상 떠들지 못하도록 해야 했습니다.

이대로는 안 되겠다 싶어 제가 마이크를 잡고 한 가지 규칙을 제시했습니다.

"싸우십시오. 위원장 눈치 따위는 볼 것 없습니다. 어차피 저한테 발언권을 구하지 않으신 지 오랩니다. 싸우십시오. 다만 한 가지만 지켜주십시오. 자신의 영달을 위해서 혹은 대표하는 기관의 이익을 위해서 발언하지 마시고, 오로지 어떻게 하면 저 불쌍한 아이를 하루라도 빨리 안전하게 바다로 돌려보낼 수 있을지에 대해서만 논의해 주십시오. 이 원칙에 어긋나는 발언은 위원장의 권한으로 가차 없이 저지하겠습니다."

그러고 나서 참 무지막지하게 싸웠습니다. 할 얘기 못할 얘기 죄다 쏟아냈고 모두가 자기주장을 거침없이 해댔습니다. 자기가 한 주장이 관철되는 것을, 때로는 좌절되는 것도 지켜보았고요.

그렇게 1년 3개월여가 지난 2013년 7월 18일 제돌이

와 춘삼이를 가두리에서 제주 바다로 내보내기 직전 제주 김녕항에서 조촐한 기념식을 열었습니다. 놀라운 일은 환영사를 하며 거기 모인 위원들을 둘러보는데 모두가 그렇게 평온할 수가 없는 겁니다. 다들 표정이 그렇게 밝고 좋을 수가 없었습니다.

생각해 보니 그럴 수밖에 없더라고요. 다 싸웠거든요. 그동안 속에 있는 말을 다 했거든요. 그래서 앙금이 요만큼도 안 남은 겁니다. 이제는 제돌이 잘 보내주자, 이것밖에 남은 게 없는 거지요. 그때 새로운 시대의 새로운 거버넌스란 어떠해야 하는지를 깨달았습니다.

우리나라는 주로 관료들이 기획하고 전문가랍시고 몇 명 불러서 회의 몇 차례 한 다음 사업을 공표합니다. 무슨 정책을 내놓든 30분이면 초토화됩니다. 정책의 영향으로 손해를 입을 당사자들이 반대한다는 피켓을 들고 거리로 나서고, 시민단체들은 시민단체대로 쳐들어와서 단식 투쟁하고 농성을 벌입니다. 이런 과정을 안 겪고 하는 일이 거의 없을 정도로 모든 사업마다 지독한 갈등을 반복합니다.

그런데 그걸 타개할 방법이 있습니다. 처음부터 이해

관계가 있는 모든 시민과 단체의 대표들이 마주 앉는 겁니다. 다 들어와 싸우면서 하면 됩니다. 시간도 걸리고 그 과정이 지난하고 고통스러울지 모르지만, 결과적으로는 시간과 노력의 낭비가 덜할 겁니다. 숙론을 하면 충분히 함께 뛸 수 있습니다.

제돌이 야생 방류는 제가 이 세상에 태어나서 한 일 중 가장 자랑스러운 일입니다. 영리하고 기가 막히게 아름다운 동물에게 자유를 찾아줬다는 것이 너무나도 기쁘고 자랑스럽습니다. 죽었다 다시 태어나도 이런 일을 할 수 있는 기회가 저한테 주어질까 싶어요. 그 일을 하는 내내 늘 감동이었어요. 제주 바다에 다섯 마리의 돌고래를 풀어줬는데 다섯 마리 전부 지금 행복하게 잘 살고 있습니다.

저는 늦은 나이에 돌고래 연구를 시작했습니다. 평생 돌고래를 연구하고 싶었는데 기회가 없었거든요. 미시건대 교수로 있을 때, 그곳 대학원에는 돌고래의 사회성을 연구하는 '돌고래 4인방'이 있었습니다. 비록 제가 그들의 지도 교수는 아니었지만, 사회성 곤충을 연구하는 젊은 교수로서 자연히 그들과 함께 지내는 시간이 많았습니다. 솔직히는 그들이 너무 부러워 제가 먼저 따라다닌 것입니다. 그들이 호주 서부의 샤크만(Shark Bay)에서 연구하던 돌고래가 바로 우리 제주도에 사는 남방큰돌고래였습니다.

이참에 돌고래 연구를 하자고 마음먹고서 연구를 시작했고, 어느새 10년이 되었습니다. 지금 우리 돌고래 연구팀은 자체적으로 해양동물생태보전연구소(MARC, Marine Animal Research & Conservation)를 만들어 제주도 바다에서 계속 돌고래의 행동과 생태를 연구하고 있습니다.

돌고래는 등지느러미의 모습을 보고 개체 식별을 합니다. 돌고래마다 등지느러미가 조금씩 다르게 생겼거든요. 그런데 현장에서 바로 구별하기는 어렵습니다. 보통은 촬영한 사진을 보고 식별하는데, 저는 행동을 연구하는 학자이기 때문에 현장에서 개체 식별이 되지 않으면 의미가 없습니다. 그래서 제돌이의 등지느러미에 1이라는 번호를 새겨줬습니다. 드라이아이스와 알코올을 이용해 번호를 새기는 동결 낙인은 고통이 하나도 없는 방법입니다.

지금 제주에는 120여 마리의 남방큰돌고래가 살고 있

습니다. 아직은 번호를 5번까지밖에 못 붙였지만 120번까지 붙이려고 마음먹고 있습니다. 돌고래 연구를 시작하면서 느낀 점은 '우리나라가 작은 나라여도 있을 건 다 있구나' 하는 겁니다. 돌고래까지 연구할 수 있는 그런 나라라는 것이죠.

제주도에 가서 배를 타고 바다로 나갈 때마다 이상하게 다른 돌고래들은 다 봤는데, 제돌이는 몇 년째 한 번도 보지 못해서 얼마나 서운한지 모릅니다. 저희 연구진들은 자주 봤다고 하는데, 왜 제가 가면 안 나오는지 참 섭섭합니다.

너무나도 자랑스러운 이 일은 저 혼자 한 게 아닙니다. 많은 사람이 충분히 숙론하면서 해낸 것입니다. 그래서 저는 다른 일을 할 때도 그런 과정을 거친다면 무슨 일이든 할 수 있다고 생각합니다.

그동안 우리가 배우지 못해서 하지 못했던 '숙론 민주제', 이제는 할 수 있지 않을까요? 세계 어디를 가도 우리나라 사람들만큼 배움의 속도가 빠른 곳은 없더라고요. 우리 국민이라면 충분히 가능하지 않을까 생각합니다.

제가 이런 기대를 하는 근거가 하나 있습니다. 우리나라 사람들은 머리에서 이해만 되면 전광석화처럼 움직입니다. 10여 년 전에 이대로 가면 전 국토가 묘지로 변한다며 언론에서 엄청나게 떠들어댄 적이 있어요. 전문가들은 오래도록 전해 내려온 장묘 문화라 쉽게 변하지 않을 거라고 예측했습니다.

그런데 지금 어떤가요? 불과 10여 년 만에 화장장이 부족한 나라가 되어버렸잖아요. 장묘 문화를 바라보는 대한민국 사람들의 의식이 완벽하게 바뀌어버렸습니다. 우리나라 사람들은 머리에서 이해가 끝나면 그대로 실행에 옮깁니다.

저는 요즘 우리나라를 보면 19세기 말에서 20세기 초 오스트리아 빈(Wien)의 모습을 보는 것 같다는 느낌이 듭니다. 당시 오스트리아는 국가적으로 굉장히 혼란스러운 상황에 놓여 있었습니다. 합스부르크 제국이 무너지고 입헌군주국이 세워지는 와중에 빈은 학문과 문화를 꽃피웠다고 합니다. 음악에서는 말러와 쇤베르크, 미술에서는 클림트, 문학에서는 카프카, 철학에서는 하이데거와 비트겐슈타인, 경제학에서는 하이에크, 의학에서는 프로

이트… 이들은 모두 당시 빈에 살던 사람들입니다.

그 시절 빈의 사람들은 날마다 카페 테이블에 모여 앉아 예술과 문학, 정치, 과학에 대해 논의했다고 합니다. 새로운 양식의 회화, 음악, 건축이 태동하고 여러 문학 사조가 생겨나던 시기입니다.

지금 대한민국은 경제도 엉망이고 사회도 혼란스럽지만, 저녁마다 모여서 책을 같이 읽고 이야기하는 모임이 어마어마하게 많습니다. 19세기 말의 빈처럼 말이지요. 그런 문화 속에서 우리도 서로 숙론하는 방법을 지금 배워가고 있습니다. 이 과정이 끝나면 어쩌면 우리 사회도 굉장히 많이 변해 있을지 모릅니다. 숙론이 답이라는 생각이 듭니다.

아름다운
방황을
하라

저는 아무리 바빠도 전국의 중고등학교를 돌아다니며 강연하는 것을 소중히 여깁니다. 강사료는 몽땅 도서관이나 과학반에 기부하기 때문에 시간도 오래 걸리고 수입도 없지만 보람은 그 어디에도 비할 바가 아닙니다.

저는 학생들에게 방황하되 방탕하지 말며, 방황하면서도 자신이 뭘 하면 좋을까를 찾고 뒤져보고 읽어보는 '아름다운 방황'을 권합니다. 그리고 이렇게 말합니다.

"남이 가라는 길로 가지 말고 스스로 길을 찾아라. 그러다가 자기만의 길이 보이면 달려가라."

젊은 친구들에게 그런 말을 할 수 있는 것은 저 자신이 누구보다 방황을 많이 한 사람이기 때문입니다. 방황하던 시절에 조지 에드먼즈(George Edmunds) 박사님을 만나지 못하고 그의 이야기를 듣지 못했다면 지금의 저는 없었을 것입니다. 인생의 전환점도 기적도 없었겠지요. 그렇게 학생들에게 특강을 하면서 에드먼즈 박사님에게 진 빚을 조금씩 갚아가고 있습니다.

끊임없이
자연을
찾아다니던 촌놈

저는 대관령 저편 아름다운 고도(古都) 강릉에서 태어났습니다. 당시에는 전기도 들어오지 않았습니다. 이런 이야기를 하면 요즘 학생들은 호랑이 담배 피우던 시절 이야기라고 여기겠지만, 그때만 해도 강릉은 골짜기마다 집이 한 채씩밖에 없었습니다. 그래서 한 집에 전기를 끌어오려면 전봇대가 몇 개나 필요했지요. 그래서 아주 외진 데가 아니어도 전기가 들어오는 게 상당히 늦었습니다.

초등학교 3학년 때가 되어서야 처음 전기가 들어왔습니다. 그때도 어떤 분이 국회의원이 되기 위해서 사재를 쏟아부은 덕분에 가능했던 일이었다고 들었어요. 처음 전깃불이 들어오던 날, 다들 놀라고 좋아서 밤새 불을 켜

놓고 있었던 기억이 새롭습니다.

우리 아버지는 군인이었습니다. 어려서부터 전국 이 곳저곳을 돌아다니면서 살았습니다. 취학 연령이 되면서 서울에 정착했고, 학교는 줄곧 서울에서 다녔습니다. 때 마침 아버지가 서울로 발령을 받기도 했지만 그 뒤로는 서울 한 군데에 거처를 두고 어머니만 아버지를 따라서 전방과 후방을 오가셨지요. 그러니까 우리 아버지는 시 대를 앞서간 기러기 아빠였던 셈입니다.

지금 생각하면 왜 그랬는지 모르겠지만, 입시 준비에 바쁘던 고등학교 3학년 시절을 빼고 저는 방학이라는 방 학은 깡그리 모두 강릉 시골집에서 보냈습니다. 청량리 에서 출발하는 강릉행 기차를 타면, 경상북도로 내려갔 다가 도계 쪽으로 다시 올라오고 뱅글뱅글 돌아서 강릉 까지 갔습니다. 어쩌다 연착이라도 되면 그날은 하루가 다 갔습니다. 어느 해 여름에는 강릉까지 열아홉 시간이 걸렸던 적도 있습니다.

그토록 가는 길이 고생스러워도 저는 방학한 다음 날 새벽 기차를 타고 강릉에 갔다가 개학하기 바로 전날 밤 에 서울로 돌아왔습니다. 서울에 오면 그동안 하지 못한 방학 숙제를 하룻밤에 모두 끝내야 했지요. 다른 숙제는 웬만큼 해결되었는데, 가장 힘든 것이 일기 쓰기였습니다. 방학 전체의 일기를 하루 동안 다 써야 하니까요.

우리 아버지는 요즘도 농담 반 진담 반 이야기하십니다. 지금 제가 이렇게 글을 쓰는 게 하룻밤에 일기를 다 쓰던 것과 반성문 썼던 경험 덕분이라고요.

저는 어릴 적에 반성문을 굉장히 많이 썼습니다. 아들 4형제 중에 맏이였는데, 동생들이 잘못한 일도 제가 대표로 혼나고 반성문을 써야 했습니다. 모르긴 몰라도 중학교 때까지 반성문만 50여 편 쓴 것 같습니다. 아버지는 반성문 쓰기 시킨 것이 알게 모르게 글쓰기 연습이 된 것 같다며 자화자찬을 하십니다.

도대체 무엇이 저를 끊임없이 강릉으로 이끌었을까요? 1년에 다만 얼마만이라도 저는 제가 태어난 바로 그집, 그 방, 그 자리에 누워 뒤뜰 대나무밭의 서걱대는 바람 소리를 들어야만 했습니다. 여름 방학과 겨울 방학을 합하면 1년에 적어도 3개월, 그러니까 그때까지 적어도 제 인생의 4분의 1을 강릉에서 보낸 셈입니다. 왜 그렇게 고생고생하며 방학 때마다 기어코 대관령을 넘었는지 이해할 수는 없지만, 동물행동학을 전공하게 된 지금 와서 돌이켜 생각해 보면 곤충이며 물고기를 쫓아다니는 게 즐거워서였던 것 같습니다.

서울에서도 저는 끊임없이 자연을 찾아다녔습니다. 영등포 우신초등학교에 다니던 시절 당시 둘도 없는 단짝 윤승진 변호사와 저는 사흘이 멀다고 샛강에 나가 놀았습니다. 강물이 낮아질 때를 틈타 여의도로 건너가 물고기도 잡고 방아깨비도 쫓아다녔습니다.

배가 고프면 땅콩밭에 쪼그리고 앉아 굽지도 않은 생땅콩을 까먹었습니다. 지금은 노들길에 파묻혀 흔적도 찾기 어렵지만, 당시에는 대방동 강변에 여의도가 건너다보이는 작은 목장이 하나 있었습니다. 그 목장 잔디밭에 앉아 강을 내려다보며 그 친구는 노래를 하고 저는 시를 썼습니다. 초등학교 3학년 때 청주에서 전학 온 그 충청도 촌놈과 저는 서울 시내에 살면서도 여전히 촌놈이기를 고집하던 허클베리 핀과 톰 소여였습니다.

소 뒷걸음질 치다

쥐 잡듯 들어간

동물학과

고등학교 시절 어쩔 수 없이 이과에서 공부하긴 했지만, 대학은 문과 쪽으로 지원하려고 했습니다. 저는 교장 선생님을 찾아가 떼를 쓰고 투쟁했고, 교장 선생님은 어떻게든 안 써주려고 버티셨습니다.

당시 아버지는 군 전역 후 포항제철에서 인사 담당자로 근무 중이었습니다. 신입사원 채용과 부서 배치 업무를 맡고 계셨는데, 같이 일하던 적성검사 전문가와 점심을 먹으며 지나가는 말로 "아들놈이 있는데 시도 좀 쓰고 미술도 좀 하고 그래서 법대를 보내려고 하는데, 학교에서 원서를 잘 안 써주네" 하면서 말을 꺼냈답니다. 그랬더니 "뭐, 의사 하려고 태어난 친구네요" 했다는 겁니다.

그날 저녁 아버지는 명령 반 권유 반으로 의예과에 가

라고 하셨고, 저는 그다음 날로 지망학과를 의예과로 고쳐서 원서를 제출했습니다. 그 사실을 알고 교장 선생님은 그렇게 좋아하실 수가 없었습니다. "참 잘 생각했다. 너는 슈바이처가 될 거다." 이렇게 말씀하실 정도였지요. 그렇게 하루아침에 의사가 될 운명이 되었습니다.

저의 바로 아래 동생이 심장판막증을 앓았습니다. 예전에는 명동성당 옆에 성모병원이 있었는데, 동생이 거기에 몇 년을 입원해 있었지요. 중고등학생 시절 학교가 파하면 바로 병원으로 가곤 했습니다. 제가 교대를 해야 어머니가 집에 가서 동생 둘을 돌보고 아버지 밥을 차려 드릴 수 있었으니까요.

그때 저는 몇 번이나 의사 선생님들에게 대들었습니다. 동생이 아프다는데도 막 뒤져보고 이리 눌러보고 저리 돌려보는 게 싫었습니다. 제일 높은 의사 선생님이 동생 몸을 이리저리 누르면서 설명을 하면, 인턴이나 레지던트들은 아무도 우는 동생을 달랠 엄두를 내지 못하고 듣고만 있었습니다.

지금이야 그럴 수밖에 없는 상황을 이해하지만, 어린 마음에 '환자에 관심도 없는 그저 죽일 놈들'이라고 생각했지요. 그런데 제가 그런 사람이 되어야 한다니 생각만 해도 끔찍했습니다. 그런데 그야말로 '하느님이 보우하사' 의예과에 떨어졌습니다.

당시도 의예과는 인기 있는 학과였지만 지금처럼 완전 최고는 아니었습니다. 그해 우리 학교에서 아홉 명이 의과대학 시험을 보았고 그중에서 저만 떨어진 것입니다. 아버지는 "얘가 뭐가 좀 이상한 모양이다"며 떨어질 리가 없는데 떨어졌다고 저를 정신과에까지 끌고 가실 정도였습니다. 그 이유를 저는 알고 있었지만 고백할 수는 없었습니다. 결국 아버지는 저를 강릉으로 유배시켰습니다.

사실 저는 대학에 떨어진 것은 잠시 잊고 시골에서 정말 신나게 놀았습니다. 아버지가 가끔 편지를 보내 "이제는 정신이 제대로 돌아왔느냐?" 물으면, 더 있고 싶어서 "아직도 제대로 안 돌아왔습니다"라고 답장을 보냈습니다. 머리가 큰 이후로 1월부터 5월까지 네댓 달을 자연에서 지내본 적이 없으니 정말 행복한 시간이었지요.

나름대로 실험까지 하며 지냈습니다. 쇠똥구리를 가지고 하는 몇 주에 걸친 실험이었는데, 그걸 멈추기가 싫어서 아버지한테는 아직도 아침에 일어나면 머리가 띵하다고 말씀드렸습니다. 결국 아버지는 제가 서울로 돌아가지 않으려고 하는 것을 눈치채시고, 5월 중순 저를 끌고 올라와 재수학원에 등록시켰습니다.

그때는 정말 공부하기가 싫었습니다. 지독한 염세주의에 빠져 쇼펜하우어만 죽자고 읽었지요. 하라는 공부는 안 하고 온갖 인생 고민은 다 짊어진 표정으로 다방 구석을 지키고 앉아 있었습니다. 하도 팝송을 많이 들어서 디스크자키 형과 전주만 듣고 제목 맞추는 내기를 해도 이길 정도였습니다. 어느 날은 눈병에 걸린 디스크자키 형을 대신해 디스크자키를 한 적도 있지요.

그럼에도 불구하고 마지막 배치고사 성적이 너무 잘 나오는 바람에 다시 의예과로 원서를 넣게 되었고 또 떨어졌습니다. 아버지 앞에 무릎을 꿇고 앉아서 삼수를 하겠다고 말하고 있는데, 어머니가 들어와서 친구한테 온 전화를 받으라고 하시더라고요.

지금 전화 받을 상황이 아니라고 하는데도 꼭 받아야 한다고 하셔서 나와서 전화를 받았습니다. 그랬는데 친구 말이 제가 서울대학교 동물학과에 붙었다는 겁니다. 나중에 확인해 보니, 담임 선생님이 저와 상의도 없이 2지망으로 동물학과를 써넣으신 것이었습니다. "왜 하필이면 동물학과를 쓰셨어요?" 하고 여쭤봤더니 의예과와 가장 가까운 학과가 동물을 연구하는 데라서 동물학과를 쓰셨답니다.

결국 저는 아버지가 "너는 삼수해 봐야 싹수가 노랗다"고 하셔서 2지망으로 지원한 동물학과에 들어가게 되었습니다. 그렇게 어정쩡한 대학 생활이 시작되었습니다.

"어떻게 하면

선생님처럼

될 수 있습니까?"

대학 시절의 일입니다. 얼떨결에 붙어서 그냥 다니게
된 대학이라 동물학과가 뭘 공부하는 곳인지도 모르고
건성으로 다니고 있었지요. 실험실에 배정되어 시험관
닦고 청소하고 그러던 어느 날, 갑자기 거구의 백발 미
국인이 실험실 문을 벌컥 열고 들어왔습니다. 당시에는
서울대에도 외국인이 나타나는 게 굉장히 드문 일이었
습니다.

"자에 춘 초에가 누구냐?"

'자에 춘 초에?' 실험실에는 서너 명의 친구들이 있었
는데 영어를 잘 못해서 다들 멍하니 보고만 있었습니다.
문가에서 청소하고 있던 제게 그 사람은 들고 온 쪽지를
내보였습니다. 거기 적힌 이름이 바로 제 이름이었어요.

'JAE CHUN CHOE'라고 영어로 쓴 제 이름을 그분이 '자에 춘 초에'라고 읽은 거지요.

영어로는 대답을 못 하니까 손을 들었더니 그분이 "너냐?" 하면서 편지를 건네주었습니다. 한 해 전에 풀브라이트 교환교수로 우리 과에서 강의를 하고 돌아간 펜실베이니아 주립대학교 김계중 교수님의 편지였습니다. 저더러 그분의 조수가 되어달라는 내용이었지요.

그 미국인은 바로 조지 에드먼즈 교수로 하루살이에 대해서는 세계 제일의 권위자였습니다. 하루살이는 유충 상태로 개울이나 호수에서 살다가 성충이 된 다음에는 그저 하루 남짓 살면서 짝짓기하고 알을 낳고 죽는 대표적인 수서 곤충입니다.

우리말로 하루살이 하면 상당히 '하찮다'는 느낌을 주는 바람에 처음 그분을 만났을 때 저는 참 하찮은 것을 공부하는 분이라고 생각했습니다. 어쨌든 그다음 날부터 저는 수업을 빼먹고 그분의 조수가 되어 전국을 누비게 되었습니다.

그런데 그분이 돌아다니면서 기껏 한 게 뭐였는지 압니까? 렌터카라는 게 있는지도 모르던 시절에 그분은 호텔에서 자동차 한 대를 빌리더니 저는 조수석에, 사모님은 뒷자리에 태웠습니다. 교수님은 운전을 하고 저는 지도를 보며 전국의 좋은 개울물을 찾아다녔습니다.

사실 지도는 거의 무용지물이었습니다. 차를 몰고 가다가 그럴듯한 개울만 발견하면 처박을 듯 차를 세우고 신발도 벗지 않은 채 첨벙첨벙 물로 들어갔습니다. 저는 동방예의지국의 젊은이인지라 차마 그럴 수 없어 양말을 벗고 뒤늦게 따라 들어가면 교수님은 벌써 차에 올랐습니다. 그래서 저도 할 수 없이 신발을 신고 물에 뛰어들기 시작했습니다.

우리가 오래 머무는 듯하면 사모님은 개울가에 미리 가져온 접이식 의자를 펴고 책을 읽었습니다. 우리는 그렇게 거의 일주일 동안 전국의 개울을 누비고 다녔습니다. 정말 너무 신기했습니다. 속으로 '노인네 할 짓도 어지간히 없나 보다. 한국까지 와서 기껏 하는 일이 개울물에서 첨벙거리는 거라니… 저렇게 철없는 노인네가 다 있나' 했습니다.

생물학과에 다니는 학생이면서도 그게 바로 생물학인 줄을 모르고 따라다닌 것입니다. 그도 그럴 것이 우리 과

교수님들이 흰 가운 입고 실험실에서 화학 실험하는 것만 보았지, 그렇게 돌아다니는 것은 거의 보지 못했으니까요.

귀경길에 경부고속도로를 타고 오다가 사모님을 생각해 "이리로 들어가면 '민속촌'이라는 곳이 있는데, 구경 좀 하고 가시면 어떻겠습니까?" 하고 제안했습니다. 그런데 민속촌으로 향하는 길에 너무 맑은 개울물이 있었습니다. 아니나 다를까 교수님은 차를 세우셨고, 그날도 역시 하루 종일 하루살이만 잡다가 해가 떨어지는 바람에 결국 민속촌 구경은 못 하고 돌아왔습니다.

마지막 날 밤 교수님은 조선호텔에서 제게 맥주를 사 주셨습니다. 따라다니는 내내 여쭤보고 싶은 것이 있었는데, 참다 참다 그날 용기를 내어 물었습니다. 여행을 시작할 무렵 저는 겨우 영어 단어를 내뱉던 수준이었지만 일주일 동안 따라다니며 주워들은 풍월로 마지막 날에는 제법 문장을 만들기 시작했습니다.

"교수님은 할 일이 그렇게 없으신가요? 왜 한국까지 와서 관광도 한 번 안 하고 개울물에서 첨벙거리다 가십니까?"

교수님은 기껏 조수 노릇 잘해놓고 이게 무슨 뚱딴지

같은 소리인가 하는 표정으로 저를 쳐다보셨습니다. 답이 없으시기에 나는 나대로 '아, 내 영어가 짧아서 못 알아들으셨구나' 생각하고 어렵사리 표현을 바꿔가며 같은 질문을 반복했습니다.

그제야 제 질문의 의도를 알아차린 교수님은 나이와 체격에 걸맞지 않게 익살을 떨며 제게 자기소개를 다시 했습니다. 갑자기 벌떡 일어서더니 마치 춤을 청하는 남자처럼 양팔을 몸의 앞뒤로 굽혀 올리며 다음과 같이 말씀하셨습니다.

"저는 미국 유타 대학 곤충학과의 교수입니다. 유타주 솔트레이크시티 산 중턱의 저택에서 밤이면 시내의 야경을 내려다보며 살고 있으며, 겨울에 눈이 오면 스키를 타고 학교에 가기도 합니다. 플로리다주 바닷가에 별장도 한 채 갖고 있습니다. 금발의 미인을 부인으로 모시고 살며 하루살이를 연구하러 전 세계를 돌아다닙니다. 당신의 나라는 102번째 나라입니다."

그 순간 저도 모르게 교수님 앞에 무릎을 꿇었습니다. 그리고 물었습니다.

"어떻게 하면 교수님처럼 될 수 있습니까?"

어렸을 때부터 제가 하고 싶었던 일이 바로 그것이었습니다. 대학에 들어와서도 저는 늘 도대체 어떤 직업을 택해야 강릉으로 돌아가 개울물에서 첨벙대면서 살 수 있을까를 고민하며 지냈지요.

사실 저는 미래의 일을 찾기 위해 무척 고민했고 적극적으로 그 길을 알아보러 다녔습니다. 당시 봉두완 씨가 뉴스 앵커로 활약했는데 인기가 무척 좋았습니다. 고등학생 때 혼자 KBS로 그분을 직접 찾아간 적도 있습니다. "선생님처럼 뉴스 앵커가 되려면 무슨 공부를 해야 하는 겁니까?" 하고 물어보았지요. 그때 그분은 점심을 사주며 이런저런 이야기를 해주었습니다.

그러다 몇 년 전쯤 한 공식적인 자리에서 마주 앉게 되었습니다. 서로 인사하고 명함도 교환했습니다. 봉두완 씨가 "최 교수님, 글 잘 읽고 있습니다. 존경합니다" 하기에 "사실은 제가 고등학생 시절에 선생님을 찾아뵈었습니다" 하고 지난 일을 이야기했더니 너무 좋아했습니다.

그러니까 저는 적극적으로 어떻게 하면 놀고먹는 직업이 있을까 진지하게 찾아다닌 것입니다. 그런데 제 눈앞에 드디어 놀고먹는 영감님이 나타난 것입니다. 제 눈에 에드먼즈 교수님은 영락없이 놀고먹는 영감님이었습니다. 개울물에 들어가는 일만 하는 저 영감님은 무슨 복이 그토록 많아서 전 세계를 여행하며 다니나 싶었던 겁니다.

저는 어릴 적 천장과 벽에다 세계 지도를 붙이고 살았습니다. 이다음에 크면 가보고 싶은 나라들마다 동그라미를 치고, 그것들을 선으로 연결하며 세계 일주를 꿈꾸었습니다. 그런데 제가 그렇게도 바라던 삶을 사는 실존 인물이 눈앞에 버젓이 서 있는 게 아닙니까. 그런 분이 제게 "그럼 너는 미국에 유학을 와라" 하고 말씀하셨습니다.

그리고 미국에 유학 오는 방법을 직접 써가며 알려주셨습니다. 사실 저를 에드먼즈 교수님에게 소개해 주었던 김계중 교수님이 1년 전에 이미 다 가르쳐준 내용이었는데, 그때는 전혀 입력이 안 되더니 이번에는 완벽하게 머릿속에 박혔습니다.

그때 주신 리스트는 미국에서 이사를 너무 많이 다니는 바람에 잃어버렸지만, 교수님은 아홉 개의 학교를 적어주셨습니다. 그중 1번은 '하버드 대학(에드워드 윌슨 교수)'이었습니다. 저한테 씩 웃으시며 "너보고 꼭 여기를 가라는 것이 아니라 좋은 순서대로 일단 써줄 테니 노력해 보라는 뜻"이라고 말씀하셨지요.

막상 유학을 결심하고 나니 그동안의 방황이 그렇게 야속할 수 없었습니다. 워낙 학점 관리를 안 해서 도저히 유학을 갈 수 있는 성적이 못 되었습니다. 하지만 에드먼즈 교수님을 만난 후 4학년 때 엄청나게 많은 과목을 수강하고 전부 A를 받아서 불도저 작전으로 꽉 메웠습니다. 가까스로 3.0에 턱걸이한 성적으로 우여곡절 끝에, 또 에드먼즈 교수님의 추천사 덕분에 미국에 가게 되었습니다.

성적이 별로 좋지 않았고 전공도 그동안 거의 접해보지 못한 분야를 택한지라 줄잡아 스무 곳도 넘는 학교에 지원서를 냈고, 다행히 세 곳에서 입학 허가를 받았습니다. 뉴욕 주립대학교, 플로리다 대학교, 펜실베이니아 주립대학교에서 각각 입학통지서가 날아왔습니다.

김계중 선생님이 한국에 와 계실 때 만난 적이 있는 부모님은 한사코 아는 분이 있는 데로 가야 한다고 했습니다. 그래서 저는 미식축구의 명문 펜실베이니아 주립대학교 대학원 생태학부에 입학했고, 얼마 후 김계중 교수님의 제자가 되기로 하고 그 연구실로 들어갔습니다.

생태학을 전공하면 〈동물의 왕국〉에 나오는 것처럼 아프리카에 가서 기린이나 코뿔소를 잡아 동물원에 데려다주는 일을 하게 될 줄 알았는데, 생태학은 그보다 훨씬 넓고 깊이 있는 학문이었습니다. 워낙 배운 게 없던 저는 대학원 수업은 물론 학부 수업들도 죄다 찾아다니며 정말 신나게 공부했습니다. '공부가 이리 재미있는 것인 줄 진즉에 알았더라면 아버지 속을 그리도 끔찍하게 썩여드리지 않아도 됐을 것을' 하고 후회가 막심했습니다.

용기 있는 자가
기회를
얻는다

펜실베이니아 주립대에서 석사 논문을 쓰던 시절, 아내에게 결혼기념일을 기해 보스턴에 가보면 어떻겠느냐고 제안했습니다. 바로 전해 추수 감사절 기간에 잠시 귀국하여 결혼식을 올리고 돌아온 우리 부부에게는 그때가 첫 결혼기념일이었습니다. 음악을 하는 아내에게 보스턴은 늘 가보고 싶은 도시였고, 저는 저대로 다른 속셈이 있었습니다. 사회생물학의 태두인 하버드 대학교의 에드워드 윌슨 교수님을 만나보고 싶었습니다.

늘 제 영어를 고쳐주던 첫 미국인 친구 피터 애들러에게 저는 윌슨 교수님에게 보낼 편지를 보여주었습니다. 피터는 영어를 고쳐주기는커녕 '어떻게 그 유명한 윌슨 교수님에게 편지 쓸 생각을 하지? 뭐 이렇게 겁 없는 놈이 다 있냐' 하는 표정으로 저를 쳐다봤습니다.

시도해 보기 전에는 모르는 일 아니냐며 저는 그가 고쳐준 편지를 부쳤습니다. '편지 보낼 자유도 없냐? 답장 못 받으면 그만이지 뭐' 이런 생각이었습니다. 얼마 후 윌슨 교수님에게 날아온 답장을 보여주었을 때 놀라움을 감추지 못하던 피터의 모습을 저는 지금도 잊지 못합니다. 얌전한 줄로만 알았던 한국 촌놈의 용맹함에 당황해하는 기색이 역력했습니다.

보스턴으로 출발하기 전날 윌슨 교수님에게 찾아뵈러 떠난다고 전화를 드렸고, 보스턴에 도착해서도 곧 찾아뵙겠노라고 전화를 드렸습니다. 오후 2시에 만나기로 했는데 30분이나 일찍 도착하여 연구실 복도 한편에서 기다리다가, 정확히 약속 시간 3분 전에 연구실 문을 두드렸습니다.

사진으로만 보던 윌슨 교수님의 첫인상은 마음 좋은 동네 아저씨 같았습니다. "어서 들어오라"며 따뜻한 얼굴로 저를 맞이해 주었습니다. 하지만 첫마디가 갑자기 교수회의가 잡혀서 15분밖에 함께할 수 없다는 것이었습니다. 펜실베이니아에서 열 시간도 넘게 운전을 해서 달려왔는데, 게다가 며칠 전부터 편지도 보내고 전화도 드렸는데 15분밖에 못 준다고 하니 참으로 야속한 마음이 들었지만 애써 밝은 표정을 지으며 이야기를 시작했습니다.

간단한 서로의 소개가 끝나자 교수님은 영어를 어떻게 배웠느냐고 물었습니다. 사실 저는 미국 땅을 밟자마자 그 땅에서 성공하려면 무엇보다 먼저 말을 제대로 해야겠다고 생각하고 어떤 의미에서는 전공보다 영어 공부를 더 열심히 했습니다. 영어 발음을 성대모사 수준으로 연습했고, 피터의 열정적인 도움 덕분에 거의 1년 남짓 만에 저는 미국인들에게 남부가 고향이냐는 질문을 받기에 이르렀습니다. 제 영어 개인교사인 피터가 웨스트버지니아주 출신이었지요.

그 이야기를 하는 동안 시간은 속절없이 흘러갔습니다. 연신 책상 밑 시계를 훔쳐보고 있는데, 교수님의 다음 질문이 이어졌습니다.

"요즘 한국 DMZ는 어떠냐?"

시계는 이미 2시 13분을 넘기고 있었습니다. 저는 용기를 내어 말했습니다.

"윌슨 교수님, 저는 열 시간도 넘게 운전하여 이곳에 왔습니다. 그런 제게 15분만 할애하시는 것은 솔직히 아주 불공평하다고 생각합니다. 교수님이 시간이 없으시다니 할 수 없지만, 어쨌든 이제 제게 남은 시간은 2분뿐입니다. 이 상황에서 저는 교수님 질문에 답을 드릴 수 없습니다. 제가 왜 교수님을 찾아왔는지 2분만이라도 설명할 수 있게 해주십시오."

순간적으로 저는 윌슨 교수님의 얼굴에서 놀라움을 읽을 수 있었습니다. 우리는 그날 결국 세 시간을 함께 보냈습니다. 나중에 안 사실인데, 워낙 바쁜 윌슨 교수님은 그렇게 만나는 사람마다 일단 15분의 시간을 주고 그 15분 동안 그 이상의 시간을 투자할 가치가 있는지 없는지를 판단한다고 합니다. 더 이상 시간을 보낼 가치가 없다고 판단하면 "또 다음에 만납시다" 하면서 웃으며 내보내고, 반대의 경우라면 "뭐, 교수회의 안 가지" 하면서 이야기를 이어간다는 것입니다.

저 역시 그 일생일대의 기회를 그렇게 섣불리 준비하지는 않았습니다. 이미 펜실베이니아 주립대에서 매우 희귀한 곤충인 민벌레의 사회성 진화를 장차 박사학위

연구 주제로 삼으려는 계획을 세워두었습니다. 그리고 윌슨 교수님이 앨라배마 대학에서 학부생 시절에 쓴 첫 논문이 민벌레에 대한 것이었음을 알고 있었지요.

그날 제가 민벌레를 연구하고 싶다는 말을 꺼내자 윌슨 교수님은 누렇게 변한 자신의 첫 논문을 꺼내 보이며 흥분을 감추지 못했습니다. 그 순간 저는 교수님의 제자가 될 것이라고 확신했습니다.

1983년 여름 제가 하버드 대학에 둥지를 튼 첫날, 저는 무엇보다도 먼저 에드먼즈 박사님에게 편지를 썼습니다. '당신이 추천했던 바로 그 하버드 대학의 윌슨 교수 연구실에 와 있다'고 말이지요. 당시 미국의 보통우편은 대개 이틀이 걸렸습니다. 정확하게 이틀 후 제 연구실 전화가 울렸고, 수화기 저편에는 마치 자신의 일인 양 반가워하는 에드먼즈 교수님이 계셨습니다.

그해 겨울, 저는 미국곤충학회에 가서 에드먼즈 교수님을 다시 만났습니다. 교수님은 그 큰 손으로 제 손을 꽉 쥐신 채 마치 아들처럼 학회장을 뱅뱅 돌며 저를 온갖 유명한 분들한테 일일이 소개하셨습니다.

타잔의 나라,
열대에
가다

저는 어려서 한때 "세상에서 제일 존경하는 사람이 누구냐?" 하고 물으면 바로 '타잔'이라고 답했습니다. 타잔을 정말 흠모했습니다.

당시는 우리나라 사람들이 베트남전에 파병되던 시절이었는데, 아버지가 베트남전에 간 집에는 반드시 텔레비전이 있었습니다. 그래서 친구네 집에 가서 TV를 보곤 했어요. 특히 타잔 영화를 하는 토요일 저녁 시간에는 TV에 딱 달라붙어서 눈을 떼지 못했습니다.

그 집에선 저녁상을 차려서 먹어야 하는데, 옆집 애가 진드기처럼 앉아서 가질 않으니까 "너 집에 가서 저녁 안 먹냐?" 하면서 눈치를 주었어요. 그러면 저녁을 안 먹었는데도 "벌써 다 먹고 왔습니다" 하고 거짓말해서라도 타잔 영화를 꼭 봤습니다.

사실 타잔이라는 주인공을 좋아했다기보다는 그 영화의 배경을 굉장히 좋아했습니다. 시원한 나무 위에 그림 같은 집을 짓고 잘 익은 바나나며 파인애플이 흐드러진 곳. 천국이 있다면 아마 저런 곳이리라 생각했지요.

강릉에서 대관령을 오르락내리락했는데, 대관령과는 너무나 다른 숲이 그곳에 있었습니다. 대관령은 아무리 다녀도 동물 보기가 어렵습니다. 겨울에 눈 오면 겨우 노루 발자국 쫓아가다가 노루 보고 토끼 만나고 하는 정도지 그렇게 대단한 동물은 볼 수가 없지요.

그런데 타잔 영화에는 코끼리, 표범, 사자, 악어 등 별의별 동물이 다 나왔습니다. 게다가 타잔 옆에는 늘 '치타'라는 이름의 보노보가 따라다녔습니다. 그걸 보면서 "햐, 저런 데를 내가 가야 하는데" 하며 영화의 배경만 보았습니다. 거기 나오는 동물들만 본 것입니다.

이다음에 크면 기어코 저기에 가겠다고 했는데, 커서 알아보니까 타잔 영화 속 배경은 사실 할리우드에서 만든 큰 세트장이었습니다. 제가 가려고 꿈꿨던 곳이 할리우드였던 것이지요.

1984년 드디어 저는 그렇게 꿈꾸어 왔던 '타잔의 나라'에 가게 되었습니다. 파나마 운하 한가운데 떠 있는 바로 콜로라도 섬(Barro Colorado Island)의 미국 스미스소니언 열대연구소에 가게 된 것이지요. 처음 그곳에 간 날, 저는 잠을 이룰 수 없었습니다. 흥분에 휩싸여 뜬눈으로 밤을 새운 다음, 아침 일찍 연구소 사무실에 들러 섬의 등산로 지도를 받아 들고 곧바로 산에 올랐습니다.

　열대 정글에 들어서니 정말 한 발짝 떼기가 힘들었습니다. 파란색 목주머니가 달린 도마뱀이 주머니를 앞으로 내밀었다 디밀었다 하고, 가까이 가서 볼라치면 나무 뒤로 싹 숨고 '나 잡아봐라' 하는 식으로 돌아다니기 일쑤였습니다. 날개에 69라는 숫자가 적혀 있는 나비가 날아오지 않나, 키는 자그마한데 조끼를 입은 것처럼 털이 난 녀석이 덤비지 않나(바로 개미핥기였습니다), 직접 보지 못했던 신기한 동물들이 가득한, 그야말로 '동물의 왕국'이었습니다.

　한참을 올랐는데도 볼 것이 너무 많아서 겨우 100여 미터밖에 가지 못했습니다. 이러다가는 싸 온 도시락을 연구소 사무실 바로 옆에서 먹게 될 것 같아 눈을 질끈

감고 조금 속도를 냈습니다.

얼마나 걸어 들어갔을까요. 갑자기 머리 바로 위에서 '캑캑', '우우' 하는 와자지껄한 소리가 들렸습니다. 무슨 일이 났나 하고 고개를 들어 올려다보니 얼굴에 흰 털이 복슬복슬 나 있는 흰얼굴꼬리말이원숭이들이 저를 내려다보고 있었습니다. 저와 시선이 마주치자 일고여덟 마리가 이리 뛰고 저리 뛰고 난리가 났습니다.

동물원 철책 밖에서 처음으로 영장류를 만난 순간이었습니다. 영장류를 보는 것은 다른 동물을 보는 것과는 완벽하게 다른 느낌이었습니다. 제 사촌을 만난 것과 같으니까요. 저는 그 자리에서 뭔가를 관찰해야 할 것 같아 수첩을 꺼내 막 적기 시작했습니다.

사실 그때 저는 영장류를 어떻게 연구해야 하는지 전혀 아는 바가 없었습니다. '한 마리가 옆 나무로 이동했다' 이런 식으로 그들의 일거수일투족을 상세히 적어 내려갔지요. 나중에 침팬지와 평생을 함께한 세계적인 동물행동학자 제인 구달(Jane Goodall) 박사님을 만나서 이런 이야기를 했더니 귓속말로 "나도 처음엔 그랬어" 하셨습니다.

한참 원숭이들을 지켜보고 있는데, 어느 순간 제가 원숭이들을 지켜보는 것이 아니라 그들이 저를 관찰하고 있다는 생각이 들었습니다. 사실 그들 입장에서 보면 웬 '털 없는 원숭이' 한 마리가 나타나 자기들의 담 안을 기웃거리고 있는 것일 테니까요. 우리는 늘 인간의 관점에서만 세상을 가늠합니다. 하지만 그때만큼은 동물들의 입장에서 생각해 본 순간이었습니다.

그런데 갑자기 주변이 어두워지더니 웅웅거리는 소리가 들려왔습니다. 영화 〈라이언 킹〉에서 심바의 아버지 무파사가 죽기 바로 전 누 떼가 달려올 때 나는 발굽 소리처럼 말입니다. 원숭이들은 아까보다 더 높고 가는 소리를 내며 황급히 어디론가 사라져버렸습니다.

어디서 멧돼지 떼라도 달려오나 하고 두리번거리고 있는데, 천장이 무너져 내리듯 숲의 꼭대기가 열리면서 물이 바가지로 쏟아졌습니다. 순식간에 속옷까지 쫄딱 젖어버렸습니다. '이게 무슨 소리인가' 했더니 바로 저 위 나뭇잎에 비 떨어지는 소리였던 겁니다. 나뭇잎들이 비를 머금고 있다가 한순간에 확 터진 것이지요.

저는 한참 동안 그렇게 가만히 서서 쏟아지는 비를 맞

았습니다. 그러다 갑자기 두 손을 하늘로 치켜들고 이렇게 소리를 질렀습니다.

"아, 행복하다!"

방황은
젊음의
특권

　저는 '방황은 젊음의 특권이다'는 말을 자주 합니다.
앞서 보았듯 누구보다 저 자신이 굉장히 많은 방황을 한
젊은이였으니까요. 하지만 오랜 방황 끝에 막상 제가 좋
아하는 공부를 시작하니 '인간은 왜 자야 하나' 하는 생
각이 들 정도로 잠자는 시간이 아까웠습니다. 밤이 오는
것이 싫을 정도였습니다. 할 게 너무 많았으니까요. '내
가 이렇게 변할 수도 있구나' 하고 스스로도 놀라웠습
니다.

　어릴 적 아버지는 저에게 '연필깎이'라는 별명을 지어
주었습니다. 공부하라고 하면 연필 깎고 방 청소부터 했
거든요. 청소하느라 하루를 다 보내고 결국 공부는 한 자
도 안 하고 잠드는 날이 더 많았지요. 그랬던 제가 공부

234

가 너무 재미있고 좋아서 경주마처럼 앞만 보고 달렸습니다. 15년을 그렇게 달리니까 상대적으로 늦게 공부를 시작했는데도 웬만큼 따라갈 수 있었습니다.

충분히 방황하기 바랍니다. 하지만 여기서 '방황'은 방탕과 다릅니다. 그러니 절대 방탕은 하지 말고 방황하십시오. '아름다운 방황' 말입니다. 저처럼 봉두완 씨도 찾아가고, 여러 선생님을 찾아가 보십시오.

저는 심지어 사회운동 하는 사람을 찾아가서 "사회운동 해도 밥 벌어먹고 살 수 있나요?" 하고 물어본 적도 있습니다. 시인을 찾아가 "제가 시인이 되면 강릉에 돌아가 개울물에 들어갔다가 시나 몇 줄 쓰고 그러면서 평생 살 수 있을까요?" 하는 질문도 했습니다. 한때는 신춘문예에 도전해 볼까 했던 적도 있고, 조각가가 되고 싶어 좋아하는 작가들을 찾아가 보기도 했지요. 외교관이 되고 싶어 주한 외국인 대사를 종일 따라다닌 적도 있고, 종교에 귀의할까 하는 생각도 했습니다.

제가 평생 가야 할 길을 찾기 위해 이리저리 막 두드려 보았습니다. 그것은 방탕이 아니라 방황이었습니다. 여러분도 마음껏 방황하십시오. 먹고 잠자는 시간을 제외한 매 순간 내가 가장 하고 싶은 일, 단 한 순간도 이것을 하지 않으면 못 견디겠다 싶은 일이 무엇인지 악착같이 찾는 아름다운 방황을 하기 바랍니다.

그러한 방황의 끝에서 드디어 꿈의 끈을 잡으면 그것을 꽉 쥐고 앞만 보고 달리면 됩니다. 과학 하면 돈 못 번다던데, 고급 차 못 탄다던데 하는 사람은 고급 차 타는 학문을 하면 됩니다. 돈이 어디로 굴러가나 하는 것을 공부해서 돈 벌면 됩니다.

하지만 저는 돈이 나를 따라오는 것이지, 내가 돈을 좇는 것은 아니라고 생각합니다. 사실 저는 별로 부자는 아닙니다. 고등학교 3학년 때 같이 의과대학에 지원했던 친구들을 얼마 전 동창회에서 만났습니다. 제가 좀 늦게 갔는데, 마침 의사들끼리 한 테이블에 앉아 있었습니다.

저를 부르기에 그쪽으로 가서 앉았는데, 그날 저녁 내내 화제가 모두 저처럼 살았으면 좋겠다는 것이었습니다. 그래서 제가 이렇게 말했습니다.

"미쳤냐? 너네랑 바꾸게? 툭하면 한밤중에도 뛰어나가고, 거의 하루 종일 병원에 있어야 하고, 돈을 아무리 많이 벌어도 쓸 시간이 없어서 부인하고 아이들이 신나게 쓴다면서?"

돈 쓸 줄을 몰라서 기껏해야 학생들 점심 사주고 책 사 보는 게 전부지만, 그래도 저는 제가 번 돈은 제가 쓰고 삽니다. 돈을 벌려고 단 1분도 노력해 본 적 없지만, 한 번도 굶은 적은 없습니다. 좋아하는 일을 하다 보니 저절로 돈이 들어왔습니다.

이제껏 한 번도 자신이 좋아하는 일을 매일 같이 하면서 굶어 죽었다는 사람은 본 적이 없습니다. 그러니 내가 제일 좋아하는 일에 과감하게 뛰어드십시오. 뛰어들어서 열심히 하다 보면, 언젠가는 자신이 뭔가 의미 있는 일을 하고 있음을 발견하게 될 것입니다.

물론 능력에 따라서 빨리 이루는 사람이 있고, 저처럼 좀 오래 걸리는 사람도 있을 것입니다. 하지만 오래 걸려도 자기가 하고 싶은 일을 하면 늘 행복합니다.

어느
줄에
설 것인가

어릴 적에 부모님께 이런 말 많이 들었을 겁니다.

"너 그런 거 해서 밥은 먹고 살겠냐?"

사람들은 대부분 지금 잘나가는 분야가 어딘지 알고 싶어 하고, 거기 가서 줄 서고 싶어 합니다. 그런데 지금 잘나가는 분야가 여러분이 이다음에 그 분야의 주역이 됐을 때도 계속 잘나갈까요? 여러분이 그 분야의 주역이 된다는 건 아마 지금부터 20~30년 뒤의 일이 되겠지요. 그런데 이렇게 빠른 속도로 변해가는 세상에서 지금 잘나가는 분야가 20~30년 후에도 계속 잘나갈까요? 제 목숨을 걸 자신이 있습니다. 절대로 그럴 리 없다고. 세상은 반드시 변합니다. 그것도 무서운 속도로.

만약 여러분이 어디 가서 줄을 섰는데 앞에 몇 사람 없다면 그건 기가 막힌 행운이라고 말씀드리고 싶습니다. 그 분야가 언젠가 뜨기만 하면 단번에 세계 권위자가 되는 거니까요. 반면에 지금 제일 잘나가는 분야를 찾아서 이미 긴 줄의 맨 끝에 서본들 기라성 같은 사람들과 평생 경쟁하며 살아야 합니다. 게다가 그렇게 줄이 길다면 그 분야는 정상에 거의 도달했거나 이미 꺾이기 시작한 분야일 겁니다. 그러니 내가 그 줄의 앞으로 갈 때쯤 되면 이제 더 이상 유망한 분야가 아니게 될지도 모릅니다. '평생 고생했는데 이게 뭐야?' 하는 일이 벌어질 수도 있다는 거지요.

그렇다고 전략적으로 사람들이 몰리는 분야, 줄이 긴 데는 무조건 피하라는 말은 아닙니다. 남들이 다 하고 싶어 하고 잘나가는 분야라고 해서 무조건 가서 줄 서지 말라는 것입니다. 또 하기 싫은데 줄이 짧다고 그걸 하라는 말도 아닙니다. 내가 좋아하는 분야, 내가 좋아하는 일에 가서 줄을 섰는데 앞에 선 사람이 몇 안 된다면 반가워하라는 것입니다. 어쩌면 그것이 미래에 전략적으로 더 좋은 선택이 될지도 모르니까요.

세계 1인자

쉽게

되는 법

제 얘기 하나 할까요? 앞서 말씀드린 과정을 거쳐 저
는 운 좋게도 하버드 대학에서 박사과정을 밟게 되었습
니다. 저의 지도 교수인 하버드 대학 에드워드 윌슨 교
수님은 자타공인 개미 연구의 세계 1인자입니다. 당시
윌슨 교수님은 자연사박물관 건물에 붙어 있는 박물관
연구동에 계셨는데, 4층 전체를 베르트 횔도블러(Bert
Hölldobler) 교수님과 함께 쓰셨습니다.

우리나라는 대개 교수를 분야별로 뽑습니다. 어느 전
공 분야의 교수가 그 과에 있으면, 그 사람이 퇴임하기
전에는 절대로 그 분야의 교수를 뽑지 않습니다. 그런데
하버드 대학은 그렇지 않습니다. 윌슨 교수님이 학교 측
에 "독일에 개미 연구의 전문가인 베르트 횔도블러라는

교수가 있는데, 그분을 데려와서 같이 연구하면 좋겠다"고 요청하자 하버드 대학이 군소리 없이 기가 막힌 연봉을 주면서 휠도블러 교수를 모셔 온 겁니다.

하버드 대학교 자연사박물관 연구동 4층은 개미 연구자들이 성지순례를 하듯 오는 곳입니다. 거기 몇 년 있다 보면 개미 학계에 있는 분들은 거의 다 만나게 됩니다. 그들이 찾아오게끔 만들어놓은 거지요. 어떻게 한 대학에 똑같은 연구를 하는 거물 두 분을 모셔놓을 수 있는지 신기할 정도입니다.

그곳에서 교수님 두 분에 박사와 대학원생 수십 명이 함께 연구했습니다. 당연히 모두 개미를 연구하는 분들이었지요. 거기 있으면 하루 종일 개미를 들여다보고, 하루 종일 개미 이야기를 해야 합니다. 잠꼬대로도 개미 이야기를 할 것 같은 사람들이 모여 있는 곳인데, 저는 거기서도 타고난 반골 기질을 어쩌지 못하고 혼자서만 다른 곤충을 연구했습니다.

윌슨 교수님께 민벌레(Zoraptera)를 연구하고 싶다고 했더니 "왜?" 하고 물어보시더라고요. 당시 개미나 꿀벌의 사회성 진화에 대해서는 이론도 많이 나와 있고 상당히 많이 검증된 상태였는데 흰개미는 아니었습니다. 흰개미는 흰색을 띠는 개미가 아니라 전혀 다른 종류의 곤충이에요. 그리고 흰개미가 왜 사회성 곤충이 됐느냐 하는 것은 거의 연구된 게 없었습니다.

그때 저는 민벌레가 흰개미 사촌뻘쯤 된다고 확신하고 있었어요. 실제로 민벌레는 흰개미와 비슷한 점이 많습니다. 민벌레도 흰개미처럼 날개가 없는 형태도 있고 날개가 있는 형태도 있습니다. 그리고 흰개미의 여왕개미처럼 정착을 하면 스스로 날개를 끊어내고 알을 낳아요.

저는 윌슨 교수님께 이렇게 말씀드렸어요.

"제가 지금 흰개미를 연구하면 교수님이 개미 연구하시는 것과 마찬가지로 이미 진사회성을 띤, 완전히 사회적인 곤충이 된 진화의 결과밖에 볼 수 없습니다. 그래서 진화의 과정을 설명하려면 유추하는 방법밖에 없지요. 흰개미와 유사하지만 진화가 덜 된 단계에 있는 민벌레를 연구하면 혹시 그 과정을 들여다볼 수 있지 않을까 해서 저는 민벌레를 연구하고 싶습니다."

그런데 몇 년 전 DNA 연구로 흰개미는 바퀴벌레로 판정이 났습니다. 바퀴벌레 중에 진사회성을 띠는 종인 것입니다.

민벌레를 연구하겠다고 계속 고집을 부리니 윌슨 교수님이 민벌레가 어디 사는지 아느냐고 물으셨습니다. "알긴 압니다"라고 대답했어요. 그랬더니 잡은 적 있느냐고 물으시는 겁니다. "아직 잡아본 적 없습니다"라고 했더니 "아니, 잡을 줄도 모르는 놈이 왜 그걸 연구한다는 거냐" 하시더라고요.

"그럼 한번 잡으러 다녀오겠습니다" 하고는 플로리다 최남단 키웨스트에서 출발해서 한 열흘간 이곳저곳을 돌아다니다가 앨라배마와 접경 지역인 탤러해시의 숲속에서 처음으로 민벌레를 발견했습니다. 얼마나 기뻤는지 주변에 아무도 없었는데도 혼자서 "찾았다!" 소리를 질렀어요.

그렇게 민벌레를 가지고 와서 드디어 잡았다고 말씀드렸더니 윌슨 교수님이 "내 생애에 너처럼 고집 센 놈 처음 봤다"고 하시더라고요. 그렇게 1년 가까이 끈질기게 설득한 끝에 "그럼 해봐라" 하는 허락을 받았습니다. 윌슨 교수님의 허락을 받는 순간 저는 민벌레 연구의 세계 1인자로 등극했습니다. 이 곤충을 연구하는 사람이 전 세계에 한 명도 없었기 때문에 연구하겠다고 말하는 순간 세계 1인자가 되더라고요.

세계 1인자 되는 거 아주 쉽지요? 줄 짧은 데 가서 서기만 하면 1인자 됩니다. 만약 운이 나빠서 제가 한 연구가 끝까지 아무 쓸모없는 연구로 남았다면, 저 또한 그냥 별 볼 일 없이 살았을 것입니다. 그런데 세상이 변해주더군요. 반드시 민벌레 연구가 중요해서가 아니라, 지구환경이 변화함에 따라 생물다양성 연구, 기후변화 연구 이런 것들이 점점 중요해지는 시대가 되면서 저 같은 사람도 필요한 세상이 되더라고요.

몇 해 전에 미국에서 곤충학 교과서가 새로 나왔는데요. 각 목(目)별로 내용이 구성되어 있습니다. 나비 전체가 나비 목에 속하고, 딱정벌레 전체가 딱정벌레 목에 속합니다. 민벌레도 전체가 하나의 목이고요. 나비 목이나 딱정벌레 목의 경우 종수가 어마어마하지만, 민벌레는 34종밖에 되지 않습니다. 아마 곤충 목에서 가장 작은 목 중 하나일 겁니다.

그러거나 말거나 교과서에는 나비 목도, 딱정벌레 목도, 민벌레 목도 한 챕터씩을 배정받았습니다. 그리고 저에게 민벌레 챕터를 맡아서 써달라고 연락이 왔어요. 한 일주일 고민하다가 못 쓰겠다고 답을 했어요. 민벌레 연구로 박사학위를 받았지만, 1990년대 중반에 한국에 돌아온 뒤로 민벌레 연구를 거의 하지 못했거든요.

한국에서는 열대에 사는 민벌레 연구를 하기가 너무 힘들었습니다. 재단에 연구비 지원 신청을 했는데 거절당했어요. 보통 한국 사람들은 마감 기한 직전에 신청하는 걸 즐기는데, 저는 미국에서 받은 훈련 덕인지 마감일주일 전에 신청서를 냈습니다. 그랬더니 이틀쯤 후에 담당 직원한테 전화가 와서 다른 주제로 다시 쓰는 게 어떻겠냐고 하더라고요.

열대에 가서 연구하겠다는 연구계획서를 냈는데, 국민정서상 그 연구에는 연구비를 지원하기가 어렵다고 했습니다. 국민 세금으로 남의 나라에 가서 연구하는 걸 지원해 줄 수 없다는 거지요. 다른 나라는 암을 치료해 주는 식물을 찾겠다고 열대를 이 잡듯 뒤지고 다니던 때였는데 말이지요. 참으로 이해하기 힘들었지만, 국내에서 연구 가능한 주제로 바꾼 끝에 첫 연구비를 받을 수 있었습니다.

상황이 이렇다 보니 열대로 연구하러 다니기가 너무 힘들어서, 기회가 있을 때 조금씩 하고 사실상 민벌레 연구를 거의 하지 못했어요. 그런 이유로 출판사 측에 내가 쓰는 건 좀 문제가 있으니 다른 사람에게 청탁하는 것이 좋겠다고 답장을 보냈습니다. 한 2주 지나서 다시 메일이 왔는데, 여전히 제가 민벌레 연구의 1인자라는 겁니다. 할 수 없이 지난 십몇 년간 나온 논문들을 새로 읽으면서 맡은 챕터를 써서 보냈습니다. 그 책이 2018년 미국에서 출간되었습니다.

이 이야기를 우스갯소리처럼 들려드리는 이유는 세계 1인자 되는 것과 그 1인자 자리를 유지하는 것이 얼마나 쉬운지 말씀드리고 싶어서입니다. 남이 안 하는 일을 하면 그 분야의 1인자가 되는 겁니다. 그래서 줄 짧은 데 가서 서는 것도 굉장히 좋은 전략이 될 수 있습니다.

지금 내가
걷고 있는 길은
어디로 연결될까

박사학위를 받고 미시건 대학교에서 교수를 하다가 서
울대학교 교수가 되어 한국에 돌아온 것이 1994년입니
다. 지금은 이화여대 에코과학부에서 학생들을 가르치고
있고요. 대학은 옮겨 다녔어도 제 연구실 이름은 언제나
똑같습니다.

Laboratory of behavior and ecology(행동과 생태를 연구하
는 실험실).

한국에서 연구실을 열었는데 난감한 일이 벌어지더라
고요. 자연에 나가서 동물을 연구하고 싶은 학생들이 분
자생물학 교수를 찾아갈 수는 없으니 한국에서 찾아갈
사람이 저밖에 없는 겁니다. 그런 학생들이 1년에 70~80
명씩 제 연구실을 찾아왔습니다.

"교수님, 저는 코뿔소 연구하고 싶습니다."

"나도 아직 아프리카에 가본 적이 없는데…"

"교수님, 저는 돌고래 연구하고 싶습니다."

"해양학과도 배가 없는데 생물학과에서 무슨 수로 돌고래 연구를…"

어느 날 보니, 제가 동물을 연구하고 싶어 찾아오는 학생들에게 맨날 안 된다는 이야기만 하고 있더라고요. 그렇게 1년 반쯤 지난 어느 날, 이런 상태로 동물행동학을 우리나라에 뿌리내리게 할 수 있을까 고민이 되더라고요. 그래서 일단 제 연구는 접기로 했습니다.

앞서 말씀드린 대로 저는 열대에 가고 싶은데, 그게 상황상 너무 힘들더라고요. 제 월급 가지고 이리저리 아끼면 저 혼자는 연구하러 갈 수 있는데, 대학원생들까지 데려가기는 어려운 상황이었습니다. 그래서 제가 하고 싶은 연구는 접고, 대학원생들이 하고 싶어 하는 연구를 최대한 같이 해보기로 했습니다.

제가 몸담고 있는 동물행동학 분야는 대개 평생 한 가지 동물만 연구합니다. 그 동물에 대한 모든 것을 연구하기 때문입니다. 그렇게 몇십 년을 연구하다 보니 그 동물에 관해서는 세계 최고의 권위자가 되는 거지요.

해외에서 열리는 학회에 참석해서 해피아워에 맥주 마시러 가면, 저는 동료들 사이에서 이것 때문에 또 안줏거리가 됩니다.

"너, 지난달에 보니까 뭐 귀뚜라미 논문 썼더라."

"얘는 말 논문도 쓴 놈이야."

"민물고기도 연구해."

"야, 너는 도대체 뭐 하는 놈이냐?"

재미있으라고 서로 농담으로 하는 말인데, 그 말이 저한테는 참으로 아프게 다가왔습니다. 내내 제 폐부를 계속 찌르는 말로 남아 있었어요. 아마도 제자들에게 제 삶을 양보한 것 같아 마음속 깊이 굉장히 억울한 마음이 남아 있었던 모양입니다. 언젠가는 술에 취해서 "난 뭐냐, 학생들한테 연구 주제 다 양보하고. 내 인생은 뭐냐" 이렇게 실토한 적도 있었습니다. 그런데 최근에 이상한 일이 하나 벌어졌습니다.

한 15~20년 전부터 자연과학 분야에서는 학문마다 백과사전을 만드는 붐이 일어났습니다. 제가 몸담고 있는 동물행동학 분야에서도 2010년《동물행동학 백과사전

《Encyclopedia of Animal Behavior》》이 나왔습니다. 요즘 세상에 누가 백과사전을 보나 의아했는데, 나중에 보니 백과사전이 데이터베이스를 확보하는 아주 좋은 전략이더라고요.

동물행동학 분야에서 백과사전을 만들 때 총 17명의 편집장을 선임해야 하는데, 사회행동 섹션을 저한테 맡아달라고 출판사에서 요청이 왔어요. 너무 황송해서 앞뒤 재지도 않고 하겠다고 수락했습니다.

사실 동물행동학 분야에 대한민국은 존재하지 않습니다. 일본은 동물행동학 학회가 있고, 학회를 하면 회원들이 1천 명씩 모입니다. 우리나라에도 동물행동학 학회를 만들라고 주변 분들이 그러시는데, 스무 명으로 학회를 만들 수는 없잖아요. 동물행동학자라고 해봐야 저하고 제 제자 몇 명이 거의 다거든요. 그런 나라의 사람한테 편집장을 하라고 하는 거니까 영광스러워서 맡겠다고 한 것이지요. 그렇게 2010년 백과사전이 출간되었습니다.

2016년 개정판을 만든다는 소식이 들렸고, 얼마 뒤 저에게 이메일이 왔습니다. 출판사에서 저한테 《동물행동학 백과사전》의 총괄 편집장을 맡아달라는 겁니다. 처음에는 이 출판사가 제정신인가 싶었습니다. 저를 제외한 섹션 편집장 모두가 영어가 모국어인 사람들입니다. 그 중 누가 총괄 편집장을 맡아도 분명히 나보다 잘할 텐데, 나보고 하라니 말이 안 된다고 생각했지요. 그래서 거절했습니다.

한 달간 출판사에서 집요하게 총괄 편집장을 맡아달라고 이메일을 보내는 바람에 결국 수락했습니다. 나중에 사정을 들어보니 총괄 편집장을 하시던 분이 이제 70대 후반이 되었다며 안 하겠다고 하셨답니다. 그래서 섹션 편집장들 중 한 사람을 추천해 달라고 했더니 저를 지목하셨다는 겁니다.

그로부터 3년간 총괄 편집장으로 동물행동학 분야 600명의 학자들을 다 동원해서 《동물행동학 백과사전》을 만들었습니다. 그렇게 해서 2019년에 개정판이 나왔습니다. 총 4권으로 만들어졌고, 표지에는 'JAE CHUN CHOE'라고 제 이름이 딱 박혀 있습니다. 이 책은 제가 가보로 물려줄 작정입니다. 존재감도 없는 나라의 학자가 동물행동학 분야의 총괄 편집장이 되었다는 게 저로서는 너무 영광스러운 일입니다.

그런데 그때 한 달 만에 총괄 편집장 제안을 수락하고 나니까 저에게 기획 제안서를 써야 한다는 겁니다. 내가 왜 제안서를 써야 하냐고 물었더니, 그제야 윗선에 보고해야 한다고 했습니다. 그래서 30페이지에 걸쳐서 제안서를 썼습니다. '엘리베이터 피치(elevator pitch)'라는 것까지 써야 하더라고요. 엘리베이터 피치란 엘리베이터를 타고 3, 4층 올라가는 시간에 이 책을 왜 출간해야 하는지를 설명하는 짤막한 길이의 마케팅 멘트를 말합니다.

그에 대한 리뷰 결과도 제게 보내주었습니다. 개정판을 만들어야 하는지, 이 인물을 총괄 편집장으로 삼는 게 타당한지, 이 두 가지를 7명에게 물었다고 합니다. 한두 달 만에 리뷰가 돌아왔는데, 신기하게도 그중 3명이 똑같은 얘기를 했더라고요.

"다른 건 모르겠는데 우리들 중에서 다양한 동물에 대해 깊이 있게 연구한 사람은 이 사람밖에 없다."

"다른 프로젝트는 모르겠는데《동물행동학 백과사전》의 총괄 편집장으로 나는 이 사람보다 더 나은 사람을 생각할 수 없다."

제자들에게 내 삶을 양보하고 나는 뭐냐며 억울해했는

데, 제자들 덕에 제가 이렇게 기가 막힌 영예를 얻은 것입니다. 한두 가지 주제만 연구했으면 그런 영광이 저한테 올 수 있었을까요?

처음부터 결과를 알고 달리는 사람은 없습니다. 나한테 주어진 일을 남들보다 더 열심히 하다 보면, 거기서 다른 것으로 연결되고 또 다른 걸로 연결돼서 언젠가 성공한 사람이 되는 것입니다.

앞서 아버지가 집에 가져다 두신 《동아백과사전》으로 책 읽기를 시작했다고 말씀드렸지요? 지난 삶을 돌아보니 학자로서의 삶이, 독서인으로서 글과 함께한 제 삶이 백과사전으로 시작해서 백과사전으로 끝나는 것 같다는 생각이 듭니다.

두 천재,
아인슈타인과
피카소

창의성은 정의하기가 매우 까다로운 개념입니다. 타고나는 것인지, 아니면 교육에 의해 길러지는 것인지를 두고 참으로 많은 논쟁이 있었지요. 아서 밀러(Arthur I. Miller)라는 작가는《아인슈타인, 피카소: 현대를 만든 두 천재(Einstein, Picasso: Space, Time, And The Beauty That Causes Havoc)》라는 책에서 창의성이란 통합적 사고와 상상력에서 나온다고 주장했습니다.

피카소와 아인슈타인은 각기 예술과 과학이라는 서로 다른 분야에서 천재성을 발휘했지만 시각적 상상력에서 많은 유사성을 지닙니다. 흥미로운 것은 두 사람이 이러한 천재성을 발휘하기에 이른 과정이 완전히 다르다는 것입니다.

이들을 야구 선수로 비유한다면, 아인슈타인은 타율과 상관없이 어느 날 드디어 장외 홈런을 때린 사람입니다. '특수 상대성 이론', '일반 상대성 이론' 달랑 2개로 모두가 인정하는 세계 최고의 과학자가 되었으니까요. 반면에 피카소는 수없이 많은 단타를 치다 보니 심심찮게 홈런도 나오고 그중의 몇 개가 만루 홈런이 된 사람입니다.

피카소는 평생 엄청난 수의 작품을 남겼습니다. 그의 작품 중에는 〈게르니카〉, 〈아비뇽의 여인들〉, 〈세 사람의 음악가〉 같은 어마어마한 명작도 있지만, 지극히 평범해 보이는 작품도 많습니다. 워낙 많이 그리다 보니 남들보다 훨씬 많은 수의 수작을 남기게 된 것입니다.

피카소가 천재성이 없다는 뜻은 절대로 아닙니다. 아인슈타인처럼 한 번에 일을 끝낸 게 아니라 엄청나게 많은 시도를 하다가 그것들 중 몇 개가 성공해서 어마어마한 천재가 된 겁니다.

대학원생들에게 논문 안 쓰냐고 물으면 보통 "아직 준비가 안 됐습니다" 하고 답합니다. "아니, 실험 다 끝났는데 쓰면 되지, 무슨 준비?"라고 다시 물으면 "아직 결과가 확실히 나오지 않았어요" 하고 말합니다. 다시 야구에 비유하면 그 학생은 좋은 공이 들어올 때까지 기다리고 있는 겁니다.

젊은 친구들을 보면 다들 첫 타석에서 홈런을 치려고 합니다. 아니, 어떻게 첫 타석부터 홈런을 쳐요? 첫 타석에는 번트 대고 나가도 됩니다. 제가 최초로 쓴 논문은 한 페이지 반짜리 논문이에요. 그렇게 시작해도 됩니다. 그런데 너무나 많은 사람이 처음부터 단번에 성공하려고 애쓰고 있어요.

제가 아는 한 대한민국에 아인슈타인 같은 천재는 없습니다. 아인슈타인은 그렇게 자주 나타나는 천재가 아니니까요. 그렇다면 아인슈타인처럼 해서는 안 되는 겁니다. 아인슈타인도 아닌데 아인슈타인처럼 한다면 그것처럼 바보 같은 전략이 어디 있습니까?

아인슈타인이 아니라면 피카소처럼 해야 합니다. 어떻게? 내 앞에 주어진 작은 일들을 모두 열심히 하는 겁니다. 아인슈타인처럼 어느 날 한 번에 기가 막힌 걸로 대박 터트리려 하지 말고, 피카소처럼 나에게 주어지는 모든 걸 성실하게 정말 열심히 해보는 겁니다. 대기업만 들어가려고 기를 쓸 게 아니라 작은 규모의 회사라도 내가 클 수 있는 곳이면 어디든 가서 도전해 보고, 이것도 해보고 저것도 해보는 겁니다. 그러다 보면 어느 날 그중에 뭔가가 제법 훌륭한 결과를 낼지 모릅니다.

왜 기우제가 반드시 성공하는 줄 아십니까? 비가 올 때까지 하니까 언젠가는 성공하는 겁니다. 대단한 성공을 거둔 마윈(馬雲) 알리바바 창업자도 여러 번 큰 실패를 겪었다고 합니다. 그러나 끝까지 덤비니까 끝내 성공한 겁니다. 가장 좋아하는 일을 무지무지 열심히 하다 보면 무슨 일이든 이룰 수 있습니다.

사실 통섭형 인재라는 것도 별것 아닌지 모릅니다. 다양한 분야를 열심히 해보는 사람이 통섭형 인재니까요. 주어진 길 하나만 가는 것이 아니라 이것도 해볼까 저것도 해볼까 하면서 열심히 하다 보면 통섭형 인재가 되는 것입니다. 그래서 피카소처럼 살아보자고 말하는 것이고요.

적어도 저는 그렇게 살았습니다. 내게 주어진 일을 열심히 하면서 살다 보니까 저 앞에 누가 걸어가더라고요. 제가 눈이 좀 나빠서 누군지 잘 안 보여요. 그래서 눈을 비비고 자세히 보니까 아인슈타인이 걸어가더라고요.

제 주제에 어떻게 아인슈타인을 따라잡겠습니까? 하지만 엄청나게 열심히 걷다 보니까 이제 아인슈타인의 등 정도는 보입니다. 그 정도면 어마어마하게 성공한 것 아닐까요? 그렇게 하기 위해서는 피카소처럼 살면 되는 겁니다.

처음부터 너무 큰 목표를 세우고 한 번에 홈런 치려고 하지 마시고요. 한 발짝 한 발짝씩 가는 겁니다. 그렇게 가다 보면 길이 나타날 거고, 내가 가야 할 길을 찾으면 그때부터 달리면 됩니다.

저는 2014년 배우 짐 캐리(Jim Carrey)가 미국의 마하리쉬 대학교에서 했던 졸업식 축사를 굉장히 좋아합니다. 짐 캐리의 아버지는 다른 사람을 잘 웃기는 사람이었다고 해요. 하지만 꿈 대신 안정을 택했다고 합니다.

"저희 아버지는 훌륭한 코미디언이 될 수도 있었지만, 본인은 그것이 가능하다고 믿지 않았습니다. 그래서 보수적인 결정을 내렸어요. 코미디언 대신 회계사라는 안전한 직장을 선택했습니다. 그리고 제가 열두 살이 되던 해에 아버지는 안정적인 직장을 잃으셨고, 저희 가족은 살아남기 위해 무엇이든 해야하는 상황에 놓였습니다.

저는 아버지로부터 여러 훌륭한 교훈을 얻었는데요. 그중에서도 중요했던 한 가지는 '하고 싶지 않은 일을 하면서도 실패할 수 있다. 그러므로 이왕이면 사랑하는 일에 도전하는 것이 낫다', 바로 그것이었습니다."

그래서 짐 캐리는 자신이 좋아하는 일을 했다는 것입니다. 기왕에 망할 거면 좋아하는 일을 하다 망하는 게 낫지 않겠냐는 거지요.

동물을 관찰하는 게 저의 일인데요. 인간이라는 동물의 사회를 오랜 세월 관찰해 오면서 알게 된 것이 있습니다. 자기가 가장 좋아하는 일을 무지무지 열심히 하면서 굶어 죽은 사람은 없다는 것입니다. 반드시 먹고삽니다. 그러니 경제적인 것 때문에 지레 포기하지 않았으면 합니다.

물론 내가 좋아하는 그 분야가 별로 잘나가는 분야가 아니라면 경제적으로 풍족하지는 못하고 그럭저럭 살 겁니다. 하지만 돈을 좀 더 벌어보겠다고 하고 싶지 않은 일 하면서 인생을 날리는 것보다는 적당히 먹고살면서 하고 싶은 일을 하며 사는 삶이 더 낫지 않을까요? 어느 줄에 설 것인지는 여러분의 선택에 달려 있습니다.

대한민국에서
애 낳는 사람은
바보?

2020년 10월에 첫 영상을 올리며 '최재천의 아마존'이라는 유튜브 채널을 시작했습니다. 유튜브 방송을 하게 된 이유가 있습니다. 2013년에 제인 구달 박사님과 함께 생명다양성재단을 세웠습니다. 처음 시작할 때는 제인 구달 박사님이 하시는 일이라고 하면 온 세상 사람들이 후원금을 보낼 줄 알았어요. 그런데 그렇지가 않더라고요.

후원 요청하느라 기업인들도 참 많이 만났어요. 힘들게 겨우 얘기를 꺼내면 "도와드려야지요" 하면서 사회공헌재단 담당자를 불러서 방법을 찾아보라고 합니다. 그렇게 해서 실무진과 만나 이야기를 해보면, 그 재단의 사업 중 하나를 우리가 맡는 것으로 귀결됩니다. 그런데 그런 사업은 보람은 있지만 남는 게 아무것도 없어요. 재단 식구들 월급을 줘야 하잖아요. 직원 3명 월급에 4대 보험까지 하니 아무리 못해도 1년에 1억이 넘게 들더라고요. 남의 주머니에서 1억을 끄집어내는 일이 평생 제가 해본 일 중 제일 힘든 일이었어요.

그래서 고민하고 있던 차에 어떤 분이 유튜브로 돈을 벌어 재단을 운영해 보면 어떻겠냐고 하는 겁니다. "그게 말이 됩니까?" 하고 물었더니 어떤 꼬마 유튜버는 박스만 열고 빌딩을 샀다고 해요. "그런 사람이 몇 명 있는 거지, 그게 되겠어요?" 하고 말은 했지만, 급한데 못 할 게 뭐 있겠어요? "해봅시다" 하고서 유튜브를 시작했습니다.

처음에는 힘들었어요. 동영상을 매주 1개씩 꼬박꼬박 1년을 올렸는데 구독자 1만 명을 못 넘겼습니다. 그런데 어느 날 갑자기 유튜브에서 했던 저출생 관련 발언이 이슈가 되었고, 이른바 역주행이란 걸 하더니 구독자 수가 막 늘더라고요. 이게 무슨 일인가 놀랐지요. 지금은 구독자 수가 70만 명이 넘습니다. 당시 화제가 되었던 유튜브 제목이 '한국에서 애 낳으면 바보죠'였습니다.

모든

환경 문제는

인구 문제

그 동영상은 저보다 먼저 유튜브 채널을 연 장동선 박사의 조언을 듣고서 만든 거예요. 장 박사는 '지금까지 과학으로 밝혀낸 죽음에 관한 충격적인 사실들'이란 동영상을 올리고 조회수 폭발을 경험했거든요. 진지한 구독자들이 있는 것 같다는 장 박사의 말을 듣고서 저도 한번 '저출생' 문제 같은 심각한 이슈를 건드려보기로 했습니다.

사실 저는 2005년에《당신의 인생을 이모작하라》라는 책을 냈는데, 우리보다 빨리 저출산·고령화를 맞은 선진국이 해법을 내놓기 전에 아직 여유가 있는 우리가 먼저 해법을 찾자는 것이었어요. 육아 환경을 변화시키고 노령 인구를 노동시장으로 끌어올 수 있는 방법을 찾지 않으면, 급작스럽게 저출산·고령화 위기를 맞을 수 있을 수 있다고 썼지요. 그로부터 20년 가까이 지났는데 우리 사회가 크게 변한 것이 없어 안타깝고 섭섭해요.

2002년에 피터 드러커 교수는 "미래 사회는 고령 인구의 급속한 증가와 젊은 인구의 급속한 감소로 인해 지금까지 어느 누구도 상상할 수 없을 만큼 엄청나게 다른 사회가 될 것이다"라고 말했지만, 우리 정부는 그 문제의 심각성을 잘 알지 못했어요. 그때까지도 산아 제한 정책을 계속 밀어붙이고 있었거든요.

우리나라는 세계에서 가장 빠른 속도로 저출산의 늪으로 빠져든 나라입니다. 1960년대까지만 해도 어머니들이 자녀를 6명씩 낳았어요. 1970년대에는 '합계 출산율'(여성 한 명이 가임 기간에 낳을 것으로 예상되는 평균 자녀 수)이 거의 5명 정도 되었고요. 세계에서 가장 높은 출산율을 보였던 나라인데, 2000년대로 들어오면서부터 '대체 출산율'(현재의 인구 규모를 유지하는 데 필요한 출산율) 밑으로 뚝 떨어집니다.

그때까지도 심각성을 알지 못하고 있다가 2005년에 합계 출생율이 1.08로 떨어지자 언론이 위기라고 떠들기 시작합니다. 0 자가 하나 들어가니까 느낌이 확 다른 거지요. 그러다 2018년부터 합계 출산율이 1 미만으로 떨어졌습니다. 11년째 OECD 국가 가운데 합계 출산율 꼴찌를 기록하고 있고, OECD 평균과도 큰 차이가 나고 있습니다. 그런데 이 저출산·고령화 문제는 큰 그림으로 볼 필요가 있습니다.

호모 사피엔스는 자연계에서 비슷한 예를 찾기 어려울 정도로 급성장한 동물입니다. 우리나라처럼 좀 산다고 하는 나라들은 자국민 숫자가 줄어든다고 야단법석을 치고 있지만, 전 세계적으로 보면 너무나 빠른 속도로 인구가 증가하고 있어요. 지구 인구는 220년 전인 1804년에 10억 명이었습니다. 123년이 걸려 1927년 20억 명이 되었는데, 인구 증가 속도가 빨라지더니 1974년 40억 명이 되고 48년 만에 두 배로 뛰어 2022년 80억 명을 돌파했어요.

저는 평생 자연환경을 연구해 온 사람인데, 어떤 환경 문제든 그 근원까지 파고들어 가면 호모 사피엔스 숫자가 너무 많아서 생기는 일입니다. 전 지구적으로 보면 지금 우리가 기술을 이용해 인구 수용 능력을 억지로 키워

놓은 상태예요. 언제까지 이렇게 유지할 수 있겠어요?

그래서 인구를 줄이려고 정말 많은 노력을 했어요. 유엔 같은 국제기구에서 산아 제한 정책을 펼치며 아프리카에 가서 피임 도구도 나눠주었습니다. 그러한 노력 끝에 얼마 전부터 출생률이 약간 줄어들기 시작했어요. 그런데 그 순간 잘사는 나라들이 딴소리를 하기 시작했습니다. 자국민의 숫자가 줄어든다고 도로 출생률을 높이는 전략을 쓰는 겁니다.

사실 이 문제에 대한 답은 이미 나와 있습니다. 인구가 많은 곳에서 적은 곳으로 사람들이 편안하게 이동할 수 있도록 해줘야 합니다. 국경을 열고 이민을 자유롭게 받아주면 되는데, 대부분의 잘사는 나라는 다른 나라 사람들이 들어오는 것을 좋아하지 않습니다. 우리나라는 특히 더 심하고요.

대한민국은 자신이 단일민족인 줄 착각하고서 자신과 다른 사람들이 들어오는 것에 대해서 굉장히 거부감을 보이는 나라예요. 그런데 이미 산업 현장에서는 상당 부분을 외국인이 맡아서 하고 있잖아요. 그들이 없으면 공장이 돌아가지 않고, 농산물과 해산물을 수확하기 어려워요.

경제학자들은 노동력이 부족해서 살기 힘들어질 것이라고 걱정하지만, 저는 그보다는 적은 숫자의 국민으로 어떻게 사람답게 살 수 있느냐를 모색해야 할 때가 아닌가 생각합니다.

그러나 이 문제는 절대 단순한 문제가 아닙니다. 생물학적 관점에서만 놓고 보면 냉정하게 받아들일 수 있지만, 경제·문화·사회적으로 보면 아주 복잡하게 얽혀 있는 문제입니다. 그래서 통섭적으로 들여다보지 않으면 안 돼요.

다만 평생 동물을 연구해 온 사람으로서 이것 하나만큼은 자신있게 말씀드릴 수 있습니다. 번식을 못 하게 하는 게 힘들지 번식하게 하는 건 하나도 힘든 일이 아닙니다. 일개미들이 알을 낳지 못하는 건 생식기관이 발달하지 않아서가 아니라 여왕개미들이 그들이 번식하지 못하도록 강력한 화학물질을 매일 뿜어내기 때문이에요. 그렇게 강력하게 막는데도, 변방에서는 여왕개미의 화학물질이 희석되어 일개미들이 알을 낳습니다. 그러면 여왕개미가 쳐들어가서 다 물어 죽이고요.

동물은 상황이 조금만 좋아지면 번식을 시작합니다. 출생률 올린답시고 애 낳으면 얼마 주겠다, 아이 셋 낳으면 군 면제해 주겠다고 막 쑤셔대는 게 답이 아니라 아이를 낳을 수 있는 환경을 만들어줘야 합니다. 출생률에다 코를 박고 전략을 세우다 보면 될 일도 안 돼요.

저출생은 무척 복합적인 문제입니다. 우리 사회의 웬만한 문제들은 여기 다 결부되어 있어요. 환경을 개선해 나가는 일을 차근차근 하는 것이 중요합니다. 빨리 결혼하고 싶은 그런 사회가 되면 애 낳으라고 하지 않아도 저절로 좋아질 것입니다.

저출생은
진화적
적응 현상

다윈이 《종의 기원》을 출간한 것이 1859년입니다. 그 책에서 다윈은 유리한 형질이 살아남아 후세에 전달되고 그렇지 못한 형질은 도태될 수밖에 없다는 자연선택 메커니즘을 제시했습니다. 그런데 '유리하다'는 것이 과연 무엇을 의미하는 것일까요?

기본적으로 생물의 삶에서는 두 가지가 중요합니다. 일단 살아남아야 하니까 생존이 중요하고, 다음으로 번식을 해야 합니다. 잘 살아남긴 했는데 번식을 안 했다? 그럼 말짱 꽝인 겁니다. 아무리 건강한 몸을 가지고 있어도 번식을 해서 후대에 유전자를 남기지 않으면 그 사람은 생물학적으로 별로 의미 있는 삶을 산 것이 아닙니다.

여기 두 남자가 있습니다. 아널드 슈워제네거(Arnold

Schwarzenegger)와 우디 앨런(Woody Allen). 영화배우 아널드 슈워제네거는 체격도 건장하고 멋진 몸을 가지고 있습니다. 영화감독 우디 앨런은 그에 비하면 왜소하고 볼품 없어 보입니다. 그런데 생물학적으로는 우디 앨런이 더 의미 있게 살았다고 할 수 있습니다. 아널드 슈워제네거는 언론인 마리아 슈라이버(Maria Shriver)와 결혼해 딸 하나, 아들 하나, 혼외자 하나, 이렇게 세 명을 낳았어요. 그런데 우디 앨런은 자식이 몇 명인지 아무도 모른다고 합니다.

LA 레이커스 소속 농구 선수로 NBA 명예의 전당에까지 오른 전설적인 센터 월트 체임벌린(Wilt Chamberlain)은 은퇴하면서 하지 않아도 될 말을 했어요. 무려 1천 명 이상의 여자와 잠자리를 했다고 자랑삼아 떠벌린 거지요. 그랬거나 말거나 성 선택을 연구하는 사람들 사이에서 체임벌린은 안 쳐줍니다. 불세출의 기타리스트 지미 핸드릭스(Jimi Hendrix)는 요절했는데도 오대양 육대주에 그의 자식이 얼마나 많은지 아무도 모른다고 합니다. 월트 체임벌린은 오래 살았고 지미 핸드릭스는 일찍 죽었어요. 결과적으로는 생존을 아무리 잘했어도 유전자를 많이 남기는 걸 더 쳐줍니다.

너무 거친 예를 들기는 했지만 이를 동물이나 식물 사회로 옮겨 보면, 아무리 생존을 잘했더라도 번식에 성공하지 못하면 그건 제대로 된 성공이 아닙니다.

그런데 지금 대한민국 사회는 언뜻 보면 번식을 포기한 것처럼 보입니다. 많은 사람이 아이를 낳지 않는 것을 선택하니까요. 저는 여기에 두 가지 원인이 작용하고 있다고 생각합니다. 상황이 굉장히 어려운데 새끼를 낳아서 기르는 동물은 절대로 선택받지 못합니다. 그랬다간 새끼도 죽고 부모도 죽을 수밖에 없어요. 자원이 없는데 멋모르고 새끼를 낳아 키운다는 것은 말이 안 되는 일입니다.

인간을 포함한 영장류의 최초의 조상쯤으로 알려진 뒤쥐가 있습니다. 트리 슈루(tree shrew)라고 부르는데, 나무 위에 사는 작은 쥐처럼 생긴 동물입니다. 거기서부터 인간을 포함한 영장류, 유인원들이 진화했을 것으로 생각하고 있어요. 이 뒤쥐의 세계에도 권력 구도가 있습니다.

가령 한 암컷 뒤쥐가 임신했는데, 권력 구도가 중간에 바뀌면서 바로 옆에 제일 막강한 암컷이 자리 잡았다고 합시다. 그리고 그 암컷도 임신을 했어요. 얼마 뒤 둘 다 새끼를 낳게 되면, 상대적으로 약한 권력을 가진 암컷 뒤쥐는 새끼를 낳자마자 자기 새끼들을 먹어 치웁니다. 인간적으로 생각하면 말도 안 되는 일이지요. 하지만 이것도 진화적으로 선택된 하나의 전략입니다.

어떻게 그럴 수 있느냐고요? 거기서 새끼를 낳아 기른다면, 막강한 암컷 옆에서 제대로 먹이지도 못해서 자기 새끼들이 죽을 게 뻔하기 때문입니다. 자칫하면 다른 뒤쥐들이 와서 내 새끼를 먹어 치울지도 몰라요. 지금은 상황이 안 좋으니까 남에게 빼앗기기 전에 내가 내 새끼를 먹어 치우는 거예요. 그러고서 때를 기다리는 겁니다. 내 지위가 올라가고 상황이 유리해지면 그때 새끼를 다시 낳는 겁니다.

그보다 진화가 덜 된 동물의 경우, 환경이 불리해지면 몸 안에서 자동 유산을 해서 재흡수합니다. 임신을 했는데 주변을 보니 지금 새끼를 낳을 상황이 아닌 것 같으면, 자동으로 유산이 된다는 겁니다.

우리 인간은 진화의 역사를 통해서 그런 기능을 잃어버린 동물입니다. 스스로 자동 유산하고 재흡수할 수 있는 기능을 잃어버렸어요. 그래서 상황이 안 좋아도 애를 낳아야 했습니다. 낳아서 죽을 고생을 하며 키운 거죠. 우리의 부모님, 조부모님 모두 그렇게 사셨습니다.

그런데 지금 젊은 세대는 그걸 다 알아버렸단 말이에요. 그리고 계산을 합니다. 애를 낳아서 먹이고 입히고 학교를 보내고 이러려면 돈이 얼마나 들까? 그리고 그렇게 어렵게 키운 아이가 이다음에 잘 살 수 있을까?

옛날에 저는 그런 계산을 해본 적이 없어요. 유학 시절 지금의 아내를 만나서, 대학원생 주제에 부모님에게 "저 결혼하겠습니다"라고 말하고 결혼했어요. 잠자리를 같이하다 보니까 애도 생겼고요. 계산이라는 걸, 기획이라는 걸 해본 적이 없어요.

그런데 여러분은 다르잖아요. 진짜 똑똑해요. 그래서 진짜 치밀하게 계산합니다. 아이를 낳아서 키우려면 얼마 들까? 아이를 키우려면 뭘 해야 하지? 내가 그런 직업을 가질 수 있을까? 아무리 생각해 봐도 계산이 안 나오니까 못 낳는 거예요.

저출산을 젊은 세대의 이기심 때문이라고 말하는 사람도 있지만, 진화생물학자의 입장에서 보면 이건 아주 지극히 당연한 진화적 적응 현상입니다. 치밀하게 계산하고 '지금은 아이를 낳을 때가 아니다. 내 상황이 좀 더 좋아질 때까지 기다려야겠다'라고 판단한 겁니다.

인간을 비롯한 모든 생물은 번식하려고 태어났어요. 어떻게 키울지가 걱정되니까 안 낳는 거지요. 집값도 그렇고 교육비도 그렇고, 여러 가지 경쟁에 경력 단절 문제까지 모든 것이 복합적으로 맞물리면서 결국 '일단 시간을 보면서 부부가 먼저 살아남아야겠다'라고 선택한 것이라고 볼 수 있습니다.

변화의 모멘텀은
남성이
쥐고 있다

지금 우리나라의 모든 문제의 정중앙에는 교육 문제가 버티고 있습니다. 애를 낳고 어떻게 교육시켜 이 사회에서 번듯한 인간으로 살아갈 수 있게 하느냐, 이것이 너무 힘듭니다. 20여 년 전 한국일보에서 지면 하나를 완전히 다 주며 교육 문제에 대해 이야기해 보라고 해서 제가 '5·5·5제'라는 걸 제안했습니다.

초등학교 과정 6년에서 1년 빼고, 중학교와 고등학교 과정을 합쳐서 그냥 중학교로 하고 또 1년 빼고, 대학교 과정에 오히려 1년 더 보태자고 했습니다. 그렇게 해도 전체 교육과정이 1년 줄어듭니다. 그리고 5년짜리 종합대학도 있지만, 1년짜리 대학도 만들고 2년짜리도 만들자고 주장했어요. 일찍 사회에 나가 돈을 벌게 되면 결혼

할 마음도 조금 일찍 생기지 않겠느냐고요. 그로부터 20여 년이 흐른 요즘 작은 단위의 학위를 의미하는 '나노디그리(nano-degree)', '마이크로디그리(micro-degree)'를 이야기하고 있습니다. 지금 굉장히 많은 변화가 교육에서 일어나고 있습니다.

또한 여성이 가정생활을 제대로 할 수 있도록 사회제도가 마련되어야 합니다. 충분한 소득이 주어지고, 배우자가 적극적으로 함께 아이를 키우고, 안정된 직장 생활이 가능해져서 여성의 경력 단절이 없어야 한다는 것이지요.

우리나라는 여성의 경력 단절 문제가 심각합니다. 웬만큼 사는 나라 중에서 연령대별 여성 고용률 그래프가 M 자형인 나라는 거의 없습니다. 경력 단절 경험이 있는 여성과 그렇지 않은 여성은 경제적·사회적 지위에 엄청난 차이가 있습니다.

국내의 한 대기업에서는 남자 직원들에게 무조건 육아휴직을 쓰게 한다고 합니다. 예외 없이 누구나 육아휴직에 들어가는데, 그 사람들이 한두 달 집에서 아이를 길러 보고 오면 확 달라진다고 합니다.

변화의 모멘텀은 남성이 쥐고 있습니다. 저출생 문제를 우리 사회가 자꾸 여성의 문제로 들여다보기 때문에 해결이 힘든 게 아닌가 생각합니다. 저는 대한민국 남성 중에는 드문 사례로 아이를 적극적으로 키웠습니다. 아내가 5년간 지방에 가 있는 바람에 등하교부터 시작해서 제가 다 할 수밖에 없었습니다.

아이는 부모가 함께 키우는 겁니다. 어쩌면 지금 대한민국 남성들은 삶에서 가장 중요한 부분을 빼앗기고 사는지도 모릅니다. 남성의 입장에서도 동물로 태어나서 가정을 꾸리고 내 새끼를 키우는 것은 세상 어느 것과도 비교할 수 없는 행복이거든요. 그런데 이 소중한 경험을 포기하고 자신이 무엇을 위해 사는지조차 모르고 살아가는 것이 많은 남성의 현실입니다. 게다가 행복은 거기서 끝이 아닙니다.

전업 주부인 여성들이 육아가 힘들다 힘들다 하긴 해도, 어떤 분은 남편 출근시키고 아이 어린이집 보내고 난 다음에 11시쯤 브런치 카페에 모여서 밥 먹고 수다 떨고 재밌게 놀다가 오후 2~3시쯤 귀가해요. 저는 남성도 그렇게 할 수 있어야 한다고 생각합니다. 남자들도 수다 잘

떱니다. 수다는 여성의 전유물이 아니에요. 남자들도 기회만 있으면 잘 떠들어요. 남성이 육아에 적극적으로 참여하면 그런 행복을 누릴 수 있습니다. 육아를 여성의 영역으로 묶어놓으면 절대로 이런 행복이 남성에게 오지 않습니다.

새들은 육아와 바깥일을 수컷과 암컷이 반반 나눠서 합니다. 알은 암컷과 수컷이 함께 부화시키고, 한쪽이 알을 품거나 새끼를 돌보는 동안에 다른 한쪽은 벌레를 물어와요. 우리 인간도 남편이 3일, 아내가 3일 일을 하면 어떨까요? 배우자가 일할 때 나머지 배우자는 육아와 집안일을 하는 거죠. 일주일 중 남은 하루는 가족들이 모두 함께 시간을 보내고 말이지요.

이전과 다르게 젊은 남성들은 육아를 돕는 사람이 아니라 육아의 주체가 될 준비가 되어 있습니다. 남성들이 육아의 주체가 될 수 있는 환경이 되도록 정부가 과감한 지원책을 마련해야 합니다. 일부 기업들에서만 가능한 남성 육아휴직 등도 과감하게 늘려야 하고요.

수도권
집값 상승의
악순환

몇 년 전부터 수도권 인구가 전체 인구의 50%를 넘어섰습니다. 세상에 이런 나라가 어디 있습니까? 전 국민의 절반이 수도권에 모여 살아요. 인구 밀집도가 너무 높다 보니 사는 것 자체가 지옥 같아요. 그래서인지 지금 서울시 출생률이 전국에서 제일 낮습니다.

서울에 부동산 투자는 많이 합니다. 하지만 서울에 거주하는 사람들의 경우 경쟁이 너무 심하다 보니 아이를 낳을 환경이라는 계산이 안 나오는 겁니다. 그래서 점점 안 낳는 쪽으로 가는 거고요. 너무 밀집되어 있어서 경쟁이 치열할 수밖에 없고, 물가도 그렇고, 집값도 그렇고…. 그러니 계산기 두드리면 애 못 낳겠다는 결론이 나오는 겁니다.

어느덧 나이가 칠십이 되어 돌아보니, 이게 다 우리 세대가 잘못한 일이라는 생각이 듭니다. 물론 억울하긴 합니다. 우리는 열심히 산 죄밖에는 없어요. 자기 집이라도 하나 장만해 보겠다고 열심히 살았어요. 그런데 거기에 너무 열중하다 보니 집값이 너무 올라버렸어요. 그렇게 부모 세대는 집을 마련하고 눌러앉아 있지만 그 자식들은 집을 마련하지 못하는 이상한 구도가 생성된 겁니다.

사회생물학자로서 꿀벌 사회를 관찰하다 보면 재미있는 현상을 만나게 됩니다. 개미 사회에서는 여왕개미가 자기 딸들이 혼인비행을 하러 가서 성공했는지 알 재간이 없습니다. 와서 보고를 안 하니 알 수가 없지요. 그러니 딸들 중 누가 성공해서 나라를 건설했는지 집계도 안 됩니다.

그런데 꿀벌은 재밌게도 짝짓기에 탁월하게 성공한 딸이 집으로 돌아옵니다. 딸이 오면 여왕벌은 딸에게 자신의 벌집을 주고 밖으로 나갑니다. 그것이 바로 '분봉'이에요. 자기가 갖고 있던 집과 일벌의 절반을 딸에게 주고, 일벌의 나머지 절반을 끌고 나가서 새집을 구합니다.

이게 얼마나 합리적인 처사인가 하면, 어머니인 여왕벌은 벌집을 운영해 본 경험이 있잖아요. 한번 해봤기 때문에 어떤 집을 구해야 하는지 잘 압니다. 양봉업자가 만들어놓은 벌집이 없는 곳에서는 나무 구멍을 찾아야 하는데, 그 나무 구멍의 크기를 잘못 계산하면 나중에 태어난 일벌을 다 수용할 수 없습니다. 그래서 분봉 중인 일벌들은 미리 나무 구멍 속으로 들어가 걸어봅니다. 그리하여 훗날 태어날 모든 벌을 다 수용할 수 있는 공간을 찾아냅니다. 그걸 어머니인 여왕벌이 진두지휘하는 거예요. 딸 벌은 이걸 해본 적이 없습니다.

"넌 아무래도 신참이니까 내가 너보다 나을 것 같다. 그러니 내 집을 너한테 주마."

외국 부모들은 자식들 결혼하면 '너네 알아서 살아라' 한다는데, 우리나라 부모들은 아파트 전세라도 하나 마련해 주려고 무진 애를 씁니다. 그런데 아무리 열심히 해도 여왕벌과는 비교가 안 됩니다. 여왕벌은 당신이 살던 집을 내주니까요. 그렇다고 부모님께 가서 여왕벌들한테 배우라고 하시면 안 됩니다.

젊은 세대의 입장에서는 고민될 수밖에 없습니다. 가

정을 꾸리려면 살 곳이 있어야 하는데 집값이 만만치 않습니다. 부모는 옛날에 5억에 산 집이 지금 15억, 20억 됐다고 좋아하지만, 자식들 집을 그 가격에 마련해 주는 것은 불가능에 가깝습니다. 악순환이 아닐 수 없습니다.

이제는

다른 꿈을

꿔야 할 때

 저출생을 막을 수 있을까요? 이제 저는《당신의 인생
을 이모작하라》에서 주장했던 내용과 생각을 좀 달리하
기로 했어요. 그 책에서는 주로 출생률을 회복하려면 뭘
해야 하는지에 대해서 논의했는데, 전문가들의 판단에
의하면 출생률이 0.6~0.7이 되면 거의 회복이 불가능하
다고 합니다.

 출생률이 1.1~1.2일 때는 정부의 노력으로 어느 정
도 유지하거나 회복하는 것이 가능하다고 해요. 유럽의
경우 그 수준일 때 정부가 엄청 노력해서 1.5~1.8 정도
로 유지하는 나라들이 제법 많습니다. 하지만 대한민국
은 이런 급격한 출생률의 변화를 지구상에서 처음 겪는
나라잖아요. 인구학자들의 판단으로는 지금 무지막지하

게 노력해 봐야 몇십 년 걸려도 회복할지 모르겠다고 합니다.

그렇다면 출생률을 다시 높이는 노력을 하는 것이 별로 현명한 일이 아니지 않을까요? 그렇다면 우리에게 어떤 대안이 있을까요? 노르웨이나 덴마크, 벨기에 모두 우리보다 인구는 훨씬 적지만 잘 사는 나라입니다. 우리도 그들처럼 하면 되지 않을까요?

제가 세계적인 경제학자 장하준 교수님께 직접 여쭤봤어요. 장 교수님 말씀으로는 스웨덴도 예전에는 노사 문제를 비롯해 사회 문제가 많은 나라였는데 진정한 의미의 복지국가를 지향하면서 달라졌다고 합니다. 우리나라도 할 수 있다는 거지요. 사실 제가 경제학자도 인구학자도 아니라서 조심스럽긴 합니다만, 이 문제를 연구하시는 분들과 정책을 입안하시는 분들에게 이 문제를 한번 진지하게 고민해 보자고 말씀드리고 싶습니다.

그동안 우리는 강대국을 따라가는 전략으로만 살았습니다. 그런데 우리나라 인구수가 참 애매해요. 미국은 인구가 3억 명이 넘고, 일본은 1억 2천만 명 정도 됩니다. 그런데 우리나라는 5천만 인구 가지고 인구가 몇억씩 되는 나라와 경쟁하겠다는 욕망을 가지고 지금껏 살아왔습니다. 그런데 인구수에서 그 욕망의 실현 가능성이 꺾이고 있습니다.

이제 그 꿈을 버리는 게 옳지 않을까요? 오히려 양이 아닌 질을 먼저 생각하면서 작은 나라로 소박하게, 지금 살고 있는 이 사람들을 데리고 행복하게 잘 사는 방법을 고민해야 하는 때가 아닌가 하는 생각을 저는 요즘 많이 합니다.

첨단 기술을 바탕으로 생산성과 효율성을 더 높이고 우리 사회를 질적으로 좀 더 좋게 만들 수는 없을까요? 20~30년 뒤에 "엄마 아빠 어릴 적에는 대한민국 인구가 5천만 명을 넘던 때가 있었단다"라고 말할 생각을 하면 조금 슬프기는 하지만, 슬퍼하기보다는 현재의 이러한 상황에 적응하고 여기서 살아남을 방법을 찾는 것이 현명한 게 아닌가 합니다.

Lesson 10

손잡지 않고
살아남은 생명은
없다

제가 박사과정 중이던 때 에드워드 윌슨 교수님이《바이오필리아(Biophilia)》라는 책을 내셨습니다. 'bio'는 생명, 생물을 뜻하고, 'philia'는 좋아한다, 사랑한다, 애착이 간다는 뜻입니다. 둘을 엮으면 '생명 사랑'이 되겠지요.

책을 출간하고 여럿이 모인 자리에서 교수님은 "디즈니 만화영화에 나오는 아기 사슴을 보며 사랑스럽다고 말하지 않는 사람이 이 세상에 어디 있겠냐"고 하시면서 "우리 인간은 생명을 사랑하게끔 태어났다"라고 결론을 내리셨습니다. 인간의 유전자 안에는 인간을 포함한 이 세상 모든 생물체를 사랑할 수밖에 없는 그런 속성이 이미 프로그램되어 있다는 것이 교수님의 설명이었습니다.

대학교수를 하려면 제자를 잘 둬야 합니다. 저 같은 반골 제자를 두면 교수가 고생해요. 거기서 제가 가만히 못 있고 한마디 했습니다. "우리 인간의 타고난 속성 속에 다른 생명에 대한 사랑이 있다는 것, 저는 동의할 수 없습니다. 정반대일 것 같습니다" 하고 덤벼들었어요. 그래서 교수님이 저한테 많이 섭섭해하셨습니다. 그때 제가 했던 얘기를 한번 말씀드려보겠습니다.

두 동굴에
사는
두 가족 이야기

인간이 농경 생활을 하기 이전, 수렵 채집 생활을 하면서 주로 살았던 곳은 동굴입니다. 두 동굴에 사는 두 가족 이야기를 해보려고 합니다.

한쪽 동굴에 사는 가족은 윌슨 교수님이 생각하는 것처럼 '생명 사랑'의 철학이 투철합니다. 주변 환경을 늘 깨끗하게 유지하고 더럽히지 않으려고 애씁니다. 자연에서 너무 많은 동물을 잡아먹으면 그들이 사라질까 걱정돼서 가급적 안 잡아먹으려고 해요. 그래서 늘 배가 고픕니다.

별도 달도 없는 어느 새까만 밤에 손주가 용변이 마려워서 자다 일어났는데, 볼일 보러 동굴 바깥으로 나갈 생각을 하니까 끔찍한 거예요. 나갔다가 어떤 무서운 동물을 만날지 모르니까요. 그래서 용변을 보러 슬금슬금 동굴 안쪽으로 들어가려는데, 가족 중 제일 연장자인 할머니가 그 소리를 듣고서 "어딜 가냐?" 하는 거지요.

"할머니, 제가 뒤가 좀 마려워서요."

"그럼 밖에 나가서 누고 와라."

그날 밤 할 수 없이 밖으로 나간 손자는 끝내 돌아오지 못했습니다. 동물한테 잡아먹힌 거지요.

어느 날 아침 남자들이 사냥하러 가려고 도구들을 주섬주섬 챙기자 할머니가 "오늘은 대청소나 하자. 웬 놈의 집구석이 이렇게 지저분하냐"고 합니다. 하루 종일 청소하느라고 사냥을 못 가는 바람에 저녁에 먹을 게 없어서 식구들은 쫄쫄 굶으면서 잠에 들어야 했습니다.

며칠 후에는 엄마가 나갔다가 못 돌아오고, 또 다음 달에는 손녀가 나갔다가 못 돌아왔습니다.

그 옆 동굴은 할아버지가 제일 연장자신데, 가족 분위기가 아주 편안해요. 부어라, 마셔라, 싸라, 아무 상관도 안 합니다. 그런데 그분도 코는 있으셔서 "이놈의 집구석 파리가 왜 이렇게 많냐, 냄새는 뭐고" 하고는 뒷짐 지고 마실을 나갑니다.

동네 한 바퀴를 돌고 오후에 느지막이 돌아오더니 "좋은 동굴 하나 찾았다. 이사 가자" 합니다. 그때 무슨 가구가 있어요, 뭐가 있어요? 그냥 앉아 있다가 "그럴까요?" 하고 일어나서 가면 이사였어요. 어느 곳에 살다가 동굴이 지저분해지고 견디지 못할 때쯤 되면 다른 동굴을 찾아서 이사를 가는 겁니다.

여기서 묻겠습니다. 어느 동굴에 살던 가족이 더 잘 먹고 잘살았을까요? 어느 동굴에 살던 집안이 더 많은 자손을 남겼을까요? 숭고한 '생명 사랑' 철학을 가지고 늘 주변 환경을 보살핀 가족일까요? 자연을 보살피기는커녕 동물들 닥치는 대로 잡아먹고 마음 편히 먹고 싼 가족일까요? 저는 단연코 후자라고 생각합니다.

우리 인간은 자연계에서 그 어느 동물보다 자연을 잘 이용해 먹을 줄 알았기 때문에, 좀 더 심하게 말하면 자연을 착취하는 능력이 누구보다 뛰어났기 때문에 만물의 영장이 된 것입니다. 자연을 사랑하고 보호하는 정신으로 살았기 때문에 성공한 것이 아니라요.

지금 무슨 말씀을 드리는 거냐 하면, 우리 모두는 숭고하고 깨끗한 첫 번째 동굴이 아니라 악랄하고 지저분한

두 번째 동굴의 자손이라는 것입니다. 그 옛날 인간은 동굴이 참기 어려울 정도로 더러워지면 그냥 새 동굴로 옮겨 가면 그만이었습니다.

우리 인간이 속해 있는 현생 인류를 '호모 사피엔스'라고 부르는데, 호모 사피엔스가 지구에 등장한 것은 과학자들의 계산에 따르면 지금으로부터 25만 년 전 정도라고 합니다. 그 25만 년 중 24만 년은 호모 사피엔스가 그렇게 대단한 동물이 아니었습니다. 다른 원숭이들과 마찬가지로 아프리카 초원에서 살았습니다.

직립을 했으니 다른 원숭이들보다는 높게 설 수 있었겠지요. 갈대밭에서 사자가 어디서 오나 두리번두리번하다가 나타나면 도망가고, 하이에나가 남긴 고깃덩어리가 있으면 좀 긁어 먹고 그러면서 지저분하게 살았을 것입니다. 그때는 개체 수도 얼마 되지 않았을 거예요.

그러다가 농사를 지을 줄 알게 되면서 폭발적으로 숫자가 늘어난 동물이 현생 인류입니다. 이후 산업혁명을 거치면서 지구상에서 가장 막강한 동물이 되었지만, 불과 1만여 년 전에는 별 볼 일 없는 영장류였습니다. 만약 자연계에 있는 동물 중에 그 역사를 쭉 꿰고 있는 존재가 있다면, 아마 우리를 보면서 이렇게 말하지 않을까요?

"저것들 옛날에 아무것도 아니었는데, 어디서 갑자기 뭐 한 건 하더니 이젠 정말 눈꼴시어서 못 보겠다."

대한민국 영토가 비좁다고 느낄 때 있지요? 5천만이 살기에는 한반도가 너무 비좁아요. 몇 년 전 신문에서 읽었는데 우리나라 부동산 가격이 너무 올라서, 우리나라 부동산을 다 팔면 캐나다를 살 수 있다는 계산이 나오더라고요. 그래서 가끔 제가 "우리나라를 좀 옮겨 보면 안 될까?" 이런 농담을 합니다. 그런데 이제는 그 옛날 동굴에 살던 때처럼 빈 동굴이 있다고 옮겨 갈 수 없습니다.

저는 지금 이 순간에도 이 문제만큼은 윌슨 교수님이 틀렸고 제가 맞다고 생각합니다. 우리 인간의 유전자 안에는 가능하면 악랄하게 자연을 착취하는 성향이 내재되어 있지, 자연을 보호하고 사랑하는 성향이 프로그램되어 있을 것 같지 않습니다. 그냥 알아서 하라고 내버려둔다고 인간들이 알아서 자연을 보호하는 일은 벌어지지 않는다는 말입니다.

그런데 우리 인간은 이제 더 이상 옮겨 갈 동굴이 없습니다. 그동안 해왔던 대로 자연을 마구 착취하면서 살 수 없는 시대가 되었습니다. 계속 그렇게 살다가는 우리 인간이 지구를 먼저 떠나게 될지 모릅니다. 그래서 어떻게 하면 이 하나밖에 없는 지구에서 우리 모두 함께 살아남을 것인지를 연구하고 배워서 실천해야 합니다.

생명의

본질은

무엇일까

생명이란 무엇일까요? 저는 생명의 가장 보편적인 특성이 뜻밖에도 죽음이라는 것을 깨달았습니다. 참 이율배반적이고 신기한 일입니다. 남들은 이미 다 발견한 사실을 뒤늦게 혼자 깨닫고는 며칠을 흥분했었지요. 모든 생명체는 언젠가 반드시 죽음을 맞이합니다. 그런데 그러한 생명의 한계성(ephemerality)은 어디까지나 생명체의 관점에서 본 생명의 속성입니다. 다른 관점에서 바라보면 문제가 완전히 달라집니다.

우리 몸에는 두 가지 세포가 있습니다. 하나는 체세포이고 또 하나는 생식세포입니다. 우리 몸을 구성하는 거의 대부분의 세포가 체세포이고, 남자는 정소, 여자는 난소에서 생식세포인 정자와 난자를 만들어냅니다. 체세포

속에 있는 DNA는 일은 열심히 하지만 사실 별 볼 일 없는 것들입니다. 자식, 그러니까 후세를 남기는 DNA가 아니기 때문입니다.

난자와 정자가 만나 수정란이 되면 곧바로 세포 분열을 시작합니다. 그 한 세포로부터 우리 몸을 이루는 모든 세포들이 만들어집니다. 수정란이 둘로 갈리고 또 넷이 되고 여덟이 되는 과정을 반복하다가 어느 순간부터 누구는 간세포가 되고 누구는 근육세포가 되며, 또 누구는 장차 난자와 정자를 생성할 생식기관을 만듭니다.

누가 과연 이들의 운명을 결정하는 걸까요? 체세포 입장에서 보면 참 억울한 일일 수도 있습니다. '같은 세포에서 나왔는데 왜 나는 난소에 가 있지 않고 간에 가서 매일 술만 거르며 살아야 할까?'

생명체는 누구나 궁극적으로 죽을 수밖에 없지만, 그의 형질은 유전자를 통해 길이길이 자손 대대로 전달될 수 있습니다. 세포와 세포 안에 들어 있는 유전자, 즉 DNA의 관점에서 보면 실제로 지구상에 있는 모든 생명은 태초부터 지금까지 한 번도 끊긴 적 없이 이어져 왔습니다.

이것이 바로 생명의 영속성(perpetuity)입니다. 생명의 영속성은 굉장히 중요합니다. 하나의 생명체의 입장에서 보면 분명히 죽어 없어지는 한계성을 띠지만, 그 생명체를 만들어낸 DNA 입장에서 보면 생명은 한 번도 죽은 적이 없는, 끊이지 않은 영속성을 지니고 있습니다. 그래서 《이기적 유전자》의 저자이자 옥스퍼드 대학 진화생물학자인 리처드 도킨스는 DNA는 '불멸의 나선'이며, 생명체는 그 불멸의 나선을 복제하기 위해 태어난 '생존 기계'에 불과하다고 말했지요.

우리는 앞마당의 닭들이 싸움도 하고 짝짓기도 하고 알을 낳으며 살아가기 때문에 '닭'이라는 생명의 주체가 바로 그 닭이라고 생각합니다. 하지만 실제로는 달걀이 닭을 낳는 것입니다. 달걀 속에 있는 유전자가 닭을 만들어 달걀을 생산하다가 여의치 않으면 그 닭을 없애고 또 다른 닭을 만들어 달걀 생산을 계속하는 게 닭의 삶이라는 것입니다. 결국 닭이란 임시적인 존재이고, 닭을 만들어낸 달걀 속에 있는 DNA가 영원한 존재입니다. 생명체의 삶은 유한하지만 유전자의 관점에서 바라본 생명은 '영속성'을 지니는 것이지요.

찰스 다윈이 이야기한 바에 따르면, 이 지구상의 다양한 생물들은 모두 태초에 우연히 생성된 어느 성공적인 복제자 하나로부터 분화되어 나왔습니다. 오랜 세월이 흘러 저마다 보다 효율적인 복제를 위해 다른 '생존 기계' 안에 들어앉아 있지만, 과거로 거슬러 올라가면 모두 하나의 생명체에서 나온 것입니다. 그러니까 생명은 영속성도 지니지만, 횡적으로 볼 때 나와 개미, 개미와 까치, 까치와 은행나무, 이 모두가 다 따지고 보면 예전에 하나의 DNA에서 나온 일원성(monism)을 지닙니다.

우리는 모두 한 집안입니다. 그러니 생명은 또 '연속' 되어 있습니다. 연속성(continuity)을 지닙니다. 그런 줄도 모르고 우리는 다른 생명체들을 무참하게 없애고 그들이 살 수 있는 좋은 환경을 인위적으로 파괴하며 살고 있습니다. 과연 우리한테 그럴 권리가 있는 것일까요? 태초의 DNA가 지금 무덤 속에서 우리를 보고 있다면 아마 땅을 칠 것입니다. 과연 하느님, 부처님이 우리가 하고 있는 일을 훌륭한 일이라고 할까요?

현생 인류가 탄생한 것은 지금으로부터 25만 년 전의 일입니다. 잘해야 100년 정도 사는 우리가 보기에는 어마어마한 기간입니다. 하지만 46억 년 지구의 역사를 24시간으로 환산하면, 25만 년 전은 23시 59분 56초에 해당합니다. 현생 인류의 시간은 불과 4초간에 불과한 것입니다. 그런데 이 어린것이 버르장머리 없이 여기저기 흙탕물을 튀기고 있습니다.

생물학자들끼리 결론도 안 나는데 부질없이 하는 내기가 있습니다. '우리 인간은 지구에서 얼마나 더 살 수 있을까?' 지금껏 살아온 시간만큼 지구에서 더 살 수 있을까요? 저는 단언합니다. 25만 년 더 못 삽니다. 현재 인류가 저지르고 있는 환경 파괴와 온갖 잔인한 행동들을 보면, 우리는 가장 좋은 머리를 가졌지만 스스로를 파멸의 길로 몰아가는 가장 어리석은 동물입니다.

이 세상에서 가장 을씨년스러운 광경을 꼽으라면 저는 주저하지 않고 남태평양 한가운데 떠 있는 이스터섬의 석상들을 말할 것입니다. 그 옛날 그 섬에 살던 사람들은 도대체 무슨 목적으로 이 거대한 석상들을 만들었을까요? 그리고 그들을 어떻게 곧추세웠을까요? 거대한 석상을 섬 여기저기에 잔뜩 세워놓고 정작 그걸 만든 이들은 어디로 사라져버린 것일까요? 의문은 지금도 꼬리에 꼬

리를 물건만 정작 그 모든 걸 지켜보았던 석상들은 오늘
도 무거운 입을 다문 채 엉거주춤 그곳에 그냥 그렇게 서
있습니다.

화석 자료에 의하면 이스터섬은 원래 울창한 삼림으로
덮여 있었다고 합니다. 그러나 지금은 나무 한 그루 찾아
보기 어려운 황량한 곳입니다. 바람을 막아줄 나무 한 그
루 없는 벌판에 석상들만 쓸쓸하게 서 있습니다. 저는 그
석상들을 볼 때마다 인류 문명의 종말을 보는 것 같아 자
꾸 서글퍼집니다.

주변 자연환경은 쑥대밭으로 만들어놓고 문명의 유물
만 남긴 채 정작 그 문명을 일으킨 장본인들은 자취를 감
췄습니다. 우리 인간이 사라진 다음 이 지구의 환경 보전
에 과연 무슨 의미가 있을지 자꾸 저 자신에게 되묻습니
다. 우리가 이 지구에서 절멸한 다음에도 삶의 철학적 의
미가 존재할 것인지 묻고 싶습니다.

우리 삶은 우연한 것입니다. 어쩌다 우연히 태어난 존
재일 뿐입니다. 가장 짧고 굵게 살다 간 종으로 기록되지
않으려면 지구의 역사와 생명의 본질에 대해 더 많이 알
아야 합니다. 자연을 더 많이 공부하고 더 많이 알고 배

우다 보면 우리 자신도 더 사랑하고 다른 동물이나 식물
도 사랑하게 될 것입니다.

개미에게서
배워야
할 것

충남 서천에 가면 국립생태원이라는 곳이 있습니다. 앞서 말씀드렸듯이 그곳에서 제가 2013년부터 2016년까지 초대 원장으로 일했습니다. 2008년에 환경부로부터 생태원 디자인을 요청받아 총괄기획 용역을 한 게 인연이 되어, 대학에서 보직교수도 한 번 해본 적 없던 제가 난생처음 행정 일을 하게 된 것이지요.

국립생태원장 시절에 관람객을 유치하려고 야심차게 기획했던 것이 '개미 세계 탐험전'입니다. 사실 저는 지금도 좀 이해가 안 됩니다. 개미는 어디에나 있는 곤충이잖아요. 길에도 있고 여러분이 사는 집 주변에도 있는 흔하디흔한 동물을 가져다 전시를 하는데 사람들이 신기하게 그걸 구경하러 옵니다.

1994년에 서울대학교 교수로 임용되어 한국에 돌아왔는데, 동물행동학을 연구했다고 하니 이곳저곳에서 강연 요청을 많이 받았습니다. 동물 사진 걸어놓고 동물 이야기를 하면 다들 좋아하시더라고요. 그런데 강의 끝나고 나서 질문하라고 하면 아무도 질문을 안 합니다. 강의 듣고 받아 적는 건 잘하는데, "질문받겠습니다"라고 말하면 모두 저하고 눈도 안 마주치려고 해요.

　어느 날 개미를 주제로 강연하는데, 강연 중간에 한 분이 손을 들었습니다. '화장실 가겠다는 얘긴가?' 생각했더니 진짜 질문이 있다는 겁니다. 질문을 한다는 것 자체가 충격이었는데, 그분의 질문 내용은 더 충격적이었습니다.

　"개미 세계에도 믿음이 존재하나요?"

　개미 세계에 종교가 있느냐는 질문이었는데, 개미를 십몇 년 연구하면서 꿈에도 스스로에게 던져본 적이 없는 질문이었습니다. '이 사람은 대체 뭐 하는 사람이야?' 하고 혼자 놀라워하고 있는데, 저쪽에서 다른 분이 손을 들더니 또 질문을 던지는 겁니다.

　"개미와 인간이 대화가 가능한가요?"

그 질문 또한 제가 한 번도 생각해 본 적 없는 문제였습니다. 강연이 다 끝난 뒤에 그분들에게 왜 이렇게 개미에 관심이 많은지 여쭤봤습니다. 그제야 베르나르 베르베르(Bernard Werber)의 소설《개미(Les Fourmis)》를 읽고서 소설에 나오는 내용이 진짜인지를 저한테 물었다는 걸 알게 되었지요.

프랑스 작가 베르나르 베르베르가 쓴 그 소설은 놀랍게도 프랑스하고 우리나라에서만 팔렸습니다. 두 나라를 제외하면 전 세계 어디서도 팔리지 않은 책입니다. 더 놀라운 것은 프랑스보다 우리나라에서 더 많이 팔렸다는 겁니다.

배달의 민족은 왜 이렇게 개미에 관심이 많은 것일까요? 잠정적으로 제가 내린 결론은 이렇습니다. 아마도 우리 민족이 가장 고귀하게 여기는 인간의 속성이 '근면함'이기 때문 아닐까요?

저는 주로 열대지방을 돌아다니며 연구를 하는데, 동남아시아나 남미에 가서 막 서두르면서 열심히 돌아다니면 사람들이 '쟤 왜 저래?' 하는 눈빛으로 저를 쳐다봅니다. 대한민국 사람들은 딴 것은 어느 정도 참아줘도 게

으른 것만큼은 못 참습니다. 모든 일을 빨리빨리, 열심히 근면하게 해야 합니다. 그런 우리 민족에게 개미는 근면함의 상징이고, 그래서 개미를 모아놓았다고 하면 괜히 가서 보고 싶어지는 게 아닌가 생각합니다.

그때 전시했던 개미들 중에서 가장 화제가 되었던 것이 '호주푸른베짜기개미'입니다. 이 개미는 땅속에 집을 짓고 생활하는 대부분의 개미와 달리 나무 위에 둥지를 짓고 삽니다. 멀리 있는 나뭇잎을 서로의 몸을 연결하며 끌어당겨 간격을 좁히고 그 잎들을 엮어 하나의 둥지를 완성하는 모습이 마치 베를 짜는 작업과 같아서 '베짜기개미'라고 부릅니다.

아주 가는 여성의 허리를 '개미허리'라고 하잖아요. 수십 마리의 베짜기개미가 뒤의 놈이 앞의 놈 허리를 물고, 그놈의 허리를 또 뒤의 놈이 물고, 그 허리를 또 그 뒤의 놈이 물고 하는 형태로 서로를 고정시킨 다음에 이파리를 끌어당깁니다.

두 이파리를 가까이 갖다 붙이고 나면 다른 개미가 애벌레 한 마리를 물고 나타납니다. 개미 애벌레가 고치를 틀려면 명주실을 분비해야 하거든요. 모시나 베를 삼을

313

때 베틀이 왔다 갔다 하는 것처럼 양쪽을 왔다 갔다 하면서 그 잎들을 엮어 방을 만들고 그 안에 들어가서 삽니다. 개미 중에서도 가장 잘 조율된 협동을 보여주는 개미입니다.

'꿀단지개미'라는 개미가 있습니다. 사막에 사는 개미인데, 이 개미는 곤충이나 식물로부터 채취한 꿀을 저장해 놓았다가 나중에 어려울 때 꺼내 먹습니다. 그런데 문제는 꿀단지개미들이 아직 도자기 산업을 개발하지 못했다는 겁니다. 꿀을 저장할 수 있는 단지가 없어요. 그래서 살아 있는 꿀단지를 만듭니다.

일개미 몇 마리가 개미굴 천장에 올라가서 입으로 천장을 물고 있으면, 그 벌어진 틈으로 일개미 동료들이 계속 꿀을 갖다 넣어줍니다. 그러면 그 일개미의 배가 한 100배 정도로 커져요. 그런 상태로 몇 달간 매달려 있습니다. 그러다 배고픈 동료들이 오면 거꾸로 매달린 자세에서 꿀을 게워 내어 먹여줍니다. 어마어마한 희생정신이라 할 수 있겠지요.

하버드 대학교에서 공부하던 시절에 저희가 기르던 꿀단지개미를 대상으로 다섯 개의 꿀단지를 빼냈을 때 누가 올라가는지 관찰하는 실험을 했습니다. 개미는 굉장히 잘 조율된 '규모의 경제'를 가지고 있는 동물입니다. 꿀단지 다섯 개를 빼내면 균형이 깨지기 때문에, 다른 일개미 다섯 마리가 올라가서 그 빈자리를 채워야 합니다. 저희는 개미가 보충되는 과정이 차출제인지, 자원제인지를 관찰하고자 한 것입니다.

지도자가 올라갈 개미를 정해주면 '얘는 안 하고 왜 나만?' 할 텐데, 아니나 다를까 관찰해 보니 '자원제'였습니다. 왜 나만 희생해야 하느냐고 불평하는 개미가 없다는 것이지요. 개미의 이러한 자발적인 희생정신이 개미 사회를 막강하게 만드는 겁니다.

공생을 중심으로
다시 쓰는
생태학

이 세상에 개미가 몇 마리나 있을까요? 실제로 개미의 개체 수를 표본 추출 방식으로 헤아려본 학자가 있습니다. 단위 면적당 개미의 수를 계산한 뒤, 그걸 표본으로 지구 전체 면적을 곱한 것입니다. 그렇게 계산하면 10의 16제곱, 즉 1경 마리쯤 된다고 합니다. 잘 가늠되지 않는다고요? 1 뒤에 0을 16번 그려 넣으면 됩니다.

놀이터에 거대한 시소가 있다고 가정해 봅시다. 그 시소 한쪽에는 이 세상에 있는 개미들 1경 마리가 다 올라타기로 합시다. 바글바글 다 올라탔어요. 그 반대쪽에는 지구상에 있는 80억 인구가 다 올라타는 겁니다. 시소는 어느 쪽으로 내려갈까요? 개미 쪽으로 내려갑니다.

개미 한 마리를 저울에 재면 5밀리그램 정도 됩니다.

인간의 평균 체중을 60킬로그램이라고 하고 계산해 봅시다. 지구상 인간의 총무게＝60kg×80억, 개미의 총무게＝5mg×10의 16제곱. 계산해 보면 개미가 더 무겁습니다.

개미 한 마리는 힘이 없습니다. 다 해보셨지요? 손톱으로 살짝 누르기만 해도 죽어요. 개미 한 마리는 미물입니다. 그런데 그 개미들이 뭉치면 어마어마한 숫자이기 때문에, 이 세상에 개미만큼 성공한 동물이 없다는 겁니다. 그 성공의 비결은 바로 협동과 희생입니다.

그걸 가장 극적으로 보여주는 개미가 있습니다. 산에서 나무 해 오는 사람을 '나무꾼'이라고 하지요? 이 개미들은 나무 대신 이파리를 끊어서 입에 물고 옵니다. 그래서 제가 '잎꾼개미'라고 이름 붙였습니다.

중남미 열대에 가면 쉽게 볼 수 있는데, 한두 마리가 아니라 수천 마리가 이파리를 물고 집으로 행진합니다. 집에 오면 그 이파리를 잘게 썰어서 그걸 거름 삼아 지하에서 버섯을 키웁니다. 지구 최초의 농사꾼이라 할 수 있지요.

인간이 25만 년 역사 중에 농사를 지은 건 최근 1만 년밖에 되지 않습니다. 그런데 그 버섯의 DNA를 추출해서 얼마나 오랫동안 개미의 농장에서 경작되었는지를 분석했더니, 무려 6,500만 년이라는 계산이 나왔습니다. 그러니까 잎꾼개미는 6,500만 년 동안 농사를 지어온 동물인 겁니다. 농사에 관한 한 대선배님이라 할 수 있지요. 잎꾼개미 한 군락이 파 엎는 흙의 양을 무게로 따지면 44톤쯤 된다고 합니다. 어마어마하지요? 이 개미도 국립생태원에서 전시를 진행했습니다.

저는 생태학이라는 학문의 교과서를 새로 쓰고 싶습니다. 자연계의 두 종 간의 관계에서 두 종에 다 이득이 되는 것을 상리공생(mutualism)이라고 합니다. 악어와 악어새의 관계 같은 것이겠지요. 그런가 하면 두 종이 서로 손해 볼 수 있는 관계가 경쟁(competition)입니다. 혼자 있으면 다 먹어 치울 텐데 비리비리한 경쟁자라도 있으면 그걸 나눠야 하니까 손해 보는 관계인 것이지요. 한쪽은 무조건 이득을 보는데 한쪽은 손해를 보는 관계도 있습니다. 잡아먹고 잡아먹히는 포식/피식 또는 피를 빨고 빨리는 기생, 이런 관계들이 여기에 해당합니다.

자연계 종간의 관계는 이 세 가지로 설명이 끝납니다. 서로 돕거나, 서로 손해 보거나, 한쪽만 이익 보거나. 저

또한 이렇게 배웠고, 20년 넘게 이렇게 가르쳤습니다. 그런데 몇 년 전부터 수업 시간에 가르치다 말고 제가 자꾸 머뭇거리게 되는 겁니다.

악어새는 왜 저런 짓을 하고 살까요? 아니, 얼마나 머리가 나쁘면 새가 악어 입속으로 기어들어 갑니까? 어느 날 악어가 진짜로 배가 고프면, 입 딱 다물어 버리면 되잖아요. 그러면 그날 요기는 해결할 수 있겠지요. 하지만 계속 그러다간 입안에 들어와서 구강 청소를 해주는 새가 없어질 테고, 그러면 구강암으로 죽을지도 모릅니다.

긴 역사를 통해서 잡아먹지 않고 입을 벌려주고 청소를 받는 것이 악어에게 훨씬 유리했기 때문에 그 관계가 유지되었던 것입니다. 사실 이 모든 것은 바깥에 경쟁자가 많기 때문에 벌어진 일입니다. 바깥에 한정된 먹이를 두고 싸우는 경쟁자가 많지 않았다면, 밖에 있는 것을 먹지 굳이 악어 입으로 들어가지는 않았을 것입니다. 결국 이 모든 관계는 경쟁으로부터 시작되는 것입니다.

제가 지금 쓰고자 하는 생태학 교과서의 자연계 종간 관계도는 경쟁이 아래에 놓이고, 포식과 공생이 그 위로 올라오는 것입니다.

손잡지 않고
살아남은 생명은
없다

저는 찰스 다윈(Charles Robert Darwin, 1809~1882)을 오랫동안 연구한 사람인데요. 다윈 하면 사람들은 적자생존이라는 말을 먼저 떠올립니다. 적자생존(適者生存), 영어로는 'Survival of the Fittest'입니다.

사실 다윈은 적자생존이라는 용어를 원래 그의 저서를 통해 말한 적이 없습니다. 이는 영국의 사회학자 허버트 스펜서(Herbert Spencer, 1820~1903)가 다윈을 널리 알리려고 한 말입니다. 그런데 다윈이 들어보니까 좋더라는 거예요. 그래서 본인의 책에도 쓰기 시작한 것입니다.

저는 이것이 다윈의 치명적인 실수 중 하나라고 생각합니다. 다윈이 생존 투쟁을 강조한 건 분명합니다. 자연계에 자원은 한정되어 있는데, 그 자원을 원하는 존재들이 많다 보니 경쟁을 안 할 수는 없습니다. 경쟁이 불가피한 일이기는 합니다만, 경쟁에서 이기는 방법으로 무조건 상대를 죽이거나 남의 피를 빨아야만 한다고 다윈이 설명한 것은 아닙니다. 굉장히 다양한 방법을 설명했는데 이상하게 우리들은 다윈의 이론을 그냥 무한 경쟁, '남을 깔아뭉개야만 내가 산다' 이것으로만 이해합니다.

다윈의 진화주의는 철저하게 '상대성'에 근거하고 있습니다. 모든 것이 최고의 경지에 올라야 살 수 있다는 것이 아니라 그저 상대보다 조금만 나으면 멸종하지 않고 살 수 있다는 말입니다. 남들보다 탁월하게 뛰어나다 해도 지구에 운석이 와서 부딪치면 다 죽습니다. 그래서 스펜서의 말을 가져다 쓸 때 최상급이 아니라 비교급 'Survival of the Fitter'로 썼으면 더 좋았을 텐데 하는 생각이 드는 것입니다.

제가 학자로서 평생 품고 있는 질문이 이겁니다. 왜 우리는 모든 걸 경쟁으로만 평가해야 할까요? 저 같은 생물학자에게 자연계에서 가장 훌륭한 성공 사례가 뭐냐고 물으면, 10명 중 9명은 꽃가루를 날라주고 그 대가로 꿀을 받는 '벌과 꽃'의 관계를 얘기합니다.

자연계에서 무게로 가장 성공한 생물은 꽃을 피우는 현화식물입니다. 이 세상 동물들의 무게를 다 합쳐도 식물 전체의 무게에 비하면 그야말로 조족지혈입니다. 동물인 우리는 나무를 베며 식물보다 자기가 더 세다고 생각하지만, 누가 뭐래도 지구는 식물의 행성입니다. 동물들이 까부는 걸 식물들이 참아주고 있는 것뿐이지요. 그렇다면 자연계에서 숫자로 가장 성공한 생물은 무엇일까요? 바로 곤충입니다.

  지구 생태계에서 무게와 수로 가장 막강한 이 두 생물 집단은 어떻게 여기까지 올 수 있었을까요? 진화의 역사에서 어느 순간에 곤충과 현화식물은 꽃가루받이라는 공생 관계를 만들면서 양쪽이 폭발적으로 증가하기 시작했습니다. 이렇듯 자연계의 가장 기가 막힌 성공 사례 하나만 보아도, 경쟁에서 이기는 방법이 무조건 서로 물고 뜯으며 상대를 제거하는 게 아니라 누군가와 손을 잡는 것임을 알 수 있습니다.

  자연계의 모든 동식물을 다 뒤져보면 손을 잡지 않고 살아남은 동식물은 없습니다. 꽃과 벌, 개미와 진딧물, 과일과 먼 곳에 가서 그 씨를 배설해 주는 동물처럼 살아남은 모든 생물들은 짝이 있습니다. 손을 잡고 있습니다. 자연계의 가장 위대한 성공이 손잡은 것인데, 왜 우리는 이 사실을 뻔히 알면서 별로 중요하지 않다고 하며 무조건 남을 어떻게든 해치고 갈아엎어야 내가 살아남는다고 생각하는 걸까요?

자연계에서는 인간을 비롯하여 많은 동식물이 네트워크를 형성하고 삽니다. 식탁에 올라오는, 그러니까 우리가 먹고 사는 생물종을 합치면 모두 5천 종이 된다고 합니다. 그리고 우리를 먹고 사는 놈들이 1천 종 정도 있습니다. 거기에는 모기도 포함되어 있겠지요. 6천 종이나 되는 어마어마한 숫자의 동식물들이 우리와 공생하는 것입니다. 우리는 혼자 사는 동물이 아닙니다. 그렇다면 무차별적으로 경쟁하기보다는 적절한 관계를 유지하며 사는 공생이 더 큰 힘을 발휘하는 것 아닐까요?

혼자만

잘 살면

무슨 재민겨

저는 지난 몇 년간 경쟁(competition)과 협력(cooperation)의 합성어인 '코아피티션(coopetition)'에 대해 많은 연구를 하고 있습니다. 경쟁적 협력, 즉 경협(競協)이라고도 하는데요. 무작정 경쟁하는 것이 능사가 아니고, 실은 경쟁에서 이기기 위해 협력하는 것이잖아요.

힘이 비등한 나귀 두 마리가 있다고 칩시다. 건초를 서로 먹겠다고 잡아당기면 둘 다 오랫동안 먹을 수 없을 겁니다. 저는 자연계에서 가장 그렇게 행동하는 동물이 인간 같습니다. 조금만 생각하면 함께 살아갈 방법이 있는데, 악착같이 내가 먼저 먹으려고 하다가 오히려 상황을 더 힘들게 만드는 일들을 끊임없이 하고 있으니까요. 두 마리 나귀 중 한 놈이 먼저 "야, 이쪽 거 먼저 먹고 저쪽

거 먹자"고 하면 해결되는 일입니다.

제가 좋아하는 책 중에 전우익 선생님이 쓰신《혼자만 잘 살믄 무슨 재민겨》라는 책이 있어요. 혼자만 잘 살면 재미없잖아요. 함께 살아가고자 하는 마음이 우리 안에 있는데, 사회 구조가 우리로 하여금 남을 밟아야만 이길 수 있다고 강요하는 것은 잘못된 겁니다.

제가 중남미 열대에서 아즈텍 개미를 연구할 때 세크 로피아 나무에 들어와 있는 여왕개미들을 꺼내서 등에 점을 찍어 식별 표시를 했습니다. 누가 누군지 다 파악한 다음 내시경으로 나무 안을 들여다보면서 어느 여왕이 어느 여왕과 무엇을 하는지 연구했습니다.

여왕개미 네 마리가 동맹을 맺고 같이 일개미를 키우 고 있지만, 언젠가는 서로 싸워서 한 마리만 살아남을 수 있습니다. 그런데 여기서 한 가지 생각해 볼 문제가 있어 요. 자식 낳는 일을 너무 열심히 하면 기진맥진해서 나중 에 다른 여왕들한테 죽임을 당할 가능성이 높아진다는 겁니다. 그러면 얌체가 나타날 수 있지 않을까요? 알 낳 는 척하면서 안 낳고 몸보신만 하다가 다른 여왕개미들 이 더 많이 알을 낳게 한 뒤에 그들이 약해진 틈을 타 물

어 죽이고 최후의 승자가 되는 얌체 같은 여왕개미 말이
지요.

그런데 문제는 그런 얌체 없이 여왕개미 네 마리가 다
열심히 하는 옆집이 있다면 그 집의 일개미 숫자가 더 많
아서 그 집한테 우리 집이 밀릴 수밖에 없다는 겁니다.
여왕개미들은 그런 딜레마를 안고 있는 겁니다. 열심히
알을 낳아 키우고 싶은데 그랬다가는 내가 여왕이 되지
못할 것 같고, 그렇다고 얌체같이 굴었다가는 우리 집이
망할 것 같고.

제가 여왕개미들을 살펴보니 배들이 다 뚱뚱해요. 알
을 낳을 때가 다가온 것입니다. 실제로 알을 낳는 걸 확
인해야 논문을 쓸 수 있는데, 하루 종일 내시경을 들여다
봐도 알을 하나도 낳지 않는 때도 있어요. 연구가 불가능
한 것이지요. 그때 같이 연구하는 동료가 기가 막힌 아이
디어를 냈어요.

세크로피아 나무가 만들어주는 먹이를 각기 다른 네 가
지 색으로 여왕개미들에게 먹였습니다. 그랬더니 그 색깔
대로 알을 낳더라고요. 다 낳은 뒤에 알 숫자를 세어봤더
니 네 마리가 다 열심히 알을 낳은 걸 확인할 수 있었습니

다. 얌체 짓 하지 않고 최선을 다해서 자기 왕국이 이기도록 노력하고, 승리한 다음에 싸움을 벌이는 거지요.

이 여왕개미들이 같이 자식을 기를 때는 정말 친합니다. 내 근육을 녹여서 같이 새끼를 먹이는 것이거든요. 그런데 다 자란 일개미들이 먹이를 가지고 들어오기 시작하면 그다음부터는 눈빛이 달라집니다. 어제까지는 좋은 동료였지만, 이제는 일개미들이 가져온 먹이를 축내는 기생충 같은 존재가 된 겁니다. "얘, 왜 밥을 축내는 거야?" 하면서 서로 물어뜯기 시작합니다. 잠시 딴 데 보는 것 같다가 휙 쳐들어와서 목을 딱 끊어낸 뒤 바깥으로 던집니다. 피비린내 나는 싸움이 벌어지고, 딱 한 마리가 살아남습니다.

어쩌면 우리 삶도 마찬가지 아닐까요? 혼자서 성공해보겠다고 주변의 모든 사람을 다 제거하면 과연 그 사람이 가장 성공하고 가장 행복할까요?

지금 회사에 다니시는 분들 중에 '다음번 인사 때 저놈만 없으면 내가 과장이 될 것 같은데' 하면서 그 사람이 저쪽 쳐다볼 때 쓱 해치운 뒤 '오케이, 한 놈 죽였어' 하고, '보니까 쟤도 좀 위험해. 저걸 없애야 내가 과장이 되겠어' 하면서 사는 사람은 없잖아요.

우리는 평소에 서로 손잡고 일합니다. 열심히 돕고 같이 삽니다. 그러면서도 우리 마음속으로는 내가 과장이 되고 싶은 거죠. 내가 가장 성공하고 싶은 거죠. 끝까지 돕기보다는 도울 만큼 도우면서 그래도 내가 조금 더 나아지고 싶은 겁니다.

어떻게 보면 우리도 그러고 사는 거 아니겠어요? 우리 인생 또한 경쟁과 협력을 어떻게 잘 조율하느냐에 달려 있는 것 같아요. 혼자서만 성공할 수 있는 것은 분명히 아닐 겁니다.

그런데 지금 대한민국 사회는 너무 지나치게 경쟁만 강조하고 남을 배려할 줄 모릅니다. 이렇게 하다 보면 개인은 잠시 성공할지 모르지만 대한민국이라는 전체 국가는 경쟁력을 잃게 될 겁니다. 특히 저는 젊은 친구들에게 이렇게 말하고 싶어요.

내가 성적을 제일 잘 받아야 하고 내가 제일 좋은 대학에 가야 하는 건 맞는 얘기겠지만, 그럴더라도 그 과정 속에서 나만 생각하는 게 아니라 나를 포함해서 내 주변이 함께 성공해야 결국은 나도 성공한다는 것을 생각하면서, 서로 손을 잡고 가는 방법을 이제부터라도 터득하면 좋겠습니다.

오래전에 들은 이야기입니다. 백인 교사가 인디언 보호구역의 학교에 부임했습니다. "오늘은 시험 보는 날이다"라고 했더니 인디언 아이들이 전부 같이 모여 앉더라는 거예요.

"야, 이 녀석들아. 시험 보는 날이야. 다 떨어져 앉아." 그랬더니 아이들이 전부 "어, 아닌데요?"라고 하는 겁니다. 그래서 "아니, 시험인데 서로 보고 쓰는 놈이 어딨어. 다 떨어져 앉아"라고 하자 인디언 아이들이 이렇게 말하더랍니다.

"우리는 어려운 문제는 함께 풀라고 배웠는데요."

대학 졸업하고 회사에 취직하여 사회에 나오면 혼자 일하는 사람은 거의 없습니다. 함께 일합니다. 그런데 왜 우리는 대학 과정까지 무조건 혼자 성적을 받게끔 가르쳐야 하는 겁니까?

저는 이해할 수 없습니다. 우리가 지금 이상한 교육을 하고 있다는 생각이 듭니다. 그래서 저는 대학에서 벌써 십몇 년 동안 시험을 보지 않고 항상 함께 일해서 같이 점수를 잘 받게 하는 훈련을 시킵니다. 코아피티션, 경쟁적 협력에 맞는 그런 사회를 우리가 함께 꾸려나가면 좋겠다는 말씀을 드리는 겁니다.

지금 우리에게
필요한 건
생태적 삶의
전환

코로나19로 인해 2020년부터 지금까지 전 세계에서 700만 명 이상이 사망했습니다. 생물학을 하는 저 같은 사람한테는 이게 얼마나 어처구니없는 일인지 모릅니다. 바이러스는 엄밀한 의미에서 생물이 아닙니다. 스스로 생명 현상을 영위할 수 있는 능력이 없으니까요. 번식도 DNA 복제가 아닌 숙주 세포를 통해서 합니다.

바이러스는 표면에 삐죽삐죽한 돌기 형태의 스파이크 단백질(spike protein)이 붙어 있는데, 그걸 가지고 세포막과 결합하면서 구멍을 내고 그 안으로 파고들어 갑니다. 그 세포의 유전체(genome)에 슬금슬금 침투해서 거기 앉아 있다가 세포가 복제할 때 슬쩍 같이 복제당하는 겁니다. 막말로 유전자 쪼가리에 불과한 거죠.

만물의 영장이라고 거들먹거리는 인간이 유전자 쪼가리밖에 안 되는 바이러스한테 이렇게 처참하게 당해야 하나 생각하면 정말 한심하기 그지없습니다. 게다가 바이러스에 당한 게 이번이 처음도 아닙니다. 21세기에 들어와서 우리나라에서만 벌써 세 번째입니다. 2002년부터 2003년까지 사스(SARS, 중증급성호흡기증후군)를, 2015년에 메르스(MERS, 중동호흡기증후군)를 겪었습니다. 그리고 코로나19를 겪었는데, 이상한 것은 세 번 다 박쥐로부터 바이러스가 왔다는 겁니다.

박쥐를
위한
변호

사실 우리 주변에 박쥐를 좋아하는 사람은 별로 없습니다. 여기서 다시 또 이솝 할아버지를 소환하게 됩니다. 이솝 우화에서 박쥐는 날짐승과 길짐승이 전쟁을 하는데 이쪽에 붙었다 저쪽에 붙었다 하는 후안무치의 상징으로 그려져 있습니다. 새끼를 낳아서 기르는 걸 보니 포유동물 같은데 왜 자꾸 날아다니냐 해서 그렇게 쓰신 것 같아요.

게다가 여러분은 저처럼 열대 정글에서 박쥐를 만난게 아니라 영화나 소설을 통해 박쥐를 만났을 겁니다. 아일랜드 작가 브램 스토커(Bram Stoker)가 쓴 소설 《드라큘라(Dracula)》를 보면 드라큘라 백작이 밤에 박쥐로 변해서 피를 빨아 먹으러 밖으로 나갑니다. 그래서 박쥐에 대해 잘 모르는 분들은 박쥐가 사람의 피를 빨아먹고 산다고 생각해요.

소설《드라큘라》때문에 박쥐라는 동물이 음산하고 징그러운 이미지를 얻었지만 사실은 그렇지 않습니다. 지금까지 전 세계 생물학자들이 박쥐를 1,400여 종 발견했는데, 그중에 피를 빨아먹는 흡혈박쥐(vampire bat)는 단 세 종뿐입니다. 나머지 종들은 모두 꽃에서 꿀 빨아먹고 열매 먹고 모기 잡아주는, 소중하고 귀여운 털복숭이들입니다.

시인 나태주 선생님이 그러셨잖아요. '자세히 보아야 예쁘다'고. 제가 한때 코스타리카의 파나마 열대우림에서 박쥐를 연구한 적이 있는데, 박쥐를 가까이에서 보면 정말 예쁩니다. 그런데 요즘 저의 마음을 아프게 하는 일들이 벌어지고 있어요. 코로나바이러스는 이미 박쥐를 떠나 인간에게 와서 우리끼리 주고받고 있는데, 열대지방 몇몇 나라에서는 뒤늦게 박쥐 동굴 소탕 작전을 벌이고 있다고 합니다. 박쥐의 거점을 아예 말살해 버리려는 것을 보면 너무 안타까워요.

제가 동물학자로 평생을 살며 만난 동물 중에서 객관적으로 가장 예쁘다고 생각하는 동물이 바로 박쥐입니다. 중남미 열대 지역을 돌아다닐 때 종종 만난 '온두라스흰박쥐'가 그렇게 예뻤습니다. 그 박쥐는 나무 열매를 주로 먹고, 바나나처럼 커다란 이파리 잎맥을 물어뜯어서 텐트를 만들고 살아요. 그래서 '텐트 박쥐(tent-making bats)'라 부릅니다.

이 박쥐는 왜 이파리로 텐트를 만드는 걸까요? 열대 정글에는 하루에도 대여섯 차례 장대비가 쏟아집니다. 비가 오면 동굴로 피신해야 하는데, 막 날아서 동굴 입구에 거의 다 왔을 때쯤 비가 그쳐요. '비가 그쳤네' 하고 과일이 열린 나무까지 가면 또 비가 내립니다. 그렇게 왔다 갔다 하다가 커다란 잎을 변형해서 그걸로 텐트를 만들고 그 밑에서 비를 피하게 된 겁니다.

어쩌다가 박쥐를 연구하는 사람들 중에서 제가 상당히 유명한 사람이 되었습니다. 제가 '텐트 박쥐'에 대한 논문을 제법 썼거든요. 십몇 년 전에는 박쥐를 연구하는 학회에 기조 강연자로 초대받기도 했습니다. 거기서 재밌는 일이 벌어졌는데, 사회자가 제 이력을 소개하다 말고 이렇게 말하는 겁니다.

"이분은 박쥐 논문보다 곤충 논문을 더 많이 쓰셨네요."

어이가 없더라고요. 그래서 제가 마이크를 잡은 다음에 이렇게 말했습니다.

"저 곤충학자입니다. 박쥐는 부업으로 하고 있어요."

그랬더니 다들 웃으시더라고요. 박쥐 연구는 진짜 부업이었거든요. 열대에서 연구할 때, 저는 주로 쓰러져 썩어가는 나무를 뒤지는 사람이었어요. 나무가 썩으면 생기는 껍질과 목질 사이의 틈새를 뛰어다니는 곤충을 연구했거든요. 그래서 정글 바닥을 기어야 했어요. 이거 뜯어내고 저거 파헤치고 이래야 하는데, 한참 기다 보면 허리가 아픕니다. 그래서 허리를 펴면, 머리 위에 박쥐가 보이는 겁니다.

'쟤 뭐지?' 하다가 한두 번 발견한 후에는 정기적인 허리 운동을 한 거죠. 허리가 아프지 않더라도 박쥐를 연구하기 위해 거의 5분 간격으로 일어났어요. 굉장히 다양한 형태의 텐트들을 발견했고, 그걸 논문으로 썼더니 '텐트 박쥐'에 대해서는 전문가가 되어버렸습니다.

그래도 여전히 박쥐가 찜찜하신 분들 계실 겁니다. 여러분 중에도 저와 체질이 비슷한 사람이 있을 텐데, 저는 봄만 되면 꽃가루 알레르기 때문에 엄청 고생합니다. 재채기하고 콧물 흘리고… 꽃가루가 조금만 날려도 정신을 못 차립니다. 그런데 어떻게 생각하면 그런 자신이 참 한심해요. 꽃가루가 몸에 좀 들어온다고 죽을병 걸리는 것도 아닌데, 왜 제 몸은 그렇게 예민하게 반응하는 걸까요?

꽃가루 좀 들어온다고 콧속에서부터 물 대청소를 합니다. 막 끼었으니까 이게 콧물로 줄줄 내려와요. 미국에 살 때는 더 심했어요. 미국에 있는 식물들이 저를 특별히 괴롭히더라고요. 어떤 날은 큰 티슈 박스 하나를 다 쓰기도 했습니다. 어쨌든 제가 얻은 결론은 '인간은 참 신경질적인 동물이다'라는 겁니다.

모름지기 생물이라면 누구나 다 '면역계'를 가지고 있습니다. 외부로부터 들어오는 이물질을 아무 거리낌 없이 무사통과시키는 것은 생물로서 할 짓이 아닙니다. 세포막과 피부를 가지고 있다는 것은 외부로부터 들어오는 물질을 일단 막는 방향으로 진화한 결과입니다. 그런데 박쥐의 면역계를 검사해 보니, 외부로부터 들어오는 이물질을 인식하고 방어하는 메커니즘에 관여하는 유전자의 개수가 인간에 비해 훨씬 적었습니다. 다시 말해, 박쥐는 신경질적인 우리만큼 예민한 면역계를 갖고 있지 않다는 겁니다.

인간은 얼마나 예민한지, 자기가 자기한테 반응해서 병이 되기도 해요. 자가면역질환(autoimmune disease)이 그렇습니다. 에이즈도 그런 현상으로 나타나는 병이고요. 얼마나 지랄맞으면 자신의 신체 조직을 외부 침입자로 인식해서 막 공격하겠어요. 박쥐는 느슨한 면역계를 가지고 있습니다. 웬만한 건 들락거려도 '에이, 그냥 놔둬. 들어왔다가 나가겠지' 합니다. 그러니 자기가 바이러스를 갖고 있는 줄도 모르는 상태로 다른 야생동물을 만나서 바이러스를 전파하는 겁니다.

인간이 직접 박쥐로부터 바이러스를 받은 사례는 거의 없습니다. 사스는 사향고양이를 통해서, 메르스는 낙타를 통해서 왔어요. 코로나는 파충류처럼 생긴 포유동물 천산갑을 통해서 왔다고 알려졌고요. 물론 박쥐에게 혐의가 전혀 없는 건 아니지만, 박쥐가 인간에게 바이러스를 주고 싶어서 준 건 아니라는 말씀을 드리고 싶습니다.

코로나바이러스의

배후에는

기후변화가 있다

　최근 발생한 바이러스 유행병의 근원이 종종 박쥐인 것은 어디까지나 확률의 문제입니다. 이 세상 포유류의 절반이 쥐이고, 그 나머지의 거의 절반이 박쥐입니다. 박쥐가 특별히 더러운 것이 아니라 수가 많아서 이런 일이 벌어진 겁니다. 온대와 열대에 서식하는 포유동물의 종 수를 비교할 때 박쥐를 빼고 계산하면 거의 비슷해요. 그런데 박쥐를 포함하면 열대의 종수가 압도적으로 커집니다.

　세계적으로 박쥐가 1,400여 종 된다고 말씀드렸는데, 압도적으로 많은 박쥐들이 열대에 삽니다. 그러니까 박쥐는 기본적으로 열대 포유동물입니다. 그런데 기후변화로 인해 지구온난화가 일어나다 보니 온대지방의 기온이 자꾸 올라가고 있어요. 그래서 박쥐들이 '여기도 살 만하네' 하면서 슬금슬금 온대지방으로 옮겨 오기 시작했습니다. 박쥐의 분포가 날이 갈수록 넓어지고 있어요.

케임브리지대 연구진이 100년 동안 모든 연구에서 나타난 박쥐의 분포 변화를 빅 데이터 분석 해보았더니 열대 바깥, 즉 아열대나 온대 지방에 박쥐의 생물다양성 거점 지역(biodiversity hotspot)들이 생겨난 것을 확인할 수 있었습니다. 그중에서 가장 대표적인 곳이 중국 남부 지역입니다.

지난 100년 동안 열대 박쥐 무려 40여 종이 중국 남부 지역으로 이주했습니다. 그런데 박쥐 한 종을 조사해 보면 대개 코로나바이러스를 두세 가지 이상 달고 삽니다. 40종 곱하기 2 하면 80종이고, 40종 곱하기 3 하면 120종이잖아요. 어림잡아 한 100종류의 새로운 코로나바이러스가 지난 100년 동안 중국 남부로 유입되었고, 그중 한 바이러스가 이번에 우리를 곤경에 빠뜨린 것입니다. 그 바이러스들 중 다른 바이러스가 또 호시탐탐 우리를 노릴 겁니다. 앞으로 이런 일이 자꾸 벌어질까 봐 저는 걱정이 많습니다.

기후변화뿐 아니라 생물다양성의 문제가 무척 심각합니다. 사실 저는 이번 사태의 직접적인 원인은 '생물다양성의 불균형'에 있다고 생각합니다. 경영 쪽에 관심이 있는 분이면 '블루오션'이라는 용어를 들어보셨을 거예요. 프랑스 인시아드 경영대학원에 계시는 김위찬 교수님이 만들어낸 용어인데요. 쉽게 설명하면, 새로 열려서 아직은 경쟁자가 별로 없고 기가 막히게 호황을 이룰 수 있는 시장을 블루오션이라고 합니다.

그런데 가만히 관찰해 보니, 바이러스 입장에서 보면 지금이 블루오션입니다. 바이러스 역사상 이런 초호황은 일찍이 없었습니다. 바이러스는 아마 장사가 너무 잘되어서 표정 관리하느라 힘들 겁니다. 구체적으로 한번 이야기해 볼까요?

현생 인류인 호모 사피엔스가 지구에 탄생한 건 25만 년 전입니다. 그 25만 년 중 거의 전 기간 동안 진짜 하찮은 존재로 살았습니다. 1만 년 전 농경을 시작하기 전까지는 아프리카 초원에서 하이에나 피해 다니고 사자한테 잡아먹힐까 봐 도망 다니던 존재였습니다. 그러다 농경을 하면서 갑자기 폭발적으로 숫자가 늘어나고 성공 가도를 달리기 시작한 동물이 바로 호모 사피엔스예요.

그래서 생물학자들이 계산을 한번 해봤습니다. 농경을 하기 직전으로 돌아가서 호모 사피엔스의 생태적 존재감이 얼마나 되는지 계산해 본 겁니다. 호모 사피엔스와 호모 사피엔스가 기르던 동물의 무게까지 쟀어요.

DNA 조사를 해보니까 우리 인류가 개를 기르기 시작한 건 4만 년 전으로 거슬러 올라갑니다. 고양이를 기르기 시작한 건 3만 3천 년에서 3만 5천 년 전입니다. 농경을 시작한 게 기껏해야 1만 2천 년 전이니까, 농사짓기를 시작하기 훨씬 전부터 개와 고양이는 이미 데리고 다녔던 거지요.

호모 사피엔스의 무게에다 개와 고양이 무게를 다 더해 본들, 당시 지구에 살고 있던 포유동물과 조류의 총무게에서 호모 사피엔스가 차지하는 비율은 1%가 안 됐습니다. 그러니까 우리는 어디 있는지도 모를, 진짜 별 볼일 없는 존재였던 겁니다.

그런데 지난 1만여 년 동안 우리는 농업혁명, 산업혁명, 정보혁명, 로봇혁명, 별의별 혁명을 다 일으키면서 엄청나게 성공한 종이 되었습니다. 우리가 지구를 완전히 뒤덮었잖아요. 2025년 현재 그 계산을 다시 해보면 어떻게 될까요? 우선 인간 전체 무게를 다시 계산해야겠지요. 80억 명 인구의 무게에다 소, 돼지, 말, 오리, 양, 닭 등 인간이 기르고 있는 동물 무게를 다 합치는 겁니다.

놀랍게도 지금 이 순간 지구에 살고 있는 모든 포유동물과 조류의 무게 전체에서 인간과 인간이 기르는 동물이 차지하는 비율은 무려 96~99%나 되었습니다. 1% 미만이었던 우리가 1만 년 만에 우리를 제외한 나머지 야생동물을 1% 남짓으로 줄이고 완전히 지구를 점령한 것입니다.

여러분이 만약 야생동물 몸에 붙어살고 있는 바이러스나 박테리아라고 생각해 보세요. 집주인이 자꾸 사라지니 얼마나 불안하겠어요. 날이 갈수록 삶의 터전이 부족해지니, 세입자 입장에서는 이사를 가야겠다 싶을 겁니다. 그래서 이사 가기로 결심하고 튀어보면 거의 99%가 호모 사피엔스 아니면 호모 사피엔스가 기르는 동물입니다. 앞으로 또 코로나 팬데믹과 같은 일이 안 벌어지는 게 이상한 일 아닐까요?

생물다양성의 불균형이 너무나 극심합니다. 인간의 숫

자가 엄청나게 줄어들거나(근데 그건 너무 끔찍하죠?) 야생
동물들이 사는, 흔히 숲이라고 부르는 공간을 훨씬 더 넓
고 편안하게 만들어주지 않는 한, 그래서 생물다양성의
불균형을 어느 정도 바로잡아 주지 않는 한 앞으로 이런
일은 자꾸 벌어질 겁니다.

그래도 코로나 팬데믹은 운이 좋았던 편에 속합니다.
예전 같으면 백신 만드는 데 10년 내지 15년 걸렸을 텐
데, 1년이 채 안 되어서 백신을 만들고 팬데믹을 빠져나
왔으니까요. 그런데 이렇게 번번이 운이 좋을 수는 없습
니다. 다음에도 운이 좋아서 백신을 1년 안에 또 개발해
도 적어도 300만 명 정도는 또 죽을 겁니다.

그래서 저는 행동 백신, 생태 백신을 접종하자는 얘기
를 하고 있습니다. 손 잘 씻고 마스크 잘 쓰고 사회적 거
리두기 잘하는 것이 행동으로 감염병을 막을 수 있는 행
동 백신이고요, 나쁜 바이러스가 자연계에서 인간계로
건너오지 못하게 하는 것이 생태 백신입니다.

야생동물을 건드리지 않고 자연보호를 하면 됩니다.
박쥐, 사향고양이, 낙타, 천산갑이 먼저 우리에게 악수를
청할 리 없습니다. 때로는 자연을 보호하는 것이 개발하

는 것보다 훨씬 경제적입니다. 자연보호 잘하면 앞으로 이런 일 자체가 벌어질 리 없습니다.

생물학자 중 한 사람이 "인간은 영원히 마스크를 못 벗는다"라고 악담을 했습니다. 그러지 않으리라고 생각하지만, 코로나 팬데믹이 끝나고 다시 뭐가 또 올지 모른다는 걱정은 됩니다. 지금 기후변화와 생물다양성의 문제가 너무나도 심각하기 때문입니다.

기후 위기보다
더 심각한
생물다양성 위기

기후변화와 생물다양성은 떼려야 뗄 수 없는 관계입니다. 2019년 호주에서 거대한 산불이 일어났습니다. 위키피디아에 정리된 바에 따르면 18만 6천 제곱킬로미터 면적의 임야와 건물 5,900동이 소실되었습니다. 경제적 손실은 750억 달러에 이르는 것으로 추산됩니다. 기후변화로 인해 벌어진 산불이라는 걸 아무도 부인하지 못합니다. 그리고 그 산불로 인해 인간이 역사를 기록한 이래 가장 많은 야생동물이 희생당했습니다. 저는 어떤 의미에서는 기후변화보다도 생물다양성의 문제가 더 시급하다고 생각합니다.

지구온난화로 여러 가지 재앙을 겪고 있지만, 지구 온도가 한 2도 올라가도 막말로 인간은 실내에서 에어컨

틀어놓고 음식은 대충 시켜 먹으면서 버틸 수 있습니다. 문제는 저 바깥에 있는 애꿎은 동식물들입니다. 저들은 냉난방 기술을 갖고 있지 않아요. 하릴없이 사라질 겁니다. 생물다양성이 사라지는 와중에 과연 호모 사피엔스만 살아남을 수 있을까요? 저는 어렵다고 생각합니다.

저는 오히려 기후변화보다 생물다양성의 감소 문제가 어쩌면 더 시급한 문제이고 인류의 생존에 더 직접적 위협을 가할 것이라고 생각합니다. 어쩌면 정말 때가 온 게 아닌가 하는 생각이 들기 때문에 이렇게 힘주어 말씀드립니다.

코로나 팬데믹 때문에 전 세계가 엄청나게 힘들었지만, 바이러스는 절대로 인간을 멸종시키지 못합니다. 바이러스 감염으로 인구가 줄어들면, 저절로 사회적 거리두기가 형성되어 더 이상 죽이지 못해요. 막말로 대한민국 인구 5천만 중 한 2천만 정도만 죽고 나면, 나머지는 살아남습니다. 유럽에 흑사병이 퍼졌을 때도, 흑사병 세균은 유럽 인구의 3분의 1밖에 못 죽였습니다.

"3분의 1밖에라니요?"라고 하시는 분이 있을 겁니다. 어마어마한 사람이 죽었죠. 그러나 이렇게도 물을 수 있습니다. "3분의 2는 왜 안 죽었어요?" 3분의 2는 감염시키지 못해서 죽이지 못한 겁니다. 아무리 극심한 감염병이라도 우리 인간을 완벽하게 쓸어내지는 못합니다.

하지만 코로나19의 배후에 있는 기후변화와 생물다양성의 문제는 차원이 다릅니다. 이건 피할 곳이 없습니다. 우리 인류를 지구 표면에서 깡그리 쓸어낼지도 모르는 어마어마한 대재앙이 다가오고 있습니다. 어쩌면 코로나19 바이러스가 더 큰 재앙이 다가오고 있음을 우리에게 알려주고 있는 건지도 모르겠다는 생각이 듭니다.

지금 자연계에서는 사라지고 있는 동식물이 너무 많습니다. 아마존을 비롯해서 숲이 어마어마하게 사라지고 있습니다. 식물이 사라지면 그 식물에 기대고 사는 동물들이 연쇄 반응으로 사라질 수밖에 없습니다. 곤충이 사라지고 있습니다.

벌레가 좀 안 보이니까 사는 게 편안하다고 좋아하는 분도 계시더라고요. 남편은 귀농을 하고 싶어 하는데 벌레 많아서 안 가고 싶다고 하셨던 여성분들이 남편이 우겨서 한번 가봤다가 눌러앉으신다고 해요. 벌레가 생각만큼 없더랍니다. 이 정도면 살 만하다고 그분들은 좋아하시는데, 생물학자들은 걱정이 많습니다.

재미있게 본 드라마 중에 '응답하라' 시리즈가 있지요? 그 드라마 보면 더운 여름밤에 등장인물들이 골목에 있는 평상에 나와 앉아서 부채질하고 수박 잘라 먹는 장면이 나와요. 그런데 저는 그 장면을 보면서 빠진 걸 발견했습니다. '에이, 이걸 표현 못 하면 안 되지' 했어요. 가로등에 부딪히는 곤충이 없더라고요.

어렸을 때 골목길 평상에 앉아 있으면 타닥타닥 타닥타닥 하고 가로등에 곤충 부딪히는 소리가 들렸습니다. 그런데 요즘 가로등 근처에 곤충 나는 거 본 적 있으세요? 곤충이 사라졌습니다. 종수만 감소한 게 아니라 숫자 자체가 감소하고 있습니다. 새들이 봄에 새끼를 낳아서 기를 때, 반드시 곤충을 먹여야 합니다. 새끼들은 곤충의 단백질이 꼭 필요해요. 그런데 요즘은 곤충 찾기가 어려워서 부모 새들이 새끼 기르는 게 너무 힘듭니다.

제가 예전에 대학을 다닐 때, 생물학과 학생들은 지리산, 설악산 같은 데로 1년에 한두 번씩 채집 여행이라는 걸 갔습니다. 용산역이나 청량리역에 모여서 기차 타고 출발했어요. 도시에 살다 그런 데 가니 얼마나 좋았겠어요. 밤새 술 마시고 아침이면 교수님을 따라 산을 오르며 자연을 관찰했습니다.

밤이 되면 교수님이 우리가 묵고 있는 숙소 외벽에 흰 천을 걸고, 거기에 블랙라이트라고 부르는 UV 라이트를 걸어놓으십니다. 한 30분만 지나면 산에 있는 곤충들이 다 덤벼들어서 천이 온통 새까매집니다. 그러면 교수님이 그 앞에 서서 곤충 한 마리를 손에 잡고 설명해 주시고 저희는 거기 앉아서 들었어요.

그것이 채집 여행에서 가장 기억에 남는 장면인데요. 요즘 제가 학생들을 데리고 지리산에 가서 똑같은 일을 하면, 밤새도록 라이트를 켜놓아도 흰 천에 몇 점 찍히고 맙니다. 이렇게 어마어마하게 많은 곤충이 사라졌습니다. 곤충이 사라지고 나면 누가 다음 차례가 될까요? 아까 말씀드린 대로 새들이 사라지고, 작은 포유동물들이 사라집니다. 그렇게 먹이 사슬이 아래에서부터 차례로 무너지고 있습니다.

가장 심각한 문제 중 하나가 전 세계적으로 꿀벌이 사라지고 있다는 것입니다. 아인슈타인이 한 말이라고 하는데, 수소문해 보니 그런 기록은 없더라고요. 아인슈타인은 워낙 천재니까 이런 말도 했을 거라고 생각한 모양이에요. 아인슈타인이 이렇게 말했다고 전해집니다.

"꿀벌이 사라지고 나면 4년 만에 인간이 멸종한다."

굉장한 혜안입니다. 우리가 먹는 식량 농작물의 수분(受粉), 즉 꽃가루받이의 80%를 꿀벌이 담당하고 있습니다. 꿀벌이 사라지면 어마어마한 식량 대란이 벌어질 것입니다. 석유가 사라지면 나무를 때면 되지만, 먹을 게 없어지면 무슨 일이 벌어질까요? 옆집을 약탈해야 내 자식을 먹일 수 있습니다. 그렇게 되면 무지막지하게 서로 죽이고 죽는 일들이 마구 벌어질 겁니다.

꿀벌이 전 세계적으로 거의 절반이 사라졌습니다. 우리나라 사람들은 꿀벌보다 토종벌을 더 좋아하는데, 양봉에 이용되는 꿀벌은 아프리카에서 온 꿀벌로 아피스 멜리페라(Apis mellifera)라고 부르는 종이고, 토종벌은 동남아시아 꿀벌로 아피스 세라나(Apis cerana)라고 부르는 종입니다. 크게 다를 게 없는데 토종 벌꿀이 훨씬 더 비쌉니다. 그런데 지난 몇 년 동안 우리나라의 토종벌 95%가 사라졌습니다.

상황이 이렇다 보니까 먹이 사슬의 최상위권에 있는

동물들까지 위태로운 상태입니다. 북극곰은 먹을 게 없어서 북극곰인지, 북극개인지 알아볼 수 없을 정도로 야위어가고 있습니다. 너무나 많은 생물들이 멸종 위기에 놓였습니다.

제6의 대절멸이

다가오고

있다

    지구의 역사에는 거대한 대멸종 사건이 다섯 번 있었습니다. 가장 최근에 있었던 대멸종 사건은 6,600만 년 전의 일입니다. 거대한 운석이 멕시코 앞바다에 떨어졌고, 그게 먼지를 일으켜 태양을 가리면서 심각한 기후변화가 일어나 대멸종 사건이 발생했습니다.

    생물학자들은 지금 제6의 대절멸 사건이 벌어지고 있다고 확신하고 있습니다. 그런데 지난 다섯 번의 대절멸 사건과 지금 벌어지고 있는 대절멸 사건 사이에는 결정적인 차이가 하나 있습니다. 앞의 다섯 번은 모두 운석이 떨어지거나 화산이 폭발하는 등 천재지변으로 인해서 일어난 겁니다.

    그런데 지금의 대절멸 사건은 천재지변과는 아무 상관

없이 조용히 벌어지고 있습니다. 지구에서 거의 막둥이 격으로 태어난 호모 사피엔스라는 동물 때문에 벌어지고 있는 이 대절멸은 다 끝나면 역대 최대 규모가 될 것으로 전망합니다. 지구에 제일 늦게 도착한 존재인 호모 사피엔스가 우리의 조상님들을 무자비하게 없애고 있는 것입니다. 이건 정말 아니지 않나요?

저는 프란치스코 교황님을 너무너무 존경합니다. 살아계신 성인이라고 생각합니다. 2019년 11월 프란치스코 교황님은 '하느님, 다른 사람들, 공동체, 그리고 환경에 반하는 행동 또는 태만'을 '생태적 죄(ecological sin)'로 규정하고, 이를 천주교 교리에 포함한다고 선언하셨습니다. 다 같은 피조물 간의 연대 체계를 끊는 행위는 자연의 상호 의존성 원칙에 어긋나는 원죄라는 것이지요.

교황님의 설명을 정리해서 제가 짧게 옮겨보겠습니다. 저는 과학자라서 비슷하게 설명 못 하니까요.

이 세상 모든 것을 하느님이 만드셨다. 이 세상 모든 건 다 하느님의 피조물인데, 그 피조물들 중에 어떤 한 놈이 자기가 힘이 좀 세다고 옆에 있는 다른 피조물들을 괴롭히고 유린하고 죽이고 막 이러는 걸 하느님이 내려다보시면 좋아하시겠느냐. 그게 원죄가 아니면 도대체 무엇이 원죄냐.

정말 논리적인 말씀이라고 생각합니다. 저도 오래전부터 강연에서 이런 말을 많이 했거든요. 우리를 내려다보시면서 하느님이 얼마나 후회스러우실까. '내가 저놈들을 왜 만들었을까, 저것들만 안 만들었어도 지금 이 꼴은 아닐 텐데.' 그러니까 우리는 하느님에게 왜 만들었나 후회되는 자식인 겁니다.

그런데 프란치스코 교황님이 생태적 죄를 선언하시고 몇 달 안 돼서 코로나 팬데믹이 터졌습니다. 교황님은 큰 재앙이 다가오고 있다는 것을 느끼셨던 게 아닌가 하는 생각을 했습니다.

우리나라는 물론이고 전 세계적으로 공전의 히트를 친 책이 한 권 있습니다. 유발 하라리(Yuval Noah Harari)의 《사피엔스(Sapiens: A Brief History of Humankind)》입니다. 책 한 권으로 갑자기 석학이 되신 분인데, 유발 하라리 교수가 한국에 왔을 때 제가 대담을 했어요.

유발 하라리는 《사피엔스》에서 우리 인류에게 남은 시

간이 300~400년밖에 되지 않는다고 말한 바 있습니다. 그런데 저는 대담을 시작하자마자 "뭐 그렇게 길게 기다릴 것 있느냐, 이번 세기 안에 끝날 것 같은데" 하고 말했습니다. 기선 제압을 한 거지요. 그랬더니 유발 하라리가 도대체 무슨 근거로 그런 얘기를 하냐고 묻더라고요.

아주 재밌게 대화가 오갔는데, 유발 하라리가 떠나면서 담당 기자에게 "여러 나라를 다녔는데 오늘 대담처럼 자극적인 대담은 없었다"라고 말했다고 합니다. '자극적'이라는 말이 좋은 표현이지만 어찌 보면 약간 기분 나빴다는 뜻도 되는데, 사실 저는 진심으로 한 말입니다.

이번 세기가 80년밖에 남지 않았는데, 지금 벌어지고 있는 일들을 보면 그 80년 사이에 무슨 일이 일어날지 모르겠어요. 저야 그 전에 이 세상에 없는 사람이 되겠지만, 진짜 그렇게 될 것 같아서 마음이 많이 아픕니다. 그때 되어서 찌질하게 "내가 뭐라 그랬어? 그럴 거라 그랬지? 너희들 내 말 안 듣다가 잘됐다"라고 할까 봐요.

이 사실을 유엔도 알고 있습니다. 2006년 제61차 유엔총회에서 생물다양성의 중요성에 대한 인식을 높이고 생물다양성 손실 속도를 줄이는 데 기여하고자 2010년을

'국제생물다양성의 해'라고 정했습니다. 그런데 별로 성과가 없었습니다. 그래서 유엔이 굉장히 이례적인 일을 했어요. 2011년부터 10년간을 '생물다양성의 10년'으로 지정했습니다.

영어에는 10년을 지칭하는 'decade'라는 단어가 따로 있지요? 'UN Decade on Biodiversity'라고 부르면서 10년간 열심히 일했습니다. 그 10년이 다 지나갈 무렵부터 저는 "영어에 10년이란 단어만 있는 게 아니지 않냐, 100년이란 단어도 있지 않냐"고 외국의 제 동료들을 부추겼습니다. 'UN Century on Biodiversity'를 시작하자고 열심히 떠들었는데, 코로나 팬데믹이 터지는 바람에 무산되었습니다.

이제는
나의 문제가 된
기후 위기

　미국의 전 부통령 앨 고어(Al Gore)는 2006년 '불편한 진실(An Inconvenient Truth)'이라는 제목의 책과 다큐멘터리를 제작해서 기후변화의 심각성을 알리는 일을 시작했습니다. 그리고 그 공로를 인정받아 2007년 '기후변화에 관한 정부간 협의체(IPCC)'와 함께 노벨평화상도 받았습니다. 그런데 불행하게도 지금 이 순간 기후변화의 진실은 앨 고어가 말했던 것보다 훨씬 더 불편해졌습니다. 지구의 대기 온도는 산업화가 시작된 이래 200여 년 동안 1.45도 올랐고, 최근 몇 년 사이 기온 상승 속도가 급격히 빨라졌습니다.

　2018년 유엔기후변화협약(UNFCCC)에서 저를 국가적응계획(NAP, National Adaptation Plan)의 챔피언으로 선정했습니다. 일종의 명예대사인 저의 임무는 UNFCCC 회의가 열리는 곳이면 어디든 달려가 기후변화의 심각성을 알리는 강연을 하는 것이었습니다. 말하자면 '앨 고어 아바타' 역할을 수행하는 것이었지요.

우리가 음모론을 펴고 있다면서 또 다른 음모론을 만드는 사람들도 있습니다. 저는 진짜 그런 분들을 이해하지 못하겠어요. 그냥 하나만 봐도 되잖아요. 1880년 기상 관측을 시작한 이래 '가장 무더운 해' 기록이 매년 경신되고 있습니다. 2023년이 가장 더운 해로 기록되었다가 바로 그다음 해인 2024년이 그 기록을 갈아 치웠습니다.

우리는 그동안 남태평양 투발루 사람들에게 미안해했어요. 온실 기체는 부자 나라 사람들이 에어컨 빵빵 틀고 자동차 타면서 내뿜는데 애꿎게 그 나라가 물에 잠기고 있으니, 양심은 있어서 늘 미안해하며 살았습니다. 그랬는데 2021년에는 유럽의 잘사는 나라들이 엄청난 홍수를 겪었습니다. 2020년 우리나라는 54일 동안 역대 최장 장마를 겪었고요.

예전에는 재앙이 못사는 나라 사람들의 일이었습니다.

잘사는 나라, 이른바 선진국들은 "불쌍해서 어떡해" 하면서 원조해 주고 구호 활동을 가면 되었는데 이제 재앙의 판도가 바뀌고 있습니다. 그걸 가장 상징적으로 보여주는 것이 코로나19입니다.

예전에 그런 대유행병은 아프리카, 동남아시아 등지의 못사는 나라에서나 벌어지는 일이었습니다. 그런데 이번에는 달랐습니다. 가장 심하게 당한 곳이 미국과 유럽입니다. 판도가 달라진 것입니다. 문명의 이기를 가지면 안 당할 줄 알았는데, 그걸 무색하게 만들 정도로 상황이 달라졌습니다.

그동안 우리 학자들은 '지속가능성'이라는 개념에 대해 끊임없이 얘기했습니다. '지속가능성'을 아주 간단히 풀어서 얘기하면 이렇게 설명할 수 있습니다. "우리가 지금 자연으로부터 받고 있는 혜택을 우리 후손들도 받아야 하니, 자연을 보존해서 건네주자." 하지만 '내가 만나지도 못할 100년 후의 후손 때문에 왜 내 삶이 불편해져야 해' 하며 전혀 먹히지 않았어요.

그런데 이제는 달라지고 있습니다. 유엔 산하 '기후변화에 관한 정부간 협의체(IPCC)'가 7, 8년마다 기후 위기보고서를 내는데, 2021년 6차 보고서의 의미가 굉장히 컸습니다.

국제기구에서 뭔가 합의를 본다는 건 거의 불가능에 가깝습니다. 저도 국제기구를 운영한 적이 있습니다. 어쩌다 국제생물다양성협약(CBD, Convention on Biological Diversity)이라는 유엔기구의 의장으로 추대되어서 2년간 활동했는데 절망스러웠습니다. 문구 하나 가지고 밤을 새우더라고요. 어렵게 영어 문장 하나를 만들어 내놓으면 어느 나라 대표가 "우리는 반대합니다"라고 해요. 그래서 조금 고치면 이번엔 다른 나라 대표가 "우리한테 불리합니다"라며 반대하고요.

국제기구에서 낸 발표문, 선언문들을 영어 원문으로 한번 읽어보세요. 분명 영어로 된 글인데 영어가 아닙니다. 누더기도 그런 누더기가 없어요. 아무도 피해 보지 않도록 문장을 써놓았기 때문에 도대체 무슨 말인지 이해하기가 힘듭니다.

IPCC 6차 보고서를 진두지휘하셨던 분이 우리나라의 이회성 박사님입니다. 2015년부터 2023년까지 IPCC 의장을 맡으셔서 탁월한 리더십을 발휘하셨어요. 그동안 세계 지도자들이 그렇게 모여도 합의를 이끌어내지 못했는데, 2018년 인천 송도에서 열린 제48차 총회에서 "세계 기온 상승 폭을 1.5도로 억제해 보자"고 참가국 대표들을 모두 다 설득해서 합의를 이끌어냈습니다. 그리고 세계 기온이 1.5도 올라가는 기간을 계산해 보니까 2030년에서 2052년 사이 언제쯤이 될 것 같다고 보고했습니다.

IPCC 제6차 보고서가 그 기간을 10년 앞당겼습니다. 2030년에서 10년 앞당겼으니 몇 년이지요? 2020년이에요. 이제 이 문제는 미래 후손에게 벌어질 일이 아니라는 겁니다. 당대에 벌어지는 일이 되었습니다. 남의 나라에서, 우리가 죽고 난 다음에 먼 후손이 겪는 일이 아니라 지금 여기서 당장 내가 당할 일이라는 겁니다. 이제는 판도가 완전히 달라졌습니다.

인간 없는

세상이

오고 있다

가끔 저한테 이렇게 묻는 분이 계세요. "지구가 어떻게 되려고 이러죠? 지구의 미래가 참 걱정입니다." 웬 오지랖이세요? 지구는 걱정 없어요. 만신창이가 될지라도 지구는 살아남습니다. 우리 인간이 없어지는 겁니다. 아마 인간이 없어지면 지구는 좋아할 거예요. 앨런 와이즈먼(Alan Weisman)은《인간 없는 세상(The World Without Us)》에서 인간이 사라지면 매우 빠른 속도로 문명의 흔적이 붕괴할 것이고, 자연은 아주 빠른 속도로 회복할 것이라고 말한 바 있습니다.

코로나바이러스 때문에 인간들이 집 밖으로 못 나가니 세계 곳곳에서 야생동물들이 인간들이 사는 거리로 나왔잖아요. 영국 웨일스에서는 산양들이 떼를 지어 내려와서 가게를 기웃거렸고, 남미 칠레에서는 퓨마가 길고양이처럼 동네 담벼락을 넘나들었어요. 미국에서는 곰이 사람 사는 곳으로 내려와서 '여기 살던 사람들 다 어디 갔나? 왜 안 나와?' 하는 것처럼 창문으로 들여다보았어요. 우리가 사라지면 이 지구에 무슨 일이 일어날지 보이지 않나요?

그동안 생물학자들은 야생동물이 원래 야행성인 줄 알았습니다. 야생 척추동물의 눈의 구조도 연구했어요. 망막 뒤에 막이 하나 더 있어서 적은 양의 빛도 다시 반사하기 때문에 밤에도 잘 볼 수 있다고 발표했어요. 그런데 이번에 코로나 팬데믹을 겪으며 보니, 그들이 우리보다 야간 시력이 탁월한 건 사실이지만 밤에 돌아다니는 걸 좋아하는 것은 아니더라고요. 인간들이 낮에 나돌아 다니니 못 나왔던 거예요. 괜히 미안해졌습니다.

저는 한술 더 떠서 지금 책을 쓰고 있어요. 그동안 우리는 동물들이 인간을 안 보고 있는 줄 알았어요. 그런데 이제는 동물들이 우리 인간을 늘 지켜보고 있다는 걸 압니다. 지금 관련 동영상들을 쭉 모으고 있습니다.

러시아에서 벌어진 일인데, 영상이 시작되면 길 한복

판에 여우 한 마리가 앉아 있다가 사람한테 확 달려와요. 가까이서 보니까 머리가 병에 끼어 있어요. 빼달라고 온 겁니다. 그 사람이 병을 빼주니 총알같이 도망가요. 그 여우가 평소에 사람에게 왔겠어요? 주변 여우 친구들한테 부탁했는데, 친구들도 어떻게 해줄 수가 없었던 겁니다. 사람이 도와주는 거 말고는 방법이 없겠구나 해서, 사람들이 다니는 길목에 나와 기다리고 있었던 거예요.

하와이 근해에서 사람들이 가오리 군무를 구경하고 있는데, 자꾸 돌고래가 옆에 와서 들이대더랍니다. 왜 그런가 하고 봤더니 낚싯줄로 챙챙 감겨 있더래요. 낚싯줄을 잘라줬더니, 돌고래가 지느러미 밑에도 감겨 있다고 보여줍니다. 다 잘라주니까 꼬리 흔들며 가더래요.

2020년 터키에서는 길고양이가 다친 새끼를 물고 동물병원을 찾아왔던 사건이 있었습니다. 아프면 저 건물에 가야 한다는 걸 평소에 관찰하면서 알아두었던 거지요. 어떤 너구리는 돌로 창문을 두드려요. 밥 먹으러 왔는데 밥그릇이 비었다고 말이지요. 동물들은 이렇게 아주 적극적으로 인간에게 도움을 청하고 도움받으며 살고 있어요.

얼마 전 아프리카 야생동물보호구역에서 있었던 일입니다. 코끼리 한 마리가 자꾸 관리원들 차를 따라오더랍니다. 그래서 웬일인가 하고 차를 멈추고 나가서 보니 그 코끼리는 머리 한복판에 총을 맞은 상태였다고 합니다. 인간에게 총을 맞았음에도 자기를 구해줄 수 있는 건 인간이라는 것을 그 코끼리는 알았기에 도움을 청하러 온 것입니다.

그물에 갇힌 고래를 구해준 동영상도 기억에 남습니다. 처음에는 고래가 죽은 줄 알고 다가갔어요. 그런데 살아 있는 걸 확인하고 놀라서 구조합니다. 그랬더니 고래가 저만큼 가더니 30분 동안이나 쇼를 하더라고요. 동영상 뒷부분에 꼬마 아이가 이렇게 말합니다.

"엄마, 나는 저 고래가 뭐 하는 건 줄 알아."

"뭐 하는 건데?"

"우리한테 고맙다고 인사하는 거야."

며칠을 그물에 묶여 있었는지 모르는, 기진맥진했을 고래가 보답의 의미로 퍼포먼스를 하고 간 겁니다.

제인 구달 박사님에게 있었던 일입니다. 심하게 다쳐

서 사경을 헤매던 침팬지를 구조하고 다시 살려서 야생으로 돌려보내는 날이었어요. 구달 박사님은 마침 그 지역을 지나는 길에 그 행사에 참여하게 되었고요.

그 침팬지의 이름은 '운다'였는데, 스와힐리어로 '거의 죽었다'라는 뜻입니다. 발견됐을 당시 사진을 보면 그야말로 가죽밖에 남아 있지 않았어요. 그런데 다행히 건강하게 회복돼서 야생으로 돌아가게 된 겁니다. 운다와 구달 박사님은 그날 처음 만난 사이입니다.

숲에 가서 케이지를 열어주니, 운다가 나와서 자신을 구해주었던 여성 연구원 무릎에 앉아 엉덩이를 부빕니다. 그러고는 케이지 위에 올라가서 떠나는 게 아쉬운 듯 주위를 둘러봅니다. 구달 박사님은 그 뒤에 서 계셨는데, 운다가 다가오더니 박사님을 20~30초간 끌어안았습니다. "구달 박사님, 당신이 우리 침팬지들을 위해서 무슨 일을 하고 계시는지 저도 알아요" 하고 말하는 것처럼 말이지요. 정말 감동적인 장면입니다.

저는 책 제목을 이미 정해놓았습니다. 'They know.' 동물들은 압니다. 우리 인간이 지난 1만 년간 지구를 점령해 가는 동안 동물들은 인간을 끊임없이 관찰해 왔습니다. 우리가 무슨 짓을 하는지 다 보고 있는 겁니다. 이런 동물들과 앞으로 어떻게 함께 손잡고 살아가야 할지를 이제는 고민할 때가 됐습니다.

문명의 전환이 아닌
생태적 전환을
해야 할 때

 세계적인 석학들은 지금 인류 문명이 대전환의 시기를 맞이했다고 말하지만, 저는 우리 인간이 구체적으로 해야 하는 것은 '생태적 전환'이라고 생각합니다. 그래서 저는 20여 년 전부터 학계에 이런 이야기를 해왔습니다. 인간의 학명이 현명한 인간, 호모 사피엔스(Homo sapiens)인데 이걸 공생하는 인간, 호모 심비우스(Homo symbious)로 바꾸자고 말입니다. 호모 심비우스는 제가 하버드대 고전학과 캐슬린 콜먼(Kathleen M. Coleman) 교수의 도움으로 만든 인간의 새로운 학명입니다.

 과거 호모라는 속(屬)에는 하빌리스, 에렉투스 등 많은 종(種)이 있었지만 모두 멸종하고 단 한 종만 남았습니다. 자연계에서 한 속에 한 종만 남은 경우는 거의 없습니다. 한마디로 인간처럼 배타적인 종이 없다는 것입니다. 그렇게 악착같이 다 밀어내고 혼자 살아남아서 호모 사피엔스, 현명한 인간이라고 자화자찬하기 시작했습니다. 하지만 저는 동의할 수 없습니다.

자연계에서 두뇌가 제일 뛰어난 동물인 것은 맞습니다. 하지만 별로 현명해 보이지는 않습니다. 자기 꾀에 자기가 넘어가는 삶을 살았습니다. 정말 현명한 인간이라면 삶의 터전인 환경을 이렇게까지 망가뜨렸을까요? 미세먼지가 많은 나쁜 공기를 마시고, 수돗물을 못 믿어서 애써 돈 내고 생수를 따로 사 먹잖아요. 주변을 다 망가뜨려 놓고도 스스로 현명하다고 떠드는 동물이 대체 뭐가 현명하다는 겁니까?

이번 세기가 지나기 전에 우리 인간은 공생인(共生人)으로 거듭나야 합니다. 우리끼리도, 같은 종 내에서도, 다른 종과도 공생하는 인간으로 거듭나지 않는다면 인류의 미래는 밝지 않다고 생각합니다. 자연계에서 우리를 죽일 만한 것들은 얼마 남지 않았습니다. 인간의 최대의 적은 바로 인간입니다. 이 흐름을 깨려면 자연이 공생을 중심으로 만들어졌다는 것을 이해하고 우리 삶에 적용해야 합니다.

저는 요즘 '아주 불편한 진실과 조금 불편한 삶'이라는 제목의 강연을 자주 합니다. 불편한 진실에 대응하는 가장 현명한 길은 우리 각자가 지금보다는 조금이라도 더 불편한 삶을 살겠다고 결심하고 실천에 옮기는 것입니다. 이 심각한 지구의 환경 위기는 우리가 스스로 해결해 나가지 않으면 누구도 대신 해결해 줄 수 없습니다.

젊은이들에게 이런 이야기를 할 때마다 기성세대로서 미안한 마음이 큽니다. 제가 최근에 손녀를 얻었는데, 그 손녀를 볼 때마다 얼마나 미안한지 모릅니다. 이런 세상을 만들어놓고 "미안하다, 잘 있어라" 하고서 저는 떠날 것 아니에요? 그럴 수는 없습니다. 희망이 안 보이는 상황이라도 우리는 끝까지 노력할 수밖에 없어요. 지금 내가 할 수 있는 작은 일을 하면 됩니다.

저는 제법 여러 가지를 합니다. 집에서 학교까지 늘 걸어 다니고 있습니다. 왕복 7킬로미터 정도 되는데 13년째 걷고 있습니다. 칠십 평생 지금 가장 튼튼한 다리를 가지고 삽니다. 그리고 제 가방에는 언제나 접는 장바구니가 있습니다. 가능하면 가게에서 비닐봉투를 안 받으려고 노력합니다.

나 혼자서 이런다고 무슨 변화가 일어날까 하는 생각도 들 겁니다. 제인 구달 박사님이 늘 하시는 말씀인데, 단 하루도 어느 한 사람이 지구에 영향을 미치지 않고 사는 날이 없습니다. 내가 하고, 여러분이 하고, 여러분 주변에 있는 사람들이 하고, 이게 다 모이면 큰 힘이 될 것입니다.

물론 기성세대가 저지른 죄의 그림자가 이미 너무 길게 드리워져 있어서, 지금 우리 모두가 대오각성 한다 해도 수십 년은 그 죗값을 치러야 합니다. 그렇다고 주저앉을 수는 없습니다. "늦었다고 생각한 때가 가장 빠른 때"라는 옛사람들의 말씀이 새삼스럽게 다가오는 이유입니다.

최재천의 희망 수업

그럼에도 오늘을 살아가고 내일을 꿈꿔야 하는 이유

1판 1쇄 인쇄 2025년 1월 17일
1판 1쇄 발행 2025년 2월 3일

지은이 최재천
펴낸이 김성구

책임편집 고혁
콘텐츠본부 양지하 김초록 이은주 류다경
디자인 이영민
마케팅부 송영우 김지희 김나연 강소희
제작 어찬
관리 안웅기

펴낸곳 (주)샘터사
등록 2001년 10월 15일 제1-2923호
주소 서울시 종로구 창경궁로35길 26 2층 (03076)
전화 1877-8941 | 팩스 02-3672-1873
이메일 book@isamtoh.com | 홈페이지 www.isamtoh.com

© 최재천, 2025, Printed in Korea.

이 책은 저작권법에 따라 보호를 받는 저작물이므로 무단 전재와 복제를 금지하며,
이 책의 내용 전부 또는 일부를 이용하려면 반드시 저작권자와 ㈜샘터사의
서면 동의를 받아야 합니다.

ISBN 978-89-464-2300-8 03810

• 값은 뒤표지에 있습니다.
• 잘못 만들어진 책은 구입처에서 교환해 드립니다.

샘터 1% 나눔실천

샘터는 모든 책 인세의 1%를 '샘물통장' 기금으로 조성하여 매년 소외된 이웃에게
기부하고 있습니다. 2023년까지 약 1억 1,200만 원을 기부하였으며,
앞으로도 샘터는 책을 통해 1% 나눔실천을 계속할 것입니다.